火星紀事

殿堂級科幻經典·大師自序新譯版

RAY BRADBURY
雷·布萊伯利——著
蘇瑩文——譯

THE MARTIAN
CHRONICLES

各界好評

- 這位來自伊利諾州的作家做了什麼？我在闔上他的書時，這麼問自己，這本講述遠征另一個星球的一連串故事，在我心中撒下的究竟是恐懼還是孤獨？

——波赫士，阿根廷作家、詩人，國際文壇公認的拉丁美洲文學大師

- 「科幻」一詞令布萊伯利緊張：他不想困在一個盒子裡。反過來，他也讓科幻基本教義派感到緊張。舉例來說，在他的手中，火星並不是一個科學上具備準確性或一致性的地方，而是一種心境；他善用火星，以滿足當下的任何需要。太空船不是科技的奇蹟，而是精神上的運輸工具，其作用與《綠野仙蹤》裡桃樂絲碰上龍捲風的屋子或是傳統薩滿巫師的出神一樣：它們能把你帶到另一個世界。

——瑪格麗特．愛特伍，《使女的故事》作者

• 布萊伯利時而陰森、時而詩意的火星殖民幻想，已成當代經典。他成功地融合了幻想和諷刺、恐怖和共感，以致他無疑是當今最傑出、最有想像力和最重要的作家之一。

——克里斯多福・伊舍伍，代表作《柏林故事集》

• 《火星紀事》是第一本讓我明白文字具有力量的書……布萊伯利的文字不像紙盒容器那樣只是盛載他的想法。他的文字有重量、音韻、節奏和形式；他的文字是金絲花網支架，他的想法在其中編織纏繞，透過語句成形。他的人物不是爲了敘事而存在，也不是爲了讓事情發生在他們身上而存在；他以他們說了什麼（或沒說什麼），以及他們如何說或沒有那麼說來勾勒他們的血肉。言語賦予了人物性格，有效且完整地揭示了一個對其族人感到厭惡的太空人、兩個來自不同時空的陌生人路途相遇、一個學會獨處無礙的人、一個教導孩子認識火星人眞實身分的父親。

——約翰・史卡奇，美國科幻小說家、美國科幻和奇幻作家協會主席

• 《火星紀事》受到科幻界和評論家熱烈讚譽，是這一類型作品少有的成就。

——巴黎評論

• 布萊伯利無疑是科幻界的大師。《火星紀事》是一本能讓所有讀者都欣喜若狂的小說，他們可以欣賞一位小說巨匠以未來視角銳化他對人性的評論。

——芝加哥太陽報

• 再沒有誰能像布萊伯利寫得如此純淨、深邃。在素樸直白的文字中，他打造的意象與情懷，讓讀者永誌難忘。

——洛杉磯紀事報

• 了不起的說書人……幾乎他筆下所有的文字都富含詩意。

——聖路易斯郵報

• 一本來自當代的經典作品。

——華盛頓郵報

連同愛及感激
一同獻給早在一九四九年
將這份手稿打字完成的
瑪姬／瑪格莉特
以及
好友兼助產士
諾曼・科文和華特・布萊伯利

目次

「讓人再次感到驚奇是件好事，」

哲學家說：「太空旅行讓我們所有人返老還童。」

二〇三〇年一月

火箭之夏

一分鐘前俄亥俄州還是隆冬雪天，家家戶戶關著門，鎖起窗，四牆嵌板結了霜，屋簷垂掛冰柱，斜坡上孩童在嬉戲滑雪，家庭主婦穿上皮草大衣，像黑熊般沿著結冰街道笨拙前進。

接著，一波暖意穿過整個小鎮。熱空氣好似大水氾濫，像是有人沒關上烘焙坊的門，熱浪高溫在小屋、樹叢和孩童之間奔竄。冰柱落地碎開融化。掀開門、拉起窗，孩子們脫下毛料衣衫，家庭主婦卸下黑熊偽裝。積雪融化後，露出了去年夏天的綠茵草坪。

火箭之夏。敞開、通風的屋裡，這幾個字在人們口中傳開。**火箭之夏**。溫暖、乾燥的空氣改變了冰霜留在窗玻璃上的圖案，抹去寒冬的藝術作品。雪屐和雪橇突然無用武之地。冷冽天空落到鎮上的雪，觸地之前已化成熱雨。

火箭之夏。鎮民從滴著水的門廊探出身，看向轉紅的天色。火箭杵在發射基地，呼呼噴出帶有粉紅雲朵的火焰以及熱爐般的高溫。火箭矗立在冷洌的冬日早晨，吐出的高熱卻造成了夏天。火箭製造氣候，夏天短暫停留在這片土地上……

伊拉

二〇三〇年二月

他們的水晶柱屋位在火星上一片乾涸的海濱。每天早上都看得到K太太吃著水晶牆上長出來的金色果子，或拿幾把吸塵磁粉清掃房子。磁粉能吸附灰塵，隨順熱風一吹就飄散無蹤。下午時分，化石海溫暖且毫無動靜，葡萄酒樹直挺挺地站在後院，不遠處的火星骨鎮彷彿與世隔絕，沒有人走出家門。K先生在自己的房裡讀一本金屬製成的書，他用手撫過漂浮在書本上方的文字，像是在彈豎琴。他撫過時，書本就會詠唱出聲，輕柔又古老的音調敘述著，當年，大海還是一片沖刷海岸的紅霧，先人們率領成群金屬昆蟲和電動蜘蛛投入戰爭。

K先生和K太太在這死寂的海濱住了二十多年，他們的先祖也曾住在同一幢房子裡。一千年來，這幢房子一直像花朵似的隨著太陽旋轉。

K先生和太太年紀不大。他們是純正的火星人，一身淺棕色皮膚，一雙銅板大的金黃色眼眸，說起話來柔和如歌似樂。過去，他們喜歡用化學火焰作畫，喜歡在葡萄酒樹翠綠汁液注入運河的季節泅泳其中，喜歡在聊天室的藍磷肖像畫下暢聊至天光。

然而他們現在不快樂。

這天早上，K太太站在水晶柱之間聆聽，聽沙漠的黃沙如何融成黃蠟，遠看有如地平線上一道流動的光。

有事即將要發生。

她等待著。

她看著火星的藍色天空，好像天空隨時可能塌縮成團，再噴灑出一地閃亮奇蹟在黃沙上。

什麼動靜也沒有。

她等累了，舉步穿過蒙著薄霧的水晶柱。一陣和緩雨水順著柱頂凹槽灑下，爲灼熱的空氣添一絲涼意，輕輕落在她身上。碰到這樣炎熱的日子，這感覺就像走在溪流中。屋裡地板上淌著清涼的細細水流，閃閃發光。她聽到丈夫在遠處從容地輕撫書本，指尖流洩出的古老曲調永遠不會讓厭煩倦怠。靜靜地，她暗自期待有朝一日，他能像對待那些美妙的書一般，花些時間來抱著她、碰觸她，好似她是架小豎琴。

但那是不可能的。她搖搖頭，以幾乎察覺不出來的寬容態度聳了聳肩。她的眼皮輕輕蓋下，遮住她金黃色的眼眸。她還年輕，但婚姻催人老，又讓人變得庸俗。

她坐上椅子往後靠，這椅子會隨著姿勢變動而貼身子調整。她不安地緊緊閉上雙眼。

夢境展開了。

她棕色的手指顫抖著，抬起手抓向空氣。一會兒後，她像受到驚嚇似的，坐直身子喘氣。

她快速環顧四周，彷彿會有人要出現在她面前。她顯得有些失望，因爲幾根水晶柱之間，卻是空蕩蕩的什麼都沒有。

K先生出現在三角形門前。「妳剛剛在叫我嗎？」他惱怒地問。

「沒有！」她大聲說。

「我好像聽到妳在叫喊。」

「是嗎？我剛剛要睡著，就做了個夢。」

「大白天的？妳通常不會這樣。」

她直挺挺地坐著，剛才的夢似乎還在眼前。「這個夢好奇怪，眞的好奇怪。」她喃喃說道。

「喔，是嗎？」他顯然希望回去看書。

「我夢到一個男人。」

「一個男人？」

「一個高個子男人，大約一百八十五公分。」

「太荒謬了，一個巨人，一個醜陋的巨人。」

「但是不曉得怎麼回事，」她思忖該怎麼說才好。「儘管高，但他看起來還好。而且他有——我知道你會覺得這很蠢——有一雙**藍眼睛**！」

「藍眼睛！天哪！」K先生喊道：「接下來妳會夢到什麼？我猜他還有一頭**黑頭髮**？」

「你怎麼**猜**到的？」她很興奮。

「我挑了最不可能的顏色。」他冷冷地說。

「嗯，眞的是黑色的！」她尖聲說：「而且他的膚色很白，啊，他眞的**非常**奇特！他穿著一套怪異的制服從天而降，愉快地和我說話。」她露出微笑。

「從天而降；眞是胡說八道！」

「他搭乘的金屬物體，在太陽底下會閃閃發亮。」她回想著，閉起眼好讓腦中事物更具體成形。「我夢到天空，接著是某個像銅板一樣亮的物體射過空中，這東西突然變好大，隨後緩緩降落在地面。那是個銀色的長型物體，通體渾圓而且十分古怪。然後銀色物體側邊的一扇門打開，這個高個子男人就走出來。」

「假如妳工作努力一點，就不會做這種傻夢。」

「我寧可享受夢境。」她說完又躺回去。「我從沒想到自己會有這種想像力。黑頭髮、藍眼睛加上白皮膚！眞是古怪的男人，然而卻……滿英俊的。」

「全是妳一廂情願亂做夢。」

「你眞刻薄。我又不是故意想到這個人，他是在我打瞌睡時進入我的腦海。那個夢和平常的夢不一樣，不但意外還很特殊。他看著我，說：『我是搭太空船從第三行星過來的。我叫做納坦尼·約克——』」

「眞夠蠢的名字，那根本稱不上是個名字。」做丈夫的提出反對意見。

「當然蠢，因為那是在夢裡。」她輕聲解釋。「他還說：『這是我們首次進行的星際航行，太空船上只有我們兩個，我和我的朋友伯特。』」

「又一**個**蠢名字。」

「然後他接著說：『我們來自**地球**的一個城市；地球是我們住的行星。』」K太太繼續說：「他是這麼說的。他說那個行星的名字是『地球』。而且他講的是另一種語言，但不知道為什麼，我聽得懂，能心領神會。我想這應該就是心靈感應吧。」

K先生轉身要走，她脫口而出的字阻止了他：「伊爾？」她輕聲喊他。「你有沒有想過如果——嗯，如果眞**有人**生活在第三行星上？」

「第三行星不具備生物生存的條件。」做丈夫的耐心陳述。「我們的科學家說過，那裡的大氣層中含氧量過高。」

「可是如果**有人**居住在那裡不是很棒嗎？而且他們還會搭乘某種船艦穿過太空？」

「眞是的，伊拉，妳明知我有多討厭這種情緒性的說法。我們繼續工作吧。」

近晚時分，她在迴盪著雨聲的水晶柱間走動，開始唱起那首歌。她一次又一次地唱。

「那是什麼歌？」她丈夫終於打斷她的歌聲，走過來坐在火焰桌旁邊。

「我不知道。」她抬頭看，自己也很訝異。她不可置信地用手掩住嘴巴。太陽慢慢落下，房子像朵巨大的花，隨著光線暗去逐漸爲黑暗所籠罩。一陣風穿過廊柱襲來，火焰桌上一池銀亮岩漿咕嚕嚕地冒著泡泡。她靜靜站起身，眺望遠處一大片灰黃色的海底，彷彿憶起什麼事。她金黃色的眼眸柔和又濕潤。「你以雙眼與我共醉，我以雙眸對你立誓，」她低聲、輕柔、緩慢地唱：「或留一吻在杯中，我將不再尋酒。」這時她哼著曲子，閉著雙眼在從未如此輕盈的風中擺動雙手。她把整首歌唱完。

這歌聲很美。

「我從沒聽過這首歌，是妳自己寫的嗎？」他眼神銳利地問。

「不是，對。不對，我不知道，眞的！」她說起話來吞吞吐吐。「我連歌詞是什麼意思都不知道，那是另一種語言！」

「哪種語言？」

她傻楞楞地把幾份肉放進滾燙的岩漿裡。「我不知道。」一會兒後，她把煮熟的肉拿出來，爲他盛盤。「我猜是我編出來的怪曲子。也不知道是爲什麼。」

他沒說話，看著她把肉放入嘶嘶作響的火池裡。太陽完全落下了。慢慢地，緩緩地，夜色溜進來填滿整個空間，吞噬了水晶柱和這對夫婦，好比從天花板倒下來的深色葡萄酒。屋裡只看到他們被銀色岩漿照亮的臉龐。

她又開始哼那首奇怪的曲子。

他立刻從椅子上跳起來，氣呼呼地在室內踱步。

＋

稍後，他才獨自吃完晚餐。

他站起身伸懶腰時瞥向她，打著哈欠提議：「我們今天帶火焰鳥進城去看場表演吧。」

「不會吧？」她說：「你還好嗎？」

「這有什麼好奇怪的？」

「我們有六個月沒去看表演了！」

「我覺得這主意不賴。」

「你突然變得好積極。」她說。

「別那樣說話。」他惱怒地回答。「妳到底想不想去？」

她看向外頭黯淡的沙漠。皎潔的雙月升了起來。清涼的水在她的腳趾間輕輕流動。她微微顫抖。她非常想安安靜靜、悄無聲息地坐著直到事情發生，這件她盼了一整天的事，很可能不會發生、但也說不準的事。一首曲子飄過她的心頭。

「我——」

「爲了妳自己好，」他催促她：「一起去吧。」

「我累了。」她說：「改天吧。」

「妳的圍巾在這裡。」他遞給她一個小玻璃瓶。「我們有好幾個月哪都沒去了。」

「你有，一星期就去了席城兩次。」她不肯看他。

「那是生意。」他說。

「是嗎？」她低聲對自己說。

玻璃瓶裡的液體倒出來後成了藍色的薄霧，顫顫巍巍地圍在她的頸際。

一群火焰鳥等待著，宛如一片礦層，覆在平滑冷沙上熠熠生輝。夜風吹鼓了白色布篷，輕輕拍動，上千條綠絲帶繫在鳥群身上牽引著布篷。

伊拉往後躺在白色布篷上，她丈夫一聲令下，火焰鳥群立刻騰躍、燃燒，朝黑暗的天空飛去。綠絲帶繃緊，白布篷上騰。摩擦滑過的細沙在下方嘀咕；深藍山巒往後退去，退去，把他們的家、水和水晶柱、籠裡的花、唱歌的書和低語的溪流全拋在後。她沒有看向丈夫。她聽到他大聲指揮火焰鳥往更高處飛，鳥群猶如上萬個熱力十足的火花、堪比天堂閃耀紅黃爍光的煙火，拉著花瓣似的布篷，燃燒著破風前進。

她沒有向下看棋盤般的死寂古城，也沒看充滿空無和夢想的老運河。他們飛越乾枯的河流和乾枯的湖泊，像是月亮的影子，像是燃燒的火炬。

她光是盯著天空看。

做丈夫的說了些話。

她仍凝視天空。

「妳有沒有聽到我說的話？」

「什麼？」

他呼了一口氣。「妳大可注意聽。」

「我在思考。」

「我從來不知道妳是個愛好大自然的人，但妳今晚還眞是對天空挺感興趣的。」他說。

「天很美。」

「我在考慮，」丈夫慢慢說：「我想，今晚打個電話給霍爾。我想告訴他，說我們想花點時間——喔，也許就一星期左右——到藍山去。這還只是個想法——」

「藍山！」她一手抓住布篷邊緣，飛快地轉身面對他。

「欸，只是個建議。」

「你想要什麼時候去？」她顫抖地問。

「如果可以，我們明天早上出發。妳知道，早點動身之類的。」他若無其事地說。

「我們以前**從沒**在這麼早的時節出發！」

「就這次，我想——」他帶著微笑說：「離開一陣子對我們兩個都好。妳知道，就是享受平靜的時光。妳沒有**別的**計畫吧？我們可以去，對不對？」

她深吸一口氣，頓了頓之後才回答：「不對。」

「什麼？」他的叫喊嚇到火焰鳥，布篷猛然一抖。

「不。」她堅定地說：「就是這樣，我不去。」

他看著她。在她說了這句話後，兩人沒有交談。她把頭轉開。

火焰鳥繼續飛，像上萬支迎著風的火把。

凌晨，陽光穿過水晶柱，融化了在伊拉睡覺時支撐她的霧。一整晚她都漂浮在地板上方，牆壁噴出的霧氣像是柔軟鋪毯供她躺臥。一整夜她就睡在這道銀色河流上，宛如無聲浪潮上的小舟。現在霧開始蒸發，高度下降到她落回清醒的邊緣。

她張開雙眼。

她丈夫站在她上方，看起來像是站在那看著她有好幾個小時之久。她不知道爲什麼，但她無法直視丈夫。

「妳又做夢了！」他說：「妳說夢話，害我一直睡不著。我**眞心**覺得妳應該去看醫生。」

「我會沒事的。」

「妳一直說夢話！」

「有嗎?」她嚇了一跳。

屋內清晨冷冽寒涼。她躺著時,一道灰色的光線填入她體內。

「妳夢到什麼?」

她想了一下才記起來。「那艘船。那艘天上來的船降落了,高個子男人走出來和我說話,他笑著講了幾個笑話,我們談得很愉快。」

K先生碰碰一根柱子。幾股熱水冒著煙往上沖刷;屋裡的寒意隨之消失。K先生面無表情。

「接著,」她說:「這個自稱納坦尼.約克這個怪名字的男人說我很美,然後——然後親吻我。」

「哈!」做丈夫的大聲哼出來,咬著牙根飛快轉過頭。

「只不過是個夢而已。」她覺得有趣。

「把妳那傻女人愛發的蠢夢留給妳自己吧!」

「你的反應好幼稚。」說著說著,她躺回所剩無幾的化學霧氣鋪毯上。一會兒後,她輕柔地笑。「我想起夢裡**更多**細節了。」她承認。

「怎麼樣?什麼細節?是**什麼樣的**細節?」他喊道。

「伊爾，你脾氣眞差。」

「告訴我！」他要求道：「妳不能有祕密瞞我！」他高高站在她面前，臉色深沉又嚴峻。

「我從沒看過你這個樣子。」她答道，半是驚訝半覺得有趣。「這些全是這個叫做納坦尼·約克的人告訴我的——呃，他說他要帶我搭他的太空船離開，帶我和他一起飛越太空回他的星球。這眞的很離譜。」

「本來就離譜！」他幾乎開始吼叫。「妳眞該聽聽自己昨天夜裡說了些什麼，又是奉承他，又是陪他說話，還跟他一起唱歌，喔，天哪，一整夜都是那樣；妳眞的該**聽聽**妳自己說了什麼！」

「伊爾！」

「他什麼時候會登陸？他那艘該死的太空船會降落在哪裡？」

「伊爾，別那麼大聲。」

「去他的大聲！」他全身僵硬地朝她俯下身。「在這個**夢裡**——」他抓住她的手腕，「——這艘太空船是不是降落在綠谷，**是不是**？回答我！」

「嗯，沒錯——」

「而且是今天下午降落，對不對？」他繼續逼問。

「對，對，大概是吧，沒錯，但那只是個夢而已！」

「嗯，」他硬是甩開她的手，「還好妳算老實！妳每一句夢話我都聽到了。妳已經說出了綠谷和時間。」

他呼吸濃重，像個被雷電閃瞎的人在廊柱間走來走去。慢慢地，他的呼吸和緩下來。她看著丈夫，好似他已陷入了半瘋狂狀態。最後，她終於站起來朝他走去。「伊爾。」她輕聲喊他。

「我很好。」

「你病了。」

「沒有。」他勉強露出疲憊的笑容。「我只是耍幼稚。原諒我，親愛的。」他粗手粗腳地拍了她一下。「最近工作太忙。我想躺下來休息一會兒——」

「你剛才好激動。」

「我現在沒事了，好了。」他呼出一口氣。「我們忘了這回事吧。妳猜怎麼樣，我昨天聽到烏爾一個笑話，本來要告訴妳的。要不這樣，妳去準備早餐，我把笑話告訴妳，別再談這件事了。」

「那只是個夢。」

「那當然。」他一臉木然地親吻她的臉頰。「只是個夢。」

午間熾熱太陽高掛，烈日照得山坡閃閃發光。

「你不是要進城嗎？」伊拉問道。

「進城？」他微微挑眉。

「你**總是**選在這天進城。」她調整放在檯子上的花籠，受到驚擾的花朵飢餓地張開黃色大嘴。

他合上書。「不去，天氣太熱，時間也晚了。」

「喔。」她調整好花朵後，走向門口。「那我很快就回來。」

「等等！妳要去哪裡？」

她快速地進到門邊。「到包家。她邀我過去！」

「今天嗎？」

「我好久沒看到她了，反正他們家也不遠。」

「在綠谷，對不對？」

「對，走一小段就到了，不遠，我本來想我可以——」她急著要出門。

「對不起，我眞的很抱歉。」他說著跑過去拉她回來，看來對自己的健忘十分不安。「我忘了。我忘記今天中午邀了奈爾醫師過來。」

「奈爾醫師！」她徐徐走向門口。

他抓住她的手肘，堅定地將她拉進來。「沒錯。」

「可是包——」

「包可以等，伊拉。我們得招呼一下奈爾醫師。」

「招呼個幾分鐘——」

「不行，伊拉。」

「不行？」

他搖頭。「不行。何況走到包家太遠了，要穿過綠谷，還要越過大運河再下去，對吧？而且天氣非常、非常熱，再說奈爾醫生看到妳一定會很開心。怎麼樣？」

她沒回答，很想抽開手跑掉。她想大喊。然而伊拉卻只是坐在椅子上翻動手掌，面無表情地看著自己手指，覺得自己被困住了。

「伊拉？」他輕聲說：「妳會在家吧？」

「會。」她久久才回答。「我會在。」

「整個下午都在？」

她用平板板的語調說：「整個下午都在。」

⊹

那天稍晚，奈爾醫師並沒有出現。伊拉的丈夫似乎不怎麼驚訝。更晚時，他喃喃說了幾句話，走到壁櫥前拿出一把邪惡的武器——尾端接著風箱和扳機的黃色長管子。他轉過身時，臉上已戴著沒有表情的銀面具，每當他想隱藏自己的感覺，就會戴上這副服貼著他瘦削臉頰、下巴和額頭的精緻面具。面具閃閃發光，他雙手拿著邪惡的武器端詳。武器持續發出宛如昆蟲嗡鳴的聲音。這把武器可以發射出一群群金蜂。恐怖的有毒金蜂在叮咬後會墜落殞命，像沙地上的種籽。

「你要去哪？」她問道。

「什麼？」他貼耳聽著風箱裡令人毛骨聳然的嗡鳴。「如果奈爾醫師遲到，我何必要等他。我要出去打個獵，很快回來。妳會好好待在家裡，對吧？」光線在銀面具上閃耀。

「對。」

「告訴奈爾醫師我會回來，只是去打個獵而已。」

三角形的門關上，他的腳步聲消失在山腳下。

她看著他走進陽光下，直到不見人影。接著她重拾以吸塵磁粉打掃的工作，摘下水晶牆上再次長出來的果子。她活力充沛動作迅速，但偶爾會失神，並發現自己唱起那首奇特又難忘的歌曲，凝望水晶柱後的天空。

她屏住呼吸，直挺挺地站著等待。

時間越來越近。

隨時可能發生。

這天就像暴風雨將至的日子，先是靜默的等待，接著，整片土地都能察覺天候改變帶來的微弱氣層擾動，陰影與水汽流流轉轉。這些變化壓迫你的雙耳，你不得不卡在風雨欲來的等待期。你開始打顫。暗沉天空染上顏色，雲層越堆越厚，山巒蒙上一層鐵鏽汙點。籠中花朵以微弱嘆息示警。你幾乎感覺得到頭髮輕顫飄動。屋內某處，語音時鐘前所未有的輕柔報唱：「噹，噹，噹，噹……」比落在絲絨上的水滴聲更微弱。

然後暴風雨呼嘯而來。雷電閃動、黑雨和震耳欲聾的聲響落下，彷彿要永遠吞滅大地。

現在就是這種情況。風暴將至，此刻雖天色晴朗，閃電卻在預期之中，哪怕眼下萬里無雲。

伊拉在令人窒息的夏日屋子裡走動。藍天隨時會打雷，會有雷鳴、翻滾的雲朵。在一陣寂靜後，小路上會傳來腳步聲，接著有人來敲水晶門，她會**跑著**去應門……

伊拉，妳簡直瘋了！她嘲笑自己。妳無所事事的腦袋幹麼淨想著些不可能的事？

沒想到事情眞的發生了。

大火般的暖風劃過天際，轟隆隆的聲音傳來，藍空中出現金屬質閃光。

伊拉忍不住叫了出來。

她跑著穿過水晶柱，一把拉開門。她面對山丘，但在這時，她面前仍然什麼都沒有。

就在要衝下山坡前，她讓自己停下來。她該待在家，哪兒都不去。醫師要來訪，如果她跑掉，丈夫會生氣的。

她在門口等待，呼吸急促地伸出手。

她拉長脖子看向綠谷，但什麼也沒看見。

傻女人。她走進屋裡，心想，虧妳有這豐富的想像力。不過就是一隻鳥、一片葉子，或是風，或是運河裡的魚。坐下來休息吧。

她坐了下來。

她聽到一聲槍響。

清晰、刺耳的聲音來自那把邪惡的昆蟲武器。

她的身體跟著跳了一下。

槍聲來自遠處。就那麼一聲。遠方的蜂鳴。一聲。接著是第二槍，清晰又冰冷，而且很遠。

她的身子又跟著縮了一下，她不知為何嚇到尖叫出聲，而且停不下來。她瘋狂跑過屋子，再次大大拉開前門。

回音逐漸弱下，弱下。

然後消失。

她臉色蒼白地在前院等待，足足等了五分鐘。

最後，她垂下頭，慢慢在水晶柱之間走來走去，把手放在物品上，嘴唇發顫，最後終於坐在光線逐漸暗去的酒窖裡等待，拉起圍巾一角擦拭琥珀杯。

接著她聽到遠處有踩在小石頭上的腳步聲。

她起身站在安靜的酒窖中間，手上的杯子落下，摔成碎片。

她該開口嗎？她該喊「請進，喔，請進」嗎？

她往前走了幾步。

腳步走上斜坡，有隻手在扭動門把。

她對著前門露出微笑。

門一開她就停止微笑。

來的是她丈夫。他的銀面具光芒黯淡。

他走進屋裡，短暫地瞥了她一眼。伊爾拉開武器的風箱，任兩隻死蜂掉在地上然後一腳踩上去，然後把空的風箱槍放在屋子角落。這時伊拉則是徒勞地一再彎腰收拾地上的琥珀杯碎片。「你剛才在做什麼？」她問道。

「沒什麼。」他轉過身說話，摘下面具。

「但是那把槍——我聽到你開槍，開了兩槍。」

「只是在打獵而已。人偶爾會想打獵。奈爾醫師來了嗎？」

「沒有。」

「等等。」他憤慨地彈指。「哈，我現在想起來了。他應該是明天下午才會來。我眞笨。」

他們坐下來吃東西，但她光盯著食物，雙手不動。「怎麼了？」丈夫問道，目光仍然停留在滾燙岩漿中涮著的肉片上。

「不知道，我不餓。」她說。

「爲什麼不餓？」

「我不知道，就是不餓。」

天邊起了風，太陽正要落下。屋子彷彿變小了，而且突然好冷。

「我一直在回想。」在安靜的屋裡她開口說，直挺挺坐她對面的是她金色眼眸的冷漠丈夫。

「回想什麼？」他啜了一口葡萄酒。

「想那首歌。那首細膩又美麗的曲調。」她閉上雙眼低哼，但唱的不是那首曲子。「我忘了怎麼唱。但不知爲何，我並不想忘記，那是一首我想永遠記住的歌。」

她擺動雙手，彷彿這個節奏可以幫助她回想起一切。接著，她往後靠向椅背。「我不記得了。」她哭了出來。

「妳爲什麼要哭?」他問妻子。

「不知道，我不知道，但是我忍不住。我不曉得自己爲什麼難過，爲什麼要哭，但我就是哭了。」

她把頭埋在雙掌中，肩膀不停抽動。

「妳明天就會好了。」他說。

她沒抬頭看他，只是盯著空洞的沙漠和黑夜中的燦爛星光，遠處傳來漸漸變大的風聲，幾條長運河的水隨之翻攪。她顫抖著閉起雙眼。

「對，」她說：「我明天就會好了。」

二〇三〇年八月

夏夜

岩石看台上人們成群結隊，緩緩走進藍色山丘陰影中。投在這些人身上的柔和光影，是來自點點繁星與火星的皎潔雙月。大理石砌的圓形劇場後面，一片黑漆漆的遠方，有小小的城鎮與莊園散落其中；沿著地平線一眼望去，可見一池池靜止的銀色湖水和波光粼粼的運河。火星上的夏日傍晚，氣溫宜人且平和靜謐。船隻猶如朵朵漂浮的銅花，在綠色的葡萄酒運河上來回巡行。綿延不盡的住房順著山丘如蛇般蜿蜒開來，內有情侶們閒臥涼夜床榻細聲耳語。最後幾個還沒上床的孩子在燈火通亮的巷間奔跑，手上的金蜘蛛吐出層層蛛網。少數較晚用餐的人家，桌上備著吞吐著銀光泡泡的岩漿。在火星處於夜晚的這側半球，百來個城鎮的圓形劇場中，膚色棕黃、眼如金色銅錢的火星人悠哉相聚，專注聆聽舞台上音樂家的演奏，那音色祥和有如花香浮動在靜謐空氣中。

台上有個女人在唱歌。
台下觀眾一陣騷動。
歌聲停下。歌手抬手撫著喉嚨，朝音樂家點個頭，讓他們重新開始。
伴著樂曲演奏她開唱了，觀眾紛紛嘆息著往前傾身，好些人驚訝地站起來，一波冬日才有的寒冷穿過整個圓形劇場，因爲女人唱的曲子古怪、嚇人又詭異。她試圖阻止唇間流洩而出的字句，歌詞描述著：

「——她優雅行走，如夜
在繁星閃爍無雲晴空下
明與暗的一切美好
交會在她倩影與雙目……」

歌手雙手掩嘴，困惑地站著。
「哪來的這些歌詞？」音樂家們問道。
「這是什麼曲子？」

「是哪裡的**語言**啊！」

他們再次吹響金色號角，奇特樂聲傳送開來，緩緩流向已起身、正在大聲交談的觀眾。

「你怎麼搞的？」音樂家們互相質問。

「你吹的是什麼？」

「**你自己**剛剛又是在演奏什麼曲調？」

女歌手哭著跑下台，觀眾紛紛起身離開圓形劇場。火星上所有城鎮都出現了類似的情況。一陣低溫來襲，好似白雪紛飛的日子。

在燈火照亮的小巷裡，孩子們唱道：

「——等她走過去，櫥裡空盪盪，

她可憐的狗兒沒東西下肚！——」

「小鬼頭！」有人喊著：「你們在唱什麼？哪裡學來的？」

「我們只是突然**想到**的。我們也不懂這些歌詞是什麼意思。」

住家的門砰地關閉，再也沒人上街。藍色山丘上，一顆綠色星星升起。

火星處於夜晚的這側半球，情人紛紛醒來聽見摯愛在黑暗中哼唱。

「這是什麼歌？」

在成千的獨棟房舍中，女人夜半驚醒尖叫。在淚水滑下臉龐時，她們獲得安慰：

「好了，沒事沒事。睡覺吧。怎麼了？做夢了嗎？」

「早上會發生可怕的事。」

「不會的，我們不會有事。」

女人歇斯底里地啜泣。「那東西越來越近，**越來越近**了！」

「我們不會有事的。會有什麼事呢？好好睡吧。」

凌晨的火星安靜非常，冷得如一口黝黑深井，星光在運河河水上閃爍，每個房裡都有呼吸聲，蜷著身的孩子，雙手還緊握蜘蛛，岩石圓形劇場裡空無一人。

拂曉前的唯一聲響，來自遠遠走在孤寂街道的守夜人，他獨自行走在黑暗中，哼唱著奇怪的歌曲……

二〇三〇年八月

地球人

天曉得敲門的人是誰，但對方偏就不肯停手。

T太太猛地拉開門。「做什麼？」

站在她面前的男人很驚訝。「妳會說**英語**！」

「我會說我說的語言。」她答道。

「妳的**英語**說得眞棒！」說話的男人身穿制服。他身邊還有另外三個男人，他們行色匆匆，臉上全露出笑容但渾身髒兮兮。

「你們想做什麼？」T太太問道。

「妳是**火星人**！」男人露出微笑。「當然了，這是地球人的說法，妳肯定覺得很陌生。」他朝他的人點個頭。「我們來自地球，我是威廉斯艦長。我們降落火星還不到一小時，是**第二支**探險隊伍！之前還有第一支隊伍，但我們不知道他們出了什麼事。總之，我們到了。而妳是我們見到的第一個火星人！」

「火星人？」她挑著眉問。

「我想說的是，妳住在太陽系的第四顆行星上，對吧？」

「這是基本常識吧。」她著他們厲聲說。

「而我們——」他把肥嘟嘟的粉嫩手掌放在胸前，說：「——我們來自地球，對吧，兄弟們？」

「是的，長官。」幾個人異口同聲回答。

「這裡是提爾星，」她說：「這是說，假如你們想用恰當的說法。」

「提爾，是提爾。」艦長筋疲力盡地笑著。「多**好**的名字啊！但請問這位好心的女士，請問妳的英語怎麼說得這麼好？」

「我沒說話，我用想的。」她說。「這叫傳心術！再見！」她用力關上門。

沒多久，那個可怕的男人又來敲門。

她猛地拉開門。「現在又怎麼了？」她驚嘆道。

男人還在門外，試著露出笑容，但顯然搞不清楚狀況。他張開手。「我覺得妳——**沒弄懂**——」

「什麼啦？」她厲聲問。

男人驚訝地盯著她看。「我們是從**地球**來的耶！」

「我沒時間理你。」她說：「我今天要煮一大堆東西，還要打掃、縫紉再加上有的沒的事。你顯然是想找T先生，他在樓上他的書房裡。」

「是的。」地球人困惑地眨眨眼。「當然，當然，請讓我們見T先生。」

「他在忙。」她再次摔上門。

這次是毫不客氣的響亮敲門聲。

「嘿！」門才一推開，男人便喊了一聲。他跳進門裡，像是想嚇她一跳。「這不是對待訪客的態度！」

「把我乾乾淨淨的地板弄得全是泥巴！」她喊道：「出去！想進我家，就先把靴子洗乾淨。」

男人頹喪地看了看自己沾滿泥巴的靴子，說：「我想現在不是計較細節的時候。我們應該慶祝。」他凝視她好一會兒，彷彿看得夠久就能讓她明瞭。

「要是你們害我的水晶麵包掉進爐子，」她叫嚷：「我就拿木棍揍你！」她去檢查了小烤爐，接著氣呼呼地紅著臉回來。她的雙眼亮黃，皮膚呈柔和的棕色，身子纖瘦、靈敏得像隻蟲子。她的嗓音像金屬般刺耳，她說：「在這裡等。我去看看能不能讓T先生抽點空見你們。你們有什麼事？」

男人憤憤地咒罵，像是有人拿鎚子敲了他的手。「告訴他我們來自地球，這可是史無前例的事！」

「什麼東西史無前例？」她放下棕色的雙手。「算了。我馬上回來。」

她急匆匆地劈里啪啦走過石頭房子。

屋外，蔚藍無垠的火星天空猶如溫熱的深水，平靜又溫暖；延伸鋪展的沙漠好比滾燙的史前泥溏，陣陣熱浪閃爍蒸騰。一艘小小太空船斜依在附近的山丘。大大的腳印從太空船前來到這棟石屋的門口。

現在，樓上傳來爭吵聲。進了門的幾個男人面面相覷，左右腳輪流支撐身體重心，玩玩手指、摸摸垂掛的腰帶。樓上有個男人在怒吼，女人大聲回嘴。十五分鐘後，幾個地球人閒著沒事做，所以在廚房進進出出。

「來根菸？」其中一個男人提議。

有人拿出一包菸，大家點了菸抽，緩緩吐出白色的煙霧。他們拉拉制服調正衣領。樓上持續傳來嘀咕嘟囔聲，帶頭的男人看看手錶。

「二十五分鐘了，」他說：「不知道他們有什麼打算。」他走到窗邊往外看。

「今天天好熱。」一個男人說。

「就是啊。」在過午溫暖又慢悠悠的時刻，另一個男人這麼說。話語聲漸成低喃，終至無聲。屋裡沒半點聲響了，幾個地球人只聽得到自己的呼吸。

又安靜地過了一個鐘頭。「希望我們沒有造成什麼困擾。」艦長說著，走過去窺探起居室。

T太太在裡頭，正在替長在起居室中央的花朵澆水。

看到艦長時，她說：「我就知道我忘了什麼事。」她走進廚房。「抱歉啊。」她遞了一張紙條給艦長。「T先生太忙了。」接著她轉身看正在烹煮的食物。「反正你們要見的不是T先生，應該是A先生才對。帶這張紙條到下一個農場，就在藍色運河旁。無論你們想知道什麼，A先生都會給你們建議。」

「我們沒有什麼想知道的。」艦長不悅地噘著厚厚的嘴唇說。「我們已經**知道**了。」

「紙條都給你了，你還要怎麼樣？」她單刀直入這麼一問，就閉上嘴巴不肯再說。

「嗯。」艦長說，拖拖拉拉不想離開，站在原地彷彿在期待什麼，看起來就像個孩子瞪著沒掛禮物的聖誕樹。「嗯，」他又說了一次。「走吧，兄弟們。」

四個男人就這麼走進外頭炎熱又安靜的白晝。

+

半小時後，坐在自家書房，端著金屬杯啜飲電子火的A先生聽到外頭的碎石路上有人在說話。他探頭往窗口一看，發現有四個穿制服的男人抬頭瞇眼瞧他。

「請問你是A先生嗎？」他們拉高聲音問。

「是。」

「T先生讓我們來找你！」艦長喊道。

「他為什麼會要你們過來？」A先生問道。

「他很忙！」

「嗯，那太可惜了。」A先生譏諷地說：「他當我閒著沒事，只能接待他忙到懶得招呼的人？」

「先生，那不是重點。」艦長扯著嗓門說。

「對我來說偏就是。我有好多書要讀。T先生眞是有欠考慮，這也不是他頭一回這麼不顧我的立場。別再揮手了，先生，讓我把話說完。注意聽好。我說話時大家都會注意聽。如果你們不好好聽，我就不說了。」

院子裡的四個男人嘴開開、不安地輪流用左右腳支著身體，艦長甚至一度臉上的青筋浮起，眼眶含淚。

「好了，」A先生開始說話：「你們覺得T先生這麼不禮貌，公平嗎？」

站在高溫中的四個人抬頭看。艦長說：「我們是從地球來的！」

「我覺得他很沒風度。」A先生悶悶不樂地說。

「我們搭**火箭**來的。東西就在那裡！」

「知道嗎，T先生不是頭一次這麼不講理了。」

「遠從地球過來的。」

「怎樣，我真是有點想打電話跟他說個清楚。」

「我們一共四個；我和這三個隊員。」

「好，我要打電話給他，就這麼辦！」

「地球。火箭。人類。太空旅行。」

「打電話過去好好罵他一頓！」A先生扯著嗓門說，接著便像舞台上的人偶一般，倏忽消失。接下來，怒沖沖的聲音以某種古怪的方式前後迴盪了大約有一分鐘之久。窗外，站在底下的艦長和他的隊員渴望地看向停在山丘上的美麗太空船，那麼美好，那麼誘人又那麼精緻。

A先生突然狂熱又得意地出現在窗口。「找他決鬥，決定了！決鬥！」

「A先生——」艦長靜靜地再次從頭開始說。

「我要開槍殺了他，聽到了嗎？！」

「A先生，我想**告訴**你。我們航行了六千萬英里才到這裡。」

A先生終於注意到艦長了。「你說你們從哪來的？」

艦長露齒笑，沉聲告訴身邊三個男人：「這下總算有進展了！」他大聲告訴A先生：「我們航行了六千萬英里，從地球來的！」

A先生打了個大哈欠。「這季節，地球只在五千萬英里外。」他拿起一支看來很嚇人的武器。「好，我得走了。你們只管拿著那張紙條——雖然我不知道那玩意兒對你們有什麼幫助——越過山丘去埃波爾小鎮，把一切全告訴I先生。你們要找的人是**他**，不是T先生那個蠢蛋，現在我要去殺了他。別找我，因爲你們不在我的工作範圍裡。」

「工作範圍，工作範圍！」艦長可憐兮兮地顫聲道：「難道要歡迎地球人還得先劃定工作範圍！」

「別傻了，這每個人都知道好嗎?!」A先生匆匆下樓。「再見！」他快步踏上碎石路，雙腳好像一把彎腳圓規。

四名太空旅客驚訝地呆立在那。最後，艦長說：「我們會找到願意聽我們說話的人。」

「也許我們可以出去再進來。」一名隊員沮喪地說：「說不定我們應該先升空，然後再一次降落。給他們一點時間準備歡迎派對。」

「這點子不錯。」疲憊的艦長喃喃地說。

小鎮裡滿是人，在家戶間來來去去，互相問好。他們都戴著面具，有金、有藍，也有深紅等討喜的顏色，面具上有銀色嘴唇和紅銅色眉毛，或微笑或皺著眉頭，全憑配戴者的喜好而定。

四個因爲長途跋涉而全身汗溼的地球人停在路邊，向一個小女孩詢問I先生的住處。

「那裡。」女孩點個頭。

熱切的艦長小心地單膝跪下，看著女孩甜美稚嫩的臉龐說：「小女孩，我想和妳說說話。」

他讓女孩坐在他腿上，一隻大手捧住她規矩交疊的棕色小手，像是要說床邊故事一樣，耐心又愉快地慢慢構思細節。

「嗯，事情是這樣的，小女孩。六個月前有另一艘太空船登陸火星。太空船上有個叫約克的人，還有他的助手。我們不知道他們出了什麼事，說不定墜毀了。他們搭的是火箭推動的太空船，我們也是。妳該看看的！**好大**的火箭！所以，我們是第一支探險隊之後的**第二支**隊伍！我們大老遠從地球來……」

小女孩想都沒想就鬆開一隻手，戴上面無表情的金色面具遮住臉。艦長說話時，她拿出一隻玩具金蜘蛛扔到地上。她透過面具縫隙冷冷看著玩具蜘蛛順從地爬回她膝頭，同時間，艦長輕輕搖著她，想讓她聽進自己的故事。

「我們是地球人。」他說：「妳相信我嗎？」

「相信。」小女孩看著自己用腳尖在沙地上畫出的線條。

「很好。」艦長捏捏她的手臂，一則是有點開心，同時也是想讓小女孩直視他。

「我們自己打造的太空船。妳相信嗎？」

小女孩用一隻指頭挖鼻孔。「相信。」

「還有——小朋友，手指拿出來，別再挖鼻孔了——**我**是艦長，而且——」

「過去從沒有人搭這麼大的太空船穿越太空。」小女孩閉起眼睛像在背書似的。

「太棒了！妳怎麼知道？」

「喔，是傳心術啊。」她漫不經心地在膝蓋上抹抹指頭。

「怎麼樣，妳**以前**有沒有這麼興奮過？」艦長大喊著：「妳不覺得開心嗎？」

「你最好趕快去找I先生。」她把玩具扔到地上。「I先生會想和你說話的。」

她跑開去，玩具蜘蛛乖乖跟著她跑。

艦長蹲在地上，攤著手，眼睜睜地看小女孩跑開。他眼眶濡濕，盯著自己空空的掌心，嘴也沒闔上，而另外三名隊員就這麼站著，影子落在腳下。朝石頭街道啐了一口……

應門的是I先生本人。他正要去講課，但如果他們趕緊進門，說出自己想要什麼，他可以撥出一分鐘時間。

「注意聽了。」艦長說，他雙眼紅紅，一臉疲憊。「我們來自地球，有一艘火箭推進的太空船，總共是四個人，包括三名隊員和一名艦長。我們又累又餓，需要一個地方睡覺。我們還需要某個人頒發我們城市之鑰這類東西、和我們握手，說聲『太棒了』和『恭喜，老傢伙！』之類的話，大致上就是這樣。」

I先生是個弱不禁風的高瘦男人，戴著厚厚的藍水晶片覆蓋在金黃色眼睛上。他埋首看著書桌上的文件，不時以銳利的眼神審視他的客人。

「呃，我**覺得**我這裡好像沒有表格。」他仔細翻找書桌抽屜。「嗯，我到底把表格放哪去了？」他若有所思。「一定在什麼地方。喔，有了！在**這裡**！」他俐落地把表格遞給艦長。「你得在這些文件上簽名，你知道吧？」

「我們非得完成這些沒意義又繁瑣的手續嗎？」

I先生無神地看了他一眼。「你說你們從地球來的，不是嗎？那麼除了簽這些表格以外沒別的方法了。」

艦長簽下自己的名字。「你還需要我的隊員簽名嗎？」

I先生看著艦長，又看向另外三個地球人，爆出大聲的嘲笑。「他們要簽名！哈！真不可思議！他們，哈，**他們**也要簽！」他的淚水冒出來，手拍膝蓋，彎下身，張開的嘴巴裡吐出笑聲，好一會兒才扶著桌子坐直。「**他們**要簽名！」

四個地球人沉下臉。「有什麼好笑的？」

「他們要簽名！」I先生嘆口氣，開心到全身無力。「太好笑了，我得把這件事告訴X先生！」他檢查填好的表格，仍然止不住自己的笑聲。「看來所有資訊都填好了。」他點個頭。「包括必要時採取安樂死的同意條文。」

「同意**什麼東西**的條文？」

「不要講話。我有東西要給你。來，這是鑰匙。」

艦長滿臉喜色。「太榮幸了。」

「不是城市之鑰，笨蛋！」I先生厲聲說：「只是房子的鑰匙。沿著走廊往前走，打開大門的門鎖，走進裡面緊緊關上門。你們要在那裡面過夜。明天早上我會讓X先生去看你們。」

艦長猶豫地接過鑰匙。他站在原地低頭看地板，他的隊員沒有移動。他們的血和因火箭而生的熱情似乎全被抽光，被榨乾了。

「怎麼了？有什麼不對？」I先生問道：「你們還在等什麼？你們想怎麼樣？」

他彎腰駝背走過來，抬頭看著艦長的臉。「你們幾個！拿著鑰匙出去！」

「我不指望你能——」艦長暗示著：「我是說，好比試著，或是想想……」他吞吞吐吐地說：「我們很努力，從很遠的地方來，你是不是可以和我們握個手，說聲『幹得好！』之類的，你——覺得呢？」他的聲音越來越小。

I先生伸長了手。「恭喜！」他微笑了，但很冰冷。「恭喜。」他轉過身。「現在我得走了，鑰匙拿去用。」

I先生再次無視他們，彷彿這幾個人融入地板一樣。他在房裡走來走去，收拾好一個裝著紙張的文件盒。他又待了五分鐘，但完全沒再和這幾個垂頭喪氣、腳步沉重、目光逐漸黯淡的地球人說話。I先生臨出門時還忙著檢查自己的指甲……

在沉悶陰鬱的午後陽光中，他們零零落落地沿著走廊，來到一扇光亮的銀質大門前，用鑰匙開了門，走進去關上門，接著才轉身。

這是一間太陽照得到的寬敞大廳，男男女女或坐在桌邊，或一群群站著聊天。聽到關門聲，他們齊齊看向這四個身著制服的男人。

一個火星人往前走過來，朝他們點頭打招呼。「我是U先生。」他說。

「我是強納森．威廉斯艦長，來自地球的紐約市。」艦長平鋪直敘地說。

整個大廳瞬間沸騰！

叫嚷聲讓屋椽都爲之震動。這些人推擠著往前，高興得又是揮手尖叫又是拍打桌子，他們歡樂地蜂擁上前，抓住這四個地球人，迅速將他們扛上肩膀繞著大廳衝了六波，六次都在大廳裡繞出完美的圓圈，一面歡欣鼓舞地邊跳邊唱。

這四個地球人搖搖擺擺地坐在大家的肩膀上，驚喜萬分，過了整整一分鐘後才開始大笑，互相喊道：

「嘿！這才像話嘛！」

「這才是人生！好傢伙！耶！哇！嗚比！」

他們拚命對彼此眨眼，舉高雙手拍著叫著：「嘿！」

「好耶！」群眾附和。

接著，他們停止叫喊，讓幾個地球人坐在桌上。

艦長差點哭出來。「謝謝你們，眞好，這眞好。」

「快自我介紹一下。」U先生催促他們。

艦長清清喉嚨。

艦長說話時，大家不斷發出「喔」或是「啊」的驚嘆。他介紹自己的隊員，然後三人分別簡短致詞，全都贏得如雷掌聲。

U先生輕拍艦長的肩膀。「能看到另一個地球人眞好。我也來自地球。」

「你說什麼？」

「我們當中有很多人都來自地球。」

「你們？從地球來的？」艦長瞪大了雙眼。「怎麼可能？你們也是搭火箭來的嗎？難道幾世紀以來一直有人在進行太空旅行？」他顯然很失望。「你們從哪個——哪個國家來的？」

「圖瑞歐。我靠身體的靈力過來的，好幾年前的事了。」

「圖瑞歐。」艦長有樣學樣地說出這幾個字。「我沒聽過這個國家。什麼是身體靈力？」

「那位R小姐也來自地球，對吧，R小姐？」

R小姐點點頭，詭異地笑了起來。

「W先生、Q先生和V先生也是！」

「我是來自木星。」有個男人得意洋洋地說。

「我從土星來的。」另一個眼底閃現狡獪神色的人說。

「木星、土星。」艦長驚訝地眨眼。

這時周遭很安靜，大家圍在桌邊，有的站，有的坐，怪的是這些餐宴大桌上空空如也，沒擺任何東西。他們的金黃色眼睛閃爍，顴骨下有明顯的暗影。艦長到這時才注意到大廳裡沒有窗戶，光線似乎是從牆壁滲進來的。而且這裡只有一扇門。艦長縮了縮。「我搞不懂了。圖瑞歐在地球上什麼地方？離美國近嗎？」

「美國是什麼？」

「你沒聽過美國！你說你是從地球來的，可是你竟然不知道美國！」

U先生氣呼呼地靠過來。「地球是海洋之星，那裡除了海洋外什麼都沒有。沒有陸地。我從地球來的，我知道。」

「等等。」艦長往後坐。「你看起來像個普通的火星人。黃眼睛，棕色皮膚。」

「地球上全是**叢林**。」R小姐驕傲地說。「我來自地球的奧利，我們的文明是純銀打造的。」

這時，艦長輪流看著U先生、W先生、Z先生、N先生、H先生和B先生。他看到他們的眼睛在光線下忽明忽暗，忽而聚焦忽而渙散。他開始打顫。最後，他終於轉過頭，一臉陰沉地看著自己的隊員。

「你們明白這怎麼回事了嗎？」

「明白什麼，長官？」

「這不是慶祝。」艦長疲倦地說。「不是宴會。這些人不是官方代表。這也不是驚喜派對。看看他們的眼睛，聽聽他們說的話！」

沒人膽敢呼吸，在這個密閉空間裡，只有白眼球左右移動。

「我現在才知道——」艦長的聲音好遙遠，「——爲什麼每個人都給我們紙條，要我們去找別人，直到我們見到I先生，而他還給我們鑰匙，要我們沿走廊往前走。然後我們到了這裡……」

「我們在哪裡，長官？」

艦長呼了一口氣。「在精神病院。」

夜晚來臨。大廳裡鴉雀無聲，透明牆的隱藏式燈光投射出昏暗的光線。四個地球人坐在木桌邊，垂頭喪氣地低聲說話。地上的男男女女躺成一團。陰暗的角落裡有些

動靜，落單的男女在旁比手劃腳。每隔半小時，艦長的隊員就會去轉動銀門門把，然後回到桌邊。「沒辦法，長官，我們被鎖在裡面了。」

「他們眞的以爲我們發瘋了嗎，長官？」

「應該吧。所以才沒有歡迎會。他們只是在忍耐。對他們來說，這一定是經常出現的精神錯亂狀態。」他指指那些沉睡中的人影。「每個人都有妄想症！他們剛才怎麼熱烈歡迎我們的！那一瞬間——」他雙眼發亮又暗下。「——配上那些歡呼、歌聲和演講，我還以爲我們就快要得到正式的接待。當時，一切都那麼美好，對吧？」

「他們要把我們關多久，長官？」

「直到我們能證明自己不是瘋子。」

「那應該不難吧。」

「**希望**是。」

「你聽起來不太確定，長官。」

「我是不確定。看看那個角落。」

有個男人獨自蹲在黑暗中。他口中吐出的藍色火焰，幻化成嬌小圓潤的裸女身影，在柔和的深藍色空氣中舞動、低語、嘆氣。

艦長又朝另一個角落點個頭。有個女人站在那裡變身。她先與水晶柱合而爲一，接著融成一尊金色雕像，然後變成一根光滑的雪松木棍，接著才又變回女人。

整個晚上，大廳裡的人不是在玩弄火焰、轉形換位，就是在變身，因爲夜晚是改變和苦惱的時刻。

「魔術師、巫師。」四個地球人當中的一人說。

「不對，是幻覺。他們把自身的瘋狂傳染給我們，所以我們才看得到他們的幻覺。是傳心術。自我暗示和傳心術。」

「這是你煩心的原因嗎，長官?」

「對。如果這些幻覺能在我們、在任何人面前以這麼『眞實』的面貌出現，而且具有感染力和可信度，就難怪他們會把我們當瘋子看。如果那個男人可以吐出藍色火焰，那個女人可以融入水晶柱裡，正常火星人自然會以爲**我們**是用**我們的意識**創造出我們的太空船。」

「喔。」他的隊員在黑暗中說。

在他們四周，這個偌大的空間裡，藍色火光搖曳閃爍後隨即發散消失。紅色沙土小怪在沉睡男人的牙齒間奔竄，女人變形成了滑溜溜的蛇。大廳裡瀰漫著爬蟲和動物的氣味。

到了早上，每個人都容光煥發，不但開心，還顯得很正常。大廳裡絲毫不見火焰或怪物的蹤跡。艦長和三名隊員在銀色大門邊等待，希望門會打開。

X先生在約莫四小時後進入大廳。他們懷疑他早等在門外，從外面偷看他們至少三小時，然後才踏進來領他們到他的小辦公室去。

X先生是個面帶微笑、個性愉快的男人——如果他面具上那不只一抹，而是三抹笑容可信的話。然而，面具後面傳出來的聲音卻屬於一個不苟言笑的心理師。「你們有什麼問題嗎？」

「你們以爲我們瘋了，但我們沒瘋。」艦長說。

「正好相反，我不認爲你們**全都**瘋了。」心理師拿著一支小魔杖指向艦長。「不是的，瘋的只有**你一個**，先生。其他人是續發性幻覺的作用。」

艦長一掌拍向自己的膝蓋。「原來如此！難怪我提議我的隊員也簽名時，I先生會笑成那樣。」

「沒錯，I先生告訴我了。」心理師的笑聲從刻成微笑形狀的嘴裡傳出來。「這笑話不錯。我說到哪了？對，續發性幻覺。有耳邊纏著蛇的女人跑來找我，等我治好她們之後，蛇也就消失無蹤。」

「我們很樂意接受治療。請便。」

X先生顯得很驚訝。「不尋常。願意接受治療的人不是太多。要知道，治療手法很激烈的。」

「儘管治！我相信你會發現我們的神智完全正常。」

「我先檢查你們的文件，確認你們是不是能夠接受『治療』。」他審閱檔案。「可以的。知道嗎，像你們這種案例需要接受特殊『治療』。在大廳裡的那些人狀況算單純。一旦發展到像你這麼嚴重，我必須說，你可是有原發性和續發性的幻覺，還有幻聽、幻嗅和唇幻想，以及觸覺和視覺方面的幻覺，實在相當棘手。我們恐怕得用上安樂死了。」

艦長吼了一聲跳起來。「聽著，我們受夠了！來幫我們做檢驗啊，敲我們的膝蓋，檢查我們的心臟，讓我們運動，問我們問題！」

「你儘管說。」

艦長激動地狂罵了一小時，心理師安靜聆聽。

「不可思議。」他陷入沉思。「眞是我聽過最鉅細靡遺的幻夢。」

「該死的，我們帶你去看那艘太空船！」艦長大喊道。

「我很樂意看看。你能在大廳裡召喚出太空船嗎？」

「哈，那當然！就歸在你檔案裡的『R』字底下。」

X先生專注地檢查檔案，隨後發出嘖的一聲，又鄭重地合上檔案。「你爲什麼要我看檔案？檔案裡又沒有太空船。」

「那是當然，你這個笨蛋！我在開玩笑。瘋子不說笑話的嗎？」

「你的幽默感眞詭異。好吧，帶我去看你的太空船。我希望能看得到。」

大中午的時候，他們來到太空船旁。而這天非常之熱。

「嗯。」心理師走到太空船邊，輕叩船身，發出柔和的敲擊聲。「我可以進去裡面嗎？」他狡詐地問。

「請。」

X先生走進太空船，過了許久還沒出來。

「愚蠢、惱人的事這麼多，」艦長在等待時咬著雪茄說：「我個人意見啦，反正等我回去，我一定要昭告天下的是：千萬別惹火星人。眞是一群疑神疑鬼的蠢蛋。」

「我猜火星上有絕大部分人口都不正常，長官。所以他們才會這麼疑神疑鬼的。」

「儘管如此，這還是讓人很不爽。」

經過半小時的搜尋、敲敲打打、東聽西聽，再加上又聞又嚐之後，心理師X先生才走出來。

「現在你信了吧！」艦長像是把他當聾子般地喊道。

心理師閉上雙眼，搔搔鼻子。「我從沒遇見過這麼驚人且絕妙的感官幻覺和催眠暗示。我踏遍了你們所謂的『火箭飛行船』。」他拍拍船身。「我聽得到。這是幻聽。」他深吸了一口氣。「我聞得到；這是由影響感官的傳心術引發的幻嗅。」他親吻太空船。「我還親得到，也就是所謂的唇幻想！」

他和艦長握手。「我可以恭喜你嗎？你是個天才瘋子！你所做的已近乎完美！透過傳心術將你精神異常之下的幻覺投射到另一個人心裡，而且還能維持這樣的感官強度，這簡直是不可能的事。院裡那些人通常只能專心在視覺方面，或是最多讓幻視結合幻聽。你卻能平衡各種幻象完完整整地呈現出來！你的瘋狂程度實在是非常出色，非常完美！」

「我的瘋狂程度。」艦長臉色慘白。

「對，沒錯。瘋得多麼的完美啊。我看到金屬、橡膠、重力儀、食品、衣物、燃料、武器、梯子、螺絲、螺栓，還有湯匙。我在你的太空船上清點出一萬個不同品項。這是我所見過最複雜的案例。甚至連臥舖和**每一樣東西**下方都有影子！眞是極爲專注的意志力！而且，所有東西無論怎麼測試都能聞到、摸到、嚐到，甚至還能聽到！快讓我抱你一下！」

最後，他終於往後退開。「我要把這些寫進我最深奧的論文裡！下個月就去火星學院發表。**看看你**！你甚至把眼睛顏色由金黃色轉變成藍色，皮膚也從棕色變成粉紅色。還有那些衣服，還有你竟是五根指頭而不是六根！這是透過精神失調引起的生理變化！還有你的三個朋友——」

他掏出一把小槍。「肯定是沒救了，你這個可憐的好傢伙。你死了會比較快樂的。你有什麼遺言要交代？」

「住手！天哪，別開槍！」

「可憐的傢伙，我會了結讓你幻想出太空船和這三個男人的痛苦。能親眼看到你朋友跟太空船消失，你肯定會覺得非常震撼，等等我殺了你就會知道了。我也打算要寫一篇簡潔清晰的論文，描述我今日接收到的神經感知幻象如何消退散逸。」

「我來自地球！我的名字是強納森．威廉斯，這些——」

「對，我知道。」X先生先是安撫他，接著開了槍。

艦長心臟中彈倒下。另外三個地球人放聲驚叫。

X先生瞪著他們。「你們還在？這也未免太強了！竟有耐得住時間和空間考驗的幻覺！」他拿槍對著三個人。「好吧，我用威嚇，把你們嚇到消失好了。」

「不要！」三個男人喊道。

「雖然病患死了，幻聽還是在。」X先生一邊槍殺三個人，一邊觀察著。

他們直挺挺躺在沙地上，一動也不動。

他踢踢他們，又去敲敲太空船。

「竟然——還在！**他們**還在！」他對著屍體開了一槍又一槍。接著他往後退，臉上的微笑面具掉了下來。

心理師的表情逐漸改變。他下巴合不攏，手上的槍也跌落地面。他眼神呆滯無神，高舉著雙手團團轉圈。他在屍體上東摸西摸，嘴裡滿是口水。

「幻覺。」他狂亂地喃喃自語。「味覺、視覺、嗅覺、聽覺、觸覺。」他揮動雙手，雙眼爆凸，嘴巴吐出一絲泡沫。

「走開！」他對著眼前屍體吼叫。「走開！」他對太空船喊道。他檢查自己顫抖的雙手。「被感染了。」他失控低語。「傳染到我身上。傳心術、催眠。現在我也瘋了，我受到感染了。所有的感官都出現幻覺。」他停住，用麻掉的雙手摸索身周找槍。「只有一種方法能治癒，只有一種方法可以讓幻覺消失，徹底不見。」

一聲槍響後，X先生倒地不起。

四具地球人的屍體倒在陽光下，X先生躺在他倒下的地方。

太空船斜靠在太陽照射的小山丘上，沒有消失。

日落後，當本地人發現太空船時，都很疑惑那是什麼。但沒人知道，於是太空船賣給了一個撿破銅爛鐵的人，拖走去當廢金屬拆解。

那夜，整晚下著雨。第二天晴空萬里，天氣溫暖宜人。

二〇三一年三月

納稅人

他要搭火箭到火星。一大早就來到火箭發射場，在鐵絲網這頭叫囂，告訴那些穿制服的人說他要去火星。他強調自己是納稅人，叫做普李查，有權上火星。他不是在俄亥俄州土生土長的本地人嗎？不是個好公民嗎？那爲什麼**他**不能去火星？他對穿制服的人們揮舞拳頭，說他想離開地球，凡是有腦子的人都會想離開地球。大概就這兩年，地球會爆發核大戰，他才不想留在這裡看著戰爭發生。成千上萬和他一樣還有點理智的人，都會想要上火星。不信可以等著瞧！遠離戰爭，躲避審查制度、集權國家、徵兵制度，逃離愛管東管西、要對藝術、科學伸出魔爪的政府！地球就留給你們吧！他願意獻上完好無缺的右手、他的心臟與腦袋，來換取上火星的機會！他必須怎麼做、簽署什麼文件、認識什麼人，才有資格搭上火箭？

他們站在鐵絲網那頭嘲笑他。他們說，你不會想去火星的。難道你不知道前兩支登陸隊伍都失敗，並且消失了嗎；那些人說不定已經死了？

但是他們無法證明也不確定，他抓著鐵絲網說。也許上頭是流奶與蜜之地，也許約克艦長和威廉斯艦長只是不想回來。現在他們是肯自己開柵門讓他登上第三支探險隊的火箭太空船？或者他得要來踢翻柵門？

他們要他閉嘴。

他看火箭裡走出幾個人。

「等等我！」他大喊。「別把我留在這個可怕的世界上，我得趕快走；馬上就要發生核大戰了！別把我丟在地球上！」

他們把他拉走，費了好一番勁。碰一聲關上警車車門後，趁著天色還早把他送走。他的臉緊貼著車窗後方玻璃，在警車鳴笛繞過山丘前，他看到紅色火焰，聽到巨響，感覺到劇烈震動。銀色火箭一飛衝天，留下他，在一個尋常週一早晨的尋常地球上。

二〇三一年四月

第三支探險隊

太空船往下降。穿越眾多星子與黑暗小行星，掠過閃亮彗星與幽靜深邃太空。這是一艘新的太空船，船體噴射出火焰，船內金屬艙裡搭載數人，在安靜、火熱、溫暖中推進。這艘太空船包括艦長在內，共有十七個人。俄亥俄州發射場的群眾叫喊著，對著陽光高舉雙手。在火箭噴射出一朵朵巨大、熾熱、鮮豔火花時，**第三支探險隊**升空朝火星出發！

此刻，在火星大氣層，太空船以符合金屬效率模式進行減速。她是如此美麗又充滿力量，航行在午夜幽深如水的太空之中；飛掠過古老的月亮，投入重重相連的虛空當中。太空船裡的人憔悴狼狽，不是甩得七葷八素，就是病了又病，反反覆覆。一名隊員在旅途中送了命，其餘十六人張著眼睛，臉抵著厚厚的玻璃窗，看著火星升起。

「火星！」導航員魯斯提格喊道。

「美好的老火星！」考古學家辛克斯頓說。

「嗯。」這是約翰．布雷克艦長。

火箭降落在一片綠色草坪上。外面，在同一片草坪上，立著一座鐵製的鹿。稍遠處，陽光下的綠地靜靜佇立著一幢高高的咖啡色維多利亞式房屋，屋子的門面上滿是渦卷形狀和洛可可風格的繁複裝飾，花窗上鑲著藍色、粉紅色、黃色和綠色的彩色玻璃。門廊上種著葉片上生了細毛的天竺葵，從天花板垂掛下來的老舊鞦韆隨著微風前後來回擺盪。屋子最高處的圓頂有個菱格鉛條鑲嵌玻璃的窗戶，最頂上還有個尖錐！正對著窗戶望進去，可以看到譜架上放著《美麗俄亥俄》的樂譜。

圍繞著火箭，朝四面八方分布開來的小鎮，充滿綠意，凝立在火星的春色中。有白屋子，也有紅磚房，高高的榆樹、楓樹和七葉樹隨風擺動，掛著金色大鐘的教堂尖塔靜默無聲。

火箭裡的人往外瞧，看到這一切。他們彼此互望一眼，接著繼續看外面。他們抓著同事的手肘，似乎突然無法呼吸，臉色逐漸蒼白。

「要命了。」魯斯堤格用麻木的指頭搓著臉，低聲說：「這也太離譜了吧。」

「不可能呀。」山謬．辛克斯頓說。

「天哪。」約翰．布雷克艦長說。

化學家大聲說：「長官，這裡大氣層稀薄不利呼吸，但氧氣卻很足。這裡很安全。」

「那我們就出去。」魯斯堤格說。

「等等。」約翰．布雷克艦長說：「我們怎麼知道那是什麼？」

「那是個小鎮，有稀薄但可供呼吸的空氣，長官。」考古學家辛克斯頓說：「很不可思議，幾乎不可能，卻偏偏**存在**。」

約翰．布雷克艦長懶懶地看著他。「辛克斯頓，你覺得兩個不同星球的文明有可能以相同的速度和方式發展嗎？」

「我想不會，長官。」

艦長站在舷窗前。「看那邊，是天竺葵。在地球上，這個特殊品種五十年前才有人發現。要知道，植物的演化需要經過幾千年的時間。然後，再想想，火星人擁有下列幾項事物有沒有道理：一，花飾鉛條窗；二，圓頂；三，掛在門廊上的鞦韆；四，看起來不但像也可能眞的**就是**鋼琴的樂器；五，如果用望遠鏡仔細看，火星作曲家有可能作出一首曲子名叫——眞是怪透了——『美麗俄亥俄』嗎？這豈不表示火星上也有一條俄亥俄河！」

「那就對了！是威廉斯艦長。」辛克斯頓喊道。

「什麼？」

「威廉斯艦長和他的三名隊員！要不就是納坦尼．約克和他的夥伴。這下可以說得通了！」

「完全說不通。我們目前的推測是，約克那支探險隊的太空船在抵達火星當天爆炸，約克和他的夥伴全都喪命。至於威廉斯和他的三名隊員，他們的太空船則是在登陸的隔天爆炸。反正，他們的訊號就是在那兩個時間點沒了，我們猜，他們要是之後還活著，肯定會跟我們聯絡。再說，約克的探險隊是去年才出發，而威廉斯艦長和他的隊員是去年八月左右登陸火星。就算他們還活著好了，他們有可能在火星人的神助下打造出這樣的小鎮？而且還能在短短的時間內就呈現這麼古色古香的風情？看看那座小鎮，起碼有七十年歷史了。看看門廊支柱、樹木，都像有上百年歷史了！不，這不是約克或威廉斯弄出來的。是別的東西，而且我不喜歡。在我知道那是什麼之前，我是不會下船的。」

「說到這個，」魯斯堤格點頭說：「威廉斯和隊員，以及約克他們都是在火星的另一側登陸的。我們則是很小心地在這一側登陸。」

「這就是重點了。因爲怕是火星上有仇外的原住生命體殺害了約克和威廉斯，我們才奉命要到另一個地區登陸，免得同樣的憾事再次發生。也因此我們才會來到這個據說是他們未曾看過的地區。」

「眞是的！」辛克斯頓說：「長官，如果你同意，我想一探這個小鎭。說不定我們太陽系的每個行星都有相似的模式和文明發展曲線。我們很可能正站在起點，可以一窺本世紀最偉大的心理和超自然發現！」

「我寧願再等一下。」約翰．布雷克艦長說。

「很有可能的是，長官，我們此刻所見，將是首度能夠見證上帝眞實存在的現象啊。」

「很多人不需要這種證明也能保有虔誠的信仰，辛克斯頓先生。」

「我自己就是，長官。但若不是這其中有神蹟，這樣的小鎭怎麼可能存在？看看那些細節，我此刻只覺得簡直不知道該笑還是該哭才好。」

「不必哭也不必笑，在弄清楚我們面臨什麼困境之前，兩者都不必。」

「面臨困境？」魯斯堤格插嘴說：「沒有困境，長官。這裡是個充滿綠意又寧靜的好地方，就像我出生的老派小鎮。我很喜歡這小鎮的樣貌。」

「你哪一年出生的，魯斯堤格？」

「一九八〇年，長官。」

「你呢，辛克斯頓？」

「一九八五年，地點是愛荷華州的格林內爾，長官，而現在這地方看起來就像我家。」

「辛克斯頓、魯斯堤格，我的年紀足以當你們的父親了。我是一九五〇年在伊利諾州出生，剛滿八十歲，但有了上帝的恩典，以及過去五十年來研發的回春科技，我如今登上火星，也沒比你們幾個更累，但我絕對比你們更多疑。外頭的小鎮看似寧靜，和伊利諾州的綠崖沒有兩樣，但這讓我很害怕。這裡太像綠崖了。」他轉頭看通訊員。「和地球聯絡，說我們登陸了。就這樣。告訴他們我們明天會傳送完整報告。」

「是的，長官。」

布雷克艦長看向舷窗外，本該有八十歲長者面容的他看上去卻只像四十來歲。

「魯斯堤格，告訴你我們要怎麼做。你、我和辛克斯頓去探查小鎮。其他人留在船上。如果出事，他們可以離開。損失三個人總比整船人送命要好。魏爾德艦長準備在聖誕節出發，如果火星上有不友善的生命體，我們當然希望下一艘火箭帶了足夠的武器來。」

「我們也有啊。我們也攜帶了常規的武器。」

「要大家拿好槍待命。走吧，魯斯提格，辛克斯頓。」

一行三人步下太空船階梯。

+

這是個美麗的春日。一隻知更鳥棲在花朵盛開的蘋果樹頭唱著歌。春風掃過碧綠的枝頭時，花瓣隨之灑落，讓空氣中瀰漫著花香。小鎮某處有人在彈鋼琴，斷斷續續的輕柔樂聲讓人昏昏欲睡。這首曲子是〈美麗俄亥俄〉。另一處傳來留聲機帶著雜訊，似有若無地播放艾爾．喬森的歌〈四月雨〉。

三個男人走出太空船。他們在稀薄的空氣中奮力喘氣，慢慢走動，免得讓自己太累。

現在，播放黑膠唱片的留聲機傳來：

——喔，給我個六月夜，月光和你——

魯斯提格開始顫抖，山謬．辛克斯頓也不遑多讓。

天空明亮安靜，遠處，淙淙溪水穿過冰涼的洞穴，樹蔭遮蔽著深谷。另一處，一匹馬拖著馬車又顛又簸，緩緩前行。

「長官！」山謬．辛克斯頓說：「一定是這樣，飛往火星的太空旅行一定在第一次世界大戰以前就開始了！」

「不對。」

「否則要怎麼解釋這些房子、鑄鐵打造的鹿、鋼琴和音樂？」辛克斯頓拉住艦長的手肘，直視長官的臉，想說服他。「假設一九〇五年時有些痛恨戰爭的人和科學家祕密建造火箭來到火星——」

「不，不對，辛克斯頓。」

「怎麼不對？一九〇五年那時的世界不一樣，當年要藏住祕密比較容易。」

「但是像火箭這麼複雜的設備，不，不可能藏得住。」

「他們登上了火星生活，蓋的房子自然會像地球的房子，因爲他們把自己的文化帶了過來。」

「然後這麼多年他們就這樣住了下來？」艦長說。

「是的，過著和平寧靜的日子。也許他們回去過幾趟，帶來足夠住滿小鎮的人，接著因爲擔心被發現才停止。所以這個小鎮看起來才會這麼復古。我自己是沒看到早於一九二七年以前的事物，你呢？或許呢，長官，說不定人類開始太空旅行的日期，比我們想像中更早。也許在幾世紀前，太空旅行在地球的某處就開始了，而只有來到火星、並且中間只回去過幾次的少數人掌握了這個祕密。」

「你說得像是眞的一樣了。」

「一定是這樣。證據就在我們眼前，只要找幾個人來問問就能確定了。」

他們的靴子踩在茂密草地上，幾乎聽不到腳步聲。這裡有種剛割過草的清香。儘管心裡仍有諸多疑問，布雷克艦長仍覺得內心滿溢著平和與寧靜。他上次踏進像這樣的小鎮已是三十年前的事了。春天的蜜蜂飛在半空的嗡嗡聲響，讓他平靜下來，清新的事物有如舒緩靈魂的油膏。

他們踏上一間房子的門廊。一行人走向紗門，腳下木地板發出空洞的回音。屋裡的門廳入口處掛著珠簾，天花板垂著水晶吊燈，莫理斯[ξ]設計的舒適椅子上方，一幅裱框的派黎胥[π]畫作掛在牆上。房子聞起來有種古舊的味道，也像是閣樓的氣味，非常舒服。你能聽到裝了檸檬水的玻璃壺中有冰塊輕撞，發出叮叮聲響。因爲白天熱，有人在後方的廚房裡準備冷盤午餐。有人低聲哼歌，細細的歌聲很甜美。

約翰・布雷克艦長按下門鈴。

輕巧的腳步聲沿著走廊傳來，一個面容和藹、年約四十的女人走出來，看她穿的洋裝，你會以爲自己回到了一九三九年。女人看著他們。

「有什麼事嗎？」她問道。

「請問，」布雷克艦長遲疑地說：「我們在找——是說，妳能不能幫我們——」

[ξ] William Morris（1834-1896），十九世紀後期英國工藝美術設計家，同時也是紡織設計師、詩人、小說家、社運人士。

[π] Maxfield Parrish（1870-1966），美國畫家，活躍於二十世紀上半葉。

說到這裡，艦長停了下來。女人用深色的眼眸疑惑地看著他。

「如果你要推銷東西——」她開了口。

「不是，等等？」他大聲問：「這個小鎮是什麼地方？」

她上下打量他。「你是什麼意思，這個小鎮是什麼地方？你怎麼會到了一個地方，卻不知道這裡的名字？」

艦長看來很想去坐在蘋果樹的樹蔭下。「我們從外地來的。我們想知道這小鎮怎麼會在這裡？還有妳是怎麼來的？」

「你們是人口普查員嗎？」

「不是。」

「大家都知道，」她說：「這個小鎮建於一八六八年。這是什麼遊戲嗎？」

「不，不是遊戲！」艦長喊道：「我們來自地球。」

「你是說從**地上**冒出來的嗎？」她沒聽懂。

「不是的，我們來自太陽系第三顆行星，是搭太空船過來的。我們降落在第四顆行星上，也就是火星——」

「這裡，」女人像在對小孩說話般解釋：「是伊利諾州綠崖鎮，位於美洲大陸，兩邊分別是大西洋與太平洋，就在我們稱之爲的世界上，或者有時也會說是地球上。現在你們可以離開了。再見。」

她小步沿著門廳往裡走，用指頭撥開珠簾。

三個男人你看我，我看你。

「我們乾脆破門進去。」魯斯堤格說。

「不可以，這裡是私人住家。拜託！」

他們走出去坐在門廊的階梯上。

「辛克斯頓，你有沒有想過，說不定我們不知怎麼著脫離了軌道，意外回頭降落在地球上？」

「我們怎麼可能做那種事？」

「不知道，我不知道。老天，讓我思考一下。」

辛克斯頓說：「但是我們沿途都有仔細檢查飛行紀錄，里程表上的數字也眞是那麼多。我們是經過月球進到太空後才抵達這裡。我很肯定我們是在火星上。」

魯斯堤格說：「或許是，我們意外地迷失在時間還是空間之中，然後降落在六、七十年前的地球？」

「喔，滾一邊去，魯斯堤格！」

魯斯堤格走到門口按門鈴，對著涼爽又朦朧的屋裡喊道：「現在是哪一年？」

「當然是一九五六年了。」坐在搖椅上小口啜飲檸檬水的女人說。

「你們聽到了嗎？」魯斯堤格驚慌地轉頭對其他人說：「一九五六年！我們回到了過去！這裡**是**地球！」

＋

魯斯堤格坐下來，三人任由這個奇特又恐怖的想法折磨自己，放在膝上的雙手陣陣抽搐。艦長說：「我沒料到會發生這種事。真的嚇到我了。這怎麼可能發生？真希望我們帶了愛因斯坦過來。」

「這個小鎮上會有人相信我們嗎？」辛克斯頓說。「我們是不是在玩火？我是說，玩弄時間。我們要不要升空回家？」

「不行。我們必須先去另一幢房子問看看。」

路過三幢房子後，他們來到一間蓋在橡樹旁的白色小屋。「我想要盡可能合乎邏輯一點。」艦長說：「而且我不覺得我們找到了問題的癥結。辛克斯頓，倘若真如你之前說的，人們在多年前就已經開始太空旅行了呢？然後在這裡住了一段時間的地球人開始想家，想念地球。一開始只是輕微的神經官能症狀，後來變成徹底的神經異常，最後陷入瘋狂。面對這樣的問題，如果你是心理師，你會怎麼做？」

辛克斯頓想了想。「呃，我想，我會重新打造火星文化，讓火星越來越像地球。如果有辦法再現每種植物、每一條路、每一座湖甚至大海，我都會去做，接著再透過集體催眠來說服這等小城鎮裡頭的每一個人，讓他們以為這裡**眞的是**地球，並不是火星。」

「好極了，辛克斯頓。我覺得我們現在的方向是正確的。剛才那幢房子裡的女人只是**以爲**自己活在地球上。這樣可以保護她，讓她的精神維持在正常狀況。她和這個鎮上的所有人都是病患，這是你們這輩子所見到最大規模的移民和催眠實驗。」

「就是這樣，長官！」魯斯堤格說。

「對！」辛克斯頓說。

「嗯。」艦長嘆了一聲。「現在我們總算有點進展了。我覺得好一點了。這比較合乎邏輯。回到過去和時光旅行的說法讓我反胃。但**這麼**一來——」艦長露出微笑。

「嗯，看來我們在這裡可能會大受歡迎。」

「會嗎？」魯斯堤格問道。「畢竟，這些人和當年移居美國的清教徒一樣，來這裡是爲了逃離原來的地方。說不定他們並不會樂見我們到訪。說不定他們會驅趕甚至殺掉我們。」

「我們的武器比他們先進。去下一幢房子，走吧。」

然而他們還沒穿過草坪，魯斯堤格就停下腳步，看向小鎮寧靜夢幻的街道。「長官。」他說道。

「什麼事，魯斯堤格？」

「哦，長官，**長官**，我看到——」魯斯堤格說。他抬起彎曲顫抖的指頭，臉上露出不解、喜悅和難以置信的表情。聽起來，他隨時可能因爲太高興而發狂。他看著街道，突然跌跌撞撞地跑了起來，半途跌倒又爬起來繼續跑。「看，你們看！」

「別讓他跑了！」艦長跑著跟上去。

魯斯堤格跑得飛快，邊跑邊喊叫。他轉彎跑進林蔭街道的一處前院，跳上一座綠色大房子的門廊，這房子的屋頂上有個鐵製風向雞。

他用力拍門，大聲叫喊，這時辛克斯頓和艦長終於追上他，兩人因爲在稀薄的空氣中奔跑而喘個不停。魯斯堤格喊道：「奶奶！爺爺！」

門口站著兩個老人。

「大衛！」他們叫嚷著衝出來擁抱他，拍他的後背，來到他身邊。「大衛，喔，大衛，好多年沒看到你了！你長大了，孩子，是個大人了。啊，大衛小子，你好嗎？」

「奶奶，爺爺！」大衛．魯斯堤格啜泣著說：「你們看起來很好，太好了！」他抱著他們，讓他們轉身，親吻他們、擁抱著他們哭泣，接著伸長手臂拉開距離，對這兩個老人家眨眼。太陽高掛在天上，清風吹拂，綠色的草坪如蔭，紗窗門大大敞開。

「進來，孩子，進來。家裡有冰茶，剛做的，有很多！」

「我有朋友一起過來。」魯斯堤格轉過身，大笑著對艦長和辛克斯頓拚命揮手。「艦長，快上來。」

「你們好啊。」兩個老人家說：「請進，只要是大衛的朋友都是我們的朋友。別光站在那裡！」

老房子的起居室很涼爽，杵在角落的高大青銅老爺鐘滴答出聲。大沙發上擺著柔軟靠枕，牆上排滿了書，小地毯剪裁成大玫瑰形狀。手上的冰茶，杯外側凝結著水滴，讓乾渴的舌頭盡享冰涼。

「祝我們健康。」奶奶拿著杯子，杯緣斜斜碰到瓷牙。

「你們來這裡多久了，奶奶？」魯斯堤格問道。

「自從我們死了以後。」她尖酸地回答。

「自從你們什麼之後？」布雷克艦長放下他的玻璃杯。

「是啊。」魯斯堤格點頭。「他們過世三十年了。」

「然後你還能這麼冷靜坐在那裡！」艦長叫道。

「呸。」老婦人眨眨閃爍的雙眼。「你誰呀？憑什麼質疑發生什麼事？我們不就在這裡。況且，生命是什麼？是誰做了什麼？爲什麼而做？在哪做的？反正我們只知道自己在這裡，又活了過來，還有別亂問。這是第二次機會。」她蹣跚地走過去，伸出細瘦的手腕。「摸摸看。」艦長照她的話做。「這隻手是實在的，對不對？」她問道。艦長點頭。「那麼，」她得意地說：「何必四處東問西問？」

「呃，」艦長說：「我們只是完全沒想過會在火星上看到這種事。」

「現在你們看到了。我敢說，每個星球上都有許多事情，能以無窮無盡的方式展現上帝的大能。」

「這裡是天堂嗎？」辛克斯頓問道。

「胡扯，這裡才不是。這裡是我們獲得第二次機會的世界。沒有人告訴我們爲什麼。但同樣的，之前也沒有人說明我們爲什麼會出生在地球上。我是說，另一個地球，也就是你們來的地方。是說我們又怎麼知道在**那個**地球之前沒有**另一個**星球？」

「好問題。」艦長說。

魯斯堤格對著自己的祖父母微笑。「天哪，能看到你們眞好。天哪，眞的太棒了。」

艦長站起來，不拘禮節地拍拍自己的大腿。「我們得走了。謝謝你們招待。」

「你們會回來吧，」老人家說：「今晚回來吃晚餐？」

「我們盡量，謝謝。有太多事要做了。我的隊員還等我回太空船，還有——」

他突然停下來，驚訝地看向門外。

陽光下的遠處傳來人聲，有人在叫喊，有人打招呼。

「那是什麼？」辛克斯頓問道。

「我們很快就會知道了。」約翰．布雷克艦長匆匆走出門，跑著穿越綠色草坪，來到火星小鎮的街上。

他站定看著太空船。太空船的艙門打了開來，他的隊員揮著手，陸續走出來。一群人聚集過來，隊員們有的站在人群外圍，有的正穿過，也有人夾雜在其中，他們忙著說話、大笑和握手。群眾有的跳舞，有的簇擁上來。空無一人的太空船被棄置在一旁。

管樂隊伴著隆隆鼓聲和高亢的橫笛聲，在豔陽下舉著低音號和小號吹奏歡樂的曲調。金髮小女孩上下跳躍，小男孩喊著：「吼嘿！」胖胖的男士們輪流抽著廉價雪茄。在小鎮鎮長演講後，母親們勾著每個隊員的一隻手，父親或姊妹勾著他們的另一隻手，領著他們沿街走進小屋或別墅裡。

「統統給我停下來！」布雷克艦長大聲吼道。

家家戶戶紛紛甩上門。

熱氣浮向晴朗的春日，四周鴉雀無聲。管樂隊已經繞過了街角，只留下閃亮的太空船孤獨地晾在陽光下。

「棄船！」艦長說：「他們棄船了！我向天發誓，我要剝了這些傢伙的皮！我交代過的！」

「長官，」魯斯堤格說：「別太苛求他們，這些人都是他們的親朋好友。」

「這不是藉口！」

「你想想，當他們看到太空船外出現熟悉的面孔會是什麼感覺！」

「他們有令在身啊，該死！」

「可是，艦長，如果換作是你，你會有什麼感覺？」

「我會服從命令——」艦長仍然張著嘴。

在火星的太陽下，有個身材瘦高、面帶微笑、一雙藍眼清澈到不可思議的二十六歲年輕人走過來。「約翰！」男人喊道，接著邁開腿小跑步。

「什麼？」約翰．布雷克艦長站不穩了。

「約翰，你這個臭小子！」

年輕男人跑過來抓住他的手，拍打他的背。

「是你！」布雷克艦長說。

「當然，要不然你以爲是誰？」

「艾德華！」艦長握著陌生人的手對魯斯堤格和辛克斯頓說：「這是我哥哥，艾德華。小艾，這是我的隊員魯斯堤格和辛克斯頓！這是我哥！」

他們拉著彼此的手和胳膊，最後終於互相擁抱。
「小艾！」
「約翰，你這傻小子！」
「你看來很好，小艾，可是，小艾，這是怎麼一回事？這麼多年了，你一點都沒變？你過世了啊，我記得你當年二十六歲，我十九。老天爺，經過那麼多年，你現在人在這裡，天哪，究竟是怎麼一回事？」
「老媽在等了。」艾德華·布雷克咧開嘴笑。
「老媽？」
「還有老爸。」
「老爸？」艦長彷彿被強力武器擊中，差點跌倒。他四肢不協調似的死死板板往前走。「爸媽還活著？在哪裡？」
「在橡樹丘大道上的老家。」
「老家。」艦長驚喜地瞪大雙眼。「魯斯堤格、辛克斯頓，你們聽到了嗎？」
辛克斯頓已經離開。他看到位在街尾的家，老早跑了過去。魯斯堤格笑著說：
「看吧，艦長，這下你知道太空船上的人看到什麼了嗎？他們情不自禁啊。」

「是啊，沒錯。」艦長閉上眼睛。「等我張開眼睛時你就會不見了。」他眨眨眼。「你還在。天哪，小艾，但你看起來很棒！」

「走吧，午餐準備好了。我告訴老媽了。」

魯斯堤格說：「長官，如果你要找我，我會在我祖父母家。」

「什麼？喔，好，魯斯堤格。那我們稍晚見。」

艾德華抓著他的手臂，帶他往前走。「房子在那裡。你還記得嗎？」

「該死！我賭我比你先跑到門廊！」

兩兄弟跑了起來。樹木在布雷克艦長的頭頂上呼嘯，路面在他腳下轟鳴。在這個令人驚奇的眞實夢境裡，他看到艾德華．布雷克金色的身影跑在他前面。房子快速來到他眼前，紗門已經拉開。

「我贏了！」艾德華大喊著。

「我老了，」艦長喘著氣說：「可是你還年輕。但話說回來，我記得你每次都跑贏我！」

在門口，胖嘟嘟的媽媽氣色紅潤，一頭灰髮的爸爸站在她身邊，手裡拿著菸斗。

「媽，爸！」

他像個孩子般跑上階梯，衝向自己的父母。

那是個美好且漫長的下午。他們很晚才吃午餐。餐後，一家人坐在起居室裡聽艦長描述自己的太空船，邊聽邊對他點頭微笑。母親一點都沒變，父親咬掉雪茄尾，用老方式仔細點來抽。晚餐是火雞大餐，時間一點一滴流逝。在他們把火雞腿啃得一乾二淨、盤裡只剩殘渣後，艦長往後靠向椅背，滿足地嘆口氣。夜色落在樹梢，爲天空染上顏色，溫暖的屋裡有粉紅色的光暈。沿街，所有屋舍不是飄出樂曲，就是有人在彈鋼琴，或是傳來關門聲。

布雷克媽媽在手搖留聲機上擺了張唱片，和約翰·布雷克艦長跳起舞來。她噴了香水，他還記得這個味道，在她和父親因火車意外而喪命的那天，她也噴了同樣的香水。隨著音樂起舞時，他雙臂間的母親感覺好眞實。她說：「可不是每天都能碰上重生的機會。」

「明天早上起床時，」艦長說：「我會在太空船裡，在宇宙間，這一切都會消失。」

「不會的，別那樣想，」她低泣，「別質疑。上帝對我們很好，讓我們開開心心的。」

「抱歉，媽。」

唱片到底，留聲機發出嘶嘶聲。

「你累了，兒子。」布雷克爸爸用菸斗指指點點。「你以前的房間準備好了，等著你用，銅床架等等東西都在。」

「但是我得告知我的隊員。」

「為什麼？」

「為什麼？嗯，我不知道。我猜沒什麼道理吧。不，是一點道理都沒有。他們不是在吃東西就是在睡覺。一夜好眠沒什麼不好。」

「晚安，兒子。」布雷克媽媽親吻他的臉頰。「看到你回家真好。」

「**能**回家眞好。」

他離開雪茄煙霧、香水、書以及柔和燈光的勢力範圍，上樓和艾德華聊天。艾德華推開一扇門，他看到門裡的黃銅床架、中學時用來打旗語的旗幟，以及一件嚴重發霉的浣熊外套，他懷念地輕撫這件外套。「一下子發生太多事，」艦長說：「我嚇到，也累到了。今天發生了太多事，那種感覺就像沒帶傘沒穿雨衣在滂沱大雨中淋了四十八小時，徹底被情緒浸到全身濕透。」

艾德華拍打雪白的床單，調整枕頭。他把窗戶拉開，夜裡的茉莉花香飄了進來。外頭有月光，遠遠傳來歌舞和低語的聲音。

「所以說，這就是火星了。」艦長脫下衣服說道。

「沒錯。」艾德華順手把襯衫拉過頭，露出金黃色的肩膀和肌肉緊實的頸子。

熄燈後，兩兄弟並肩躺在床上，幾十年前也曾是如此？艦長懶洋洋躺著，茉莉花香漫入蕾絲窗簾飄散在黑暗的房裡，讓他覺得心曠神怡。樹木間，草坪上，有人搖緊了留聲機，輕柔播送〈永遠〉。

他想起瑪麗蓮。

「瑪麗蓮在這裡嗎？」

艾德華躺在照進窗內的月光中，等了一會兒才說：「在。她到鎮外去了，但明天早上會回來。」

艦長閉上眼。「我很想看到瑪麗蓮。」

方正安靜的房裡只聽到他們的呼吸聲。

「晚安，小艾。」

停了一下，他聽到一聲：「晚安，約翰。」

他平靜地躺著，讓思緒漂動。這一整天的壓力首度浮現；他現在可以理性思考，稍早一直是感情用事。樂隊演出，加上熟悉的臉孔。但現在……

怎麼會這樣？他納悶地想。這一切是怎麼辦到的？原因何在？有什麼目的？是出自某種善意的神蹟嗎？上帝果眞那麼體貼祂的子民？方法是什麼？又是爲了什麼？

他思考辛克斯頓和魯斯堤格在午後熱氣中提出的各種理論，又讓一些新的推測像小卵石般緩緩落入他的腦海，激起陣陣靈光。老媽。老爸。艾德華。火星。地球。火星。火星人。

百年前是誰住在火星上？是火星人嗎？還是說，這裡的樣貌一直和今天一樣？

火星人。他在心裡慢慢重複這幾個字。

艦長差點大笑。他突然有個荒唐的理論。但這讓他有些毛骨悚然。當然了，這個理論不值得一提，可能性極低。而且愚蠢。忘了吧。太離譜。

可是，他想，假設，純粹是**假設**而已……假設，好，火星上住著火星人，他們看到我們的太空船降落，看到我們坐在太空船裡，而且極度厭惡我們。好，那麼假設他們只是為了好玩而想毀滅我們這些可惡的入侵者，並且想透過非常聰明的手段讓我們疏於警戒。嗯，要對付攜帶原子武器的地球人，火星人有什麼最有效的武器？

答案很有趣。傳心術、催眠術、記憶和想像。

假如說，這些房子全都不是真的，這張床不是真的，這些只是火星人透過傳心術和催眠術，讓我自己想像出來的虛構場景呢？布雷克艦長這樣想，假如這些房子的真實面貌是**其他**式樣——是真正的火星建築，但火星人玩弄我的慾望和期待，讓這地方看起來像我從前住的小鎮，像我的老家，好讓我不會起疑。想要愚弄一個人，有什麼方法會比拿他父母作餌更好呢？

還有這個小鎮，如此古樸，像是一九五六年的樣貌，遠遠早在我的隊員出生之前；是我六歲那一年，而這裡播的是艾爾．喬森的黑膠唱片，**仍然**掛著派黎胥的畫作，還會用珠簾，還會聽〈美麗的俄亥俄〉，建築也是世紀之交的風格。倘若火星人是從**我**腦海中拿取小鎮的記憶呢？他們築起我記憶中的小鎮後，再把太空船上所有人的摯愛放進來！

假設睡在隔壁房的兩個人不是我的父母，而是兩個絕頂聰明、有能力讓我一直處於催眠夢境中的火星人。

而今天那支管樂隊。多麼令人驚嘆的完美計畫啊。先愚弄了魯斯堤格，接著是辛克斯頓。然後是人群；太空船上的隊員看到他們在十幾、二十幾年前過世的母親、阿姨和愛人，自然會不顧命令棄船而出。還有什麼更自然、更不讓人起疑的手段？一個人看到自己的母親突然重生，肯定會欣喜若狂。好了，今天晚上我們分別在不同的房子裡睡在不同的床上，沒有武器防身，而空無一人的太空船就停放在月光下。如果這是火星人為了分散我們、征服我們，甚或殺害我們的精心策畫，那未免也太可怕、太恐怖了吧？或許，在夜晚的某個時刻，躺在我身邊的哥哥會轉換樣貌、融化改變，成了另一種駭人的生物，一個火星人。對他來說，在床上翻個身，拿刀子刺入我的喉嚨是件輕而易舉的事。在街上所有的房子裡，十來個兄弟或父親突然幻化，拿刀對付在睡夢中毫無警覺的地球人……

他蓋在被子下雙手開始顫抖，身體發冷。突然間，這不是純理論。突然間，他感到異常恐懼。

他坐起身來聆聽。夜非常安靜，音樂停了，風也停了。他哥哥睡在他身邊。

他輕輕掀起被子，把被子往後捲，溜下床，躡手躡腳穿過房間。這時他哥哥的聲音傳來：「你要去哪裡？」

「什麼？」

艾德華的聲音冰冷。「我說，你想要去哪裡？」

「去喝水。」

「但你不渴。」

「渴，我真的口渴。」

「不，你不渴。」

布雷克艦長邁開大步跑過房間，中途絆倒兩次。

他來不及跑到門口。

早上，管樂隊演奏著哀戚的送葬曲。街上每棟房子裡都走出一小列扛著長箱子、神態莊重的隊伍，各家的祖母、母親、兄弟姐妹、叔伯和父親低泣著走到陽光下的前院。院裡有剛挖好的坑，坑前立著嶄新的墓碑。總共有十六個坑，十六座墓碑。

鎮長簡短致詞，他的臉有時看來像鎮長，有時像另一個人。

布雷克媽媽、布雷克爸爸和艾德華．布雷克在現場，他們垂著淚，熟悉的面容正在融化，成了另一張臉。

魯斯堤格家的爺爺奶奶在低泣，臉孔也像蠟一樣變化，像所有會在熱天裡發光的東西那樣閃閃發亮。

抬棺人放下棺材。有人喃喃說起：「昨晚有十六個好人在毫無預期下猝死——」

一鏟鏟的土重重落在棺材上。

管樂隊奏起美國的愛國歌曲〈哥倫比亞，大海瑰寶〉，一邊走回小鎮，所有人放假一天。

二〇三二年六月

——月光依舊明亮

夜裡，他們剛下火箭時天氣很冷，於是史班德動手收集火星枯木，生了一堆火。他沒提起任何有關慶祝的事，只是收集枯木，生火，看著燃燒的火堆。

在火星枯海稀薄空氣的些微火光中，他回頭看火箭，也就是搭載他們所有人——魏爾德艦長、契洛克、海瑟威以及他本人——穿過寧靜黑暗星空、降落到這片夢幻、乾枯世界的那一艘。

傑夫・史班德等著聽到歡呼。他看向其他人，等他們跳起來圍住火堆，大聲叫嚷。只要身爲「登陸火星第一人」的激情退去，他們就會過來。他們都沒說話，大部分隊員也許會希望其他幾支探險隊登陸失敗，只有他們，也就是**第四支**隊伍能夠達陣。他們這麼想並沒有惡意。如今，儘管肺部已經稍微能適應稀薄的空氣，但要是動作太快，還是會像酒醉一樣，但他們心裡想的仍是榮譽和名聲。

畢格斯朝剛升起的火堆走過來，說：「爲什麼不用飛行船上的化學火焰而要用枯木？」

「別管我。」史班德說，沒有抬頭。

那樣是不對的，才到火星的第一晚就發出噪音，還拿出奇怪愚蠢、亮亮的像爐子這類東西。那像是外來的褻瀆。反正以後有的是時間，可以把煉奶罐丟進讓火星引以爲傲的深谷；可以讓《紐約時報》窸窸窣窣飄在狹長的火星灰色枯海海底；可以把香蕉皮、野餐墊丟在火星山谷間美麗的小鎮廢墟中。以後有的是時間。想到這裡，他忍不住打個顫。

他徒手在火堆裡添枯枝，這像是給死去巨人的獻祭。他們降落在一處巨大的墳場。這裡的文明已死亡。安靜度過第一個夜晚，純粹是禮貌。

「我想像中的慶祝不是這樣的。」畢格斯轉頭對魏爾德艦長說。「長官，我覺得我們今天應該放寬琴酒和肉品的配給限額，好好樂一下。」

魏爾德艦長看著一英里外的荒城。「我們都累了。」他出神地說，彷彿把全副注意力都放在城鎮的廢墟上，忘了自己的隊員。「明晚再說吧。至於今天，我們穿越太空時沒被隕石敲破艙壁，所有兄弟都健在，就值得高興了。」

這些人走來走去，一行共二十人，不是互相攬肩就是在調整腰帶。史班德看著他們。他們有所不滿，但也冒著生命危險，成就了一番大事，現在他們只想大醉吶喊，想鳴槍，來顯示自己能在太空穿出個洞、搭著火箭一路來到火星，有多麼驚人美妙。

但沒有人開口叫喊。

艦長下令要大家保持安靜。一個隊員跑回太空船去拿食物罐頭，開罐、倒出食物的過程，都沒怎麼發出聲響。接著，他們開始交談。艦長坐下來爲大家重述旅程。他們雖然已經知道，但聽人說的感覺很好，像是有件事結束了、完成了，終於可以放下。他們不會聊到回程。是有人提起沒錯，但其他人要他安靜。在火星的雙月下，他們拿著湯匙用餐；這餐的食物比較美味，酒喝來更香醇。

一道火焰劃過天際，沒多久，一艘附屬火箭降落在營地旁邊。史班賽看著小艙門打開，走出來的是海瑟威，他身兼隊醫和地理學家——他們全都有雙重身分，以便更有效率使用太空船的空間。海瑟威慢慢走向艦長。

「怎麼樣？」魏爾德艦長問道。

海瑟威眺望遠處，在星光下閃爍的城鎮。他嚥嚥口水，在雙眼聚焦後說：「那邊那座城市，艦長，已經是個荒城，而且在幾千年前就這樣了。這幾座山丘上的三座城鎮也是如此。但是距離這裡一百英里的第五座城市，長官——」

「第五座城市怎麼樣？」

「上星期還有人住，長官。」

史班德站了起來。

「火星人。」海瑟威說。

「他們現在人呢？」

「全死了。」海瑟威說：「我走進街邊的一幢房子。本以爲那裡和其他城鎮一樣，幾世紀以來都沒人居住。結果，天哪，屋裡有屍體。進到裡面，就好像走在一堆秋天的落葉當中。那些屍體像是枯枝和紙張的餘燼，就這樣。而且像是才**剛發生**。看來，才剛死不到十天。」

「你查過其他城鎮了嗎？有沒有發現**任何**還存活的生命體？」

「什麼都沒有。所以我才會去看其他幾座城鎮。五座中有四座都已經荒廢幾千年了。原來的居民究竟碰到什麼事，我一點概念也沒有。但第五座城市也是一樣，都是屍體，幾千具屍體。」

「死因是什麼？」史班德靠上前去。

「你不會相信的。」

「害他們送命的原因是什麼?」

海瑟威簡短地說:「水痘。」

「不會吧,我的天!」

「不會錯的。我做過檢測,就是水痘。水痘對火星人的影響和對地球人不一樣。我推斷,是他們的新陳代謝反應不同,他們染上水痘會乾縮、變成碎片。但不管怎麼說,肇因就是水痘。所以,約克艦長、威廉斯艦長和布雷克艦長帶領的三支探險隊一定都成功降落在火星上。可是,天知道他們遇上什麼狀況。但我們至少知道**他們**在無意間對火星人做了什麼事。」

「你沒發現其他的生命體?」

「機會不大,火星人不太可能逃得過,要是他們聰明點,就該躲到山裡去。但我敢打賭,火星本地的問題不止如此。這個星球完了。」

史班德轉身回到火堆邊,看著營火。水痘,天哪,水痘,眞是沒想到!一個種族發展了百萬年,勵精圖治,建設這些輝煌美麗的城鎭,結果卻滅絕了。部分火星人口在地球人的年代之前,就緩慢地、有尊嚴地按照自己的步調逝去。但其他人呢!導致其他火星人死亡的疾病有個什麼樣的名稱呢，是好名字、可怕的名字，還是偉大的名字？不，天上諸聖明鑑，那玩意兒叫水痘，是小孩子才會染上的疾病，而且在地球上連孩子都不會因此喪命！真的太沒天理了。這簡直像是說希臘人死於腮腺炎，驕傲的羅馬人在美麗的山丘上死於香港腳一樣！如果我們能給火星人時間讓他們打點好死去時要穿的衣服，讓他們好好躺下，看來體面點，然後想點別的致死原因就好了。反正不要是水痘這等骯髒、愚蠢的疾病就好。太不符合這裡的風格調性，跟這整個世界都不合！

「好啦，海瑟威，去吃點東西。」

「謝謝，艦長。」

大家很快就忘了這件事，聊了起來。

史班德的視線沒有離開眾人。他的食物都還留在雙手下方的盤子裡。他覺得大地逐漸變冷，星星越來越近，澄澈非常。

如果有人講話太大聲，艦長會輕聲回覆，以致他們也會比照，學他一樣壓低音量。

空氣聞起來十分清新。史班德坐了很久，享受眼前的一切。火星上有太多他無法辨認的事物：花朵、化學作用、灰塵和風。

「然後那時在紐約，我約到了一個金髮女郎，她叫什麼名字？——吉妮！」畢格斯喊道：「對，就是**這個**名字！」

史班德緊緊握住雙手。他的手開始顫抖，眼球在薄薄的眼皮下轉動。

「吉妮告訴我——」畢格斯喊道。

幾個男人放聲吼叫。

「所以我賞她一記熱吻！」畢格斯拿著酒瓶大聲說。

史班德放下盤子，聆聽吹過耳邊的風，清清涼涼又好似低語；他看向枯海海底白色火星建築上的冰霜。

「那女人不簡單，真的不簡單！」畢格斯大口喝乾了酒瓶。「我認識那麼多女人，就數她最特別！」

空氣中飄著畢格斯一身汗臭味。史班德任由火堆熄滅。「嘿，再起個火，史班德！」畢格斯看了他一眼後，視線回到酒瓶上。「嗯，一天晚上，吉妮和我——」

一個名叫昇可的男人拿出手風琴，邊奏邊踢著腳跳舞，揚起一堆灰塵。

「啊喔——我還活著！」他喊道。

「耶哈！」大夥兒跟著吼。他們丟下空盤，其中三個男人站成一排，把自己當成歌舞女郎一樣踢起腳來，大聲玩笑。其他人拍手叫好，期待看到更精采的場面。契洛克脫下襯衫轉起圈圈，赤裸的胸膛上淌著汗珠，月光照在他的小平頭和刮得乾乾淨淨的年輕臉龐上。

在乾涸的海底，風帶動輕薄的蒸氣；在山上，宛如臉孔的岩石看著閃爍銀光的火箭和小火堆。

人聲越來越響，起身跳舞的人越來越多，有人吹著口琴，有人拿紙捲成梳子，當成樂器吹奏。他們又開了二十來瓶酒，大家都喝醉了。畢格斯搖搖晃晃地揮動雙臂，指揮這群跳舞的隊員。

「一起來啊，長官！」契洛克大聲邀艦長，然後鬼吼鬼叫唱起了歌。

雖然不想，但艦長也只能一臉嚴肅地加入這群人一起跳舞。史班德冷眼旁觀，心想：你這個可憐人啊，今晚眞夠看的！他們不知道自己在做什麼。在來火星前，他們應該接受行前須知訓練，讓他們知道該怎麼看怎麼走動，該安分幾天。

「這樣可以了。」艦長退出後坐下，說自己累壞了。史班德看到艦長的胸口起伏並不快，臉上也沒汗。

手風琴、口琴、美酒、歡呼、舞蹈、叫囂、繞圈圈、敲鍋打盤、笑聲。

畢格斯左搖右晃地走到火星運河邊。他帶來六支空瓶，一個一個丟進深藍色運河的水中。瓶子下沉時，發出空洞、墜落的聲音。

「我爲汝命名，我爲汝命名——」畢格斯口齒不清地說：「我爲汝命名爲畢格斯，畢格斯……畢格斯運河——」

史班德在其他人有動作前，站起來跨過火堆，來到畢格斯身邊。他揮動拳頭，一次打在畢格斯的牙齒，一次打在他的耳邊。畢格斯一個不穩，跌進運河中，濺起水花。史班德靜靜地等畢格斯爬上石岸。這時，大夥兒拉住了史班德。

「嘿，史班德，你搞什麼？嘿？」他們問道。

畢格斯爬上岸，身上的水直往下滴。他看到大家拉住畢格斯。「好。」他說完，便往前走。

「夠了。」魏爾德艦長厲聲阻止，幾個隊員散開來。畢格斯停下腳步，盯著艦長看。

「好了，畢格斯，去換身乾衣服。你們幾個，繼續慶祝。史班德跟我來！」

大家繼續慶祝。魏爾德走了一段距離後才直視史班德，說：「你給我解釋一下，剛才到底怎麼回事。」

史班德看著運河。「不知道，我只覺得丟臉。因爲畢格斯，因爲我們和我們製造的噪音而覺得丟臉。天哪，簡直是場鬧劇。」

「這段旅程很漫長。他們必須放鬆一下。」

「他們對這個星球的尊重呢，長官？他們對事情是對是錯的判斷力哪裡去了？」

「你累了，而且你看事情的方式不同，史班德。你必須接受處罰。」

「是的，長官。我只是覺得他們在看著我們耍笨。」

「他們？」

「火星人，不管他們是死是活。」

「應該是死了。」艦長說：「你覺得他們知道我們來了？」

「舊有的一切，向來都會知道新事物的到來吧？」

「大概吧。聽來你好像相信靈魂的存在。」

「我相信成果。而在火星上，他們顯然做了不少。他們有街道、房子，我想像還有書，有大型運河，以及飼養牲畜的地方，要不是養馬，嗯，就是其他家畜，那些牲畜說不定有十二隻腿，誰知道？到處都看得到各種東西**使用過**的痕跡。幾百年來都有人碰觸，有人操作。

「要是問我，信不信這些他們使用過的東西有靈魂，我會說：我相信有。每一樣使用過的東西、每一座有名稱的山，全都有靈魂。若我們也使用這些事物，心裡不會舒坦的。而由於某種不知名的原因，這些山的名字我們怎麼聽都不對勁；我們會取新的名字，但是原來的名字還在，在過往的時光裡，就因爲那些名字，群山才會在他們眼裡成形顯像。而我們日後給這些運河、山和城鎮的新名字，就像是不管有多少水淋在鴨子身上，全都滴落不留痕。無論我們怎麼接觸，都無法眞正觸及火星。然後我們就會惱羞成怒，你知道到時我們會怎麼做嗎？我們會剖開撕裂，撕毀表層，改造火星來適應我們。」

「我們不會毀滅火星的。」艦長說：「這個星球太大也太好。」

「你覺得不會？我們地球人有種天分，專門破壞碩大、美麗的事物。我們沒有在埃及卡納克神廟[3]裡擺幾輛熱狗車的唯一原因是，那裡太偏僻，沒什麼商業價值。而埃及還只是地球的一小部分。但在這裡，一切是那麼古老，那麼不同，結果我們不但在某處降落，還開始搞破壞。我們把運河取名爲洛克菲勒運河，把山命名爲英王喬治山，海叫杜邦海，然後又有羅斯福、林肯、柯立芝等城鎮，可是這些地方本來就有自己的名字，我們怎麼叫都不對。」

「找出原來的名字，是你身爲考古學家的工作，到時我們會沿用舊名。」

「像我們這樣反對商業利益的人並不多。」史班德看著鐵山。「如果『他們』知道今晚我們來了，還對著他們的美酒吐口水，我想他們應該會恨我們。」

艦長搖搖頭。「這裡沒有恨。」他聆聽風聲。「從火星人的城鎮看來，他們是優雅、美麗又具有哲思。他們接受發生在自己身上的事。據我們所知，他們接受了種族滅亡，直到最後一刻都沒有因絕望而發動足以摧毀城鎮的戰爭。到目前爲止，我們看到的每個城鎮都保存得完好無缺。說不定在了解小孩習性之後，比起我們的到來，他們可能更介意小孩在他們家草坪上奔跑。還有，說不定這會讓我們變得更好。

「你有沒有注意到，在畢格斯強迫大家高興起來之前，我們的隊員靜得出奇？他們看起來相當卑怯。看看眼前這一切，我們知道自己沒那麼厲害；我們是穿吊帶褲的幼童，拿著玩具火箭和核武器蹦蹦跳跳，吵吵鬧鬧。但總有一天，地球會發展到今

ξ **Karnak**，底比斯最古老的神廟，且有歷代法老不斷擴增興建。

日火星這等面貌。現在，開心一點，我們就回去高高興興地玩一玩。但處罰仍然有效。」

⁜

慶祝派對進展得不太順利。風不斷從枯海的方向吹過來，在眾人間竄動。而艦長和傑夫．史班德回來後，風也繞著兩人打轉。陣陣狂風掃動塵土，吹襲著閃亮的火箭，扯動手風琴，作爲伴奏的口琴也進了沙。沙塵吹入這群人眼中，襲來的風在空中發出高亢的聲音。然而，正和來時一樣突然，風突然停下。

但派對也終止了。

大夥兒站在冰冷的暗空下。

「來啊，各位，再來啊！」畢格斯換上乾淨的衣服，從太空船裡跳出來，連看都沒看史班德一眼。他彷彿在對空無一人的聽眾席說話，聲音聽來分外孤單。「來啊！」

沒人有動作。

「來啊，懷堤，拿起你的口琴！」

懷堤奏出一個和弦，但聽來可笑，音又不準。懷堤甩掉口琴裡的水氣，把口琴放到一旁。

「這算什麼派對？」畢格斯想知道。

有人抱起手風琴，樂聲有如瀕死動物的哀鳴。就只有這樣。

「好吧，我自己帶酒去慶祝。」畢格斯蹲在火箭旁邊，就著隨身酒瓶的瓶口喝起酒。

史班德看著他，久久沒有動作。接著，他的指頭沿著顫抖的腿爬到放手槍的槍套，非常安靜地撫摸、輕敲皮革套子。

「想要進城的人跟我來，」艦長宣布：「我們會留人看守火箭，去的人要配戴武器，以防萬一。」

隊員們大聲報數。總共有十四個人想去──包括大笑著報數、拿著酒瓶揮舞的畢格斯在內。其他六個人留下來。

「出發啦！」畢格斯叫道。

隊伍走在月光下，安靜無言。一追一跑的雙月光照下，他們來到了夢幻廢城外緣。他們的影子，在身下，也是兩兩成對。他們沒有呼吸，或是說，看起來不像在呼吸，持續了大概有好幾分鐘。他們默默等待，注意廢城的動靜，也許會有灰色的形體升起，或許會有灰影升起，有古老久遠的物體掠過枯海底部而來，駕著血統驚人、來歷駭然的披盔戴甲座騎。

史班德全神貫注，用心觀察街道。

這些人宛如藍色蒸汽燈，在鋪著卵石的街道上移動，除了耳邊聽得微弱聲響，還看得到奇怪的動物飛快穿越灰紅色沙地。每扇窗都有人倚窗探頭緩緩揮手，彷彿置身無時間感的水下，向深空中、銀色月光塔下的移動身影打招呼。史班德耳中好像聽到音樂，他想像會是哪種樂器彈奏出來的。這片土地有種魔魅的感覺。

「嘿！」畢格斯直挺挺站著，把雙手圈在嘴邊大喊：「嘿！你們那些在城裡的人！」

「畢格斯！」艦長說。

畢格斯安靜下來。

他們往前走到一條鋪著磁磚的大馬路。整隊人全壓低嗓門交談，因爲這就像走進寬闊的圖書館或巨大陵墓，而裡面只住著風，只有星光閃耀其上。艦長輕聲說話。他納悶的是，人都到哪去了？他們又是些什麼人？誰統領他們？還有，他們又是怎麼死的？他喃喃說出心中疑問，他們是怎麼建造出能夠維持這麼久的城鎮？他們是否到過地球？他們會不會是萬年前的地球人類祖先？他們曾否愛過恨過相同的愛與恨？是否做出的蠢事也是前人做過的？

沒有人移動腳步。雙月明亮的光線定住他們；風緩緩打在他們四周。

「拜倫勳爵。」傑夫・史班德說。

「什麼勳爵？」艦長轉頭看著他。

「拜倫勳爵，十九世紀的詩人。他很久以前寫了一首詩，很適合這個城市，很適合描述火星人的感受——如果他們還有知覺的話。說不定那首詩是最後一個火星詩人寫的。」

探險隊成員動也不動站立著，影子落在地上。

艦長說：「那首詩是怎麼寫的，史班德？」

史班德動了動，伸出手試著回想，再靜靜瞇著眼想了一會兒。接著，在想起後，他以緩慢輕柔聲調複述記憶中的詩句，大夥兒仔細傾聽他說出來的每一個字。

「於是我們不再遊蕩

在這深深夜裡，
儘管心中仍有愛，
儘管月光依舊亮。」

城市灰暗高聳且靜止不動。大家的臉孔在月光下轉動。

「只因劍比鞘歷久，
靈魂足以穿透胸膛，
心必須停下來呼吸，
而愛也得歇息。

「儘管夜為愛而存在，
白晝卻轉眼回返，
於是我們不再遊蕩
在月華之下。」

幾個地球人無言地站在市中心。夜空清朗，除了風聲，什麼都聽不到。他們腳下的磁磚廣場拼出古代動物和人的形狀。大家低下頭看。

畢格斯的喉嚨發出了不適的聲音。他的目光渾濁，雙手掩到嘴邊；他說不出話來，閉上眼彎下腰，一股濃稠液體湧入口中，他開始嘔吐，穢物潑濺在磁磚上，蓋掉了原來的圖樣。畢格斯吐了兩次，空氣中瀰漫著酒臭。

沒有人過去幫幫畢格斯。他還是不舒服。

史班德先是看了一下，接著才在月光下，獨自轉身走進城裡的街道。他不曾停下腳步回頭看聚在一起的同事。

他們在凌晨四點回到營地。大家全裹在毯子裡，閉上眼睛呼吸寧靜的空氣。魏爾德艦長坐著把小段枯枝放進火堆裡。

兩小時後，馬克洛爾張開眼睛。「你還不睡嗎，長官？」

「我在等史班德。」艦長的笑容幾乎看不見。

馬克洛爾沉思了半晌。「你知道嗎，長官，我覺得他不會回來。我不曉得自己是怎麼知道的，但這是我對他的感覺，長官。他永遠不會回來了。」

馬克洛爾翻個身繼續睡。營火迸出細碎的爆裂聲，隨後熄滅。

✣

接下來的一整個星期，史班德都沒有回來。艦長派出搜索小隊，但他們總是回報史班德下落不明。等他覺得好些了，準備好了，自然就會回來。他們說他脾氣暴躁。別管了，就隨他去吧！

艦長沒說話，只是在日誌上記錄下來……

時間是早上，但日期可能是星期一、星期二或是火星上的任何一天。畢格斯坐在運河邊，陽光照在他臉上，他的雙腳泡在冰涼的水中。

有人沿著運河畔獨自走來，影子落在畢格斯身上。畢格斯抬頭看。

「哇，眞是見鬼了！」畢格斯說。

「我是最後一個火星人。」男人說完話，掏出手槍。

「你說什麼？」畢格斯問道。

「我要殺了你。」

「少來。這是什麼玩笑，史班德？」

「站起來，這槍要瞄準你的肚子。」

「天哪，把槍拿開。」

史班德只扣了一次扳機。畢格斯在運河邊頓坐了一下才往前栽入水中。那把槍只發出近似耳語的聲音。屍體先是在波瀾不驚的緩慢運河漂浮，過了一會兒才發出空洞的噗嚕噗嚕聲，隨後沉沒。

史班德把槍收進槍套裡，無聲無息地走開。陽光照在火星上。他感覺到光線灼燒他的手，從他緊繃的臉這側移動到那側。他沒跑，那副走路的姿態，就像白晝底下沒啥新鮮事好期待的樣子。他走到火箭旁，在那裡，幾個人正在庫基搭起的棚子下吃剛煮好的早餐。

「獨行俠來了。」有人說。

「嗨，史班德！好久不見啊！」

桌邊的四個人看著史班德，他也站著回看他們。

「你跟那些該死的廢墟，」庫基笑著攪拌瓦罐裡的黑色物體，「你簡直像隻狗跑進滿是骨頭的院子裡。」

「可能吧。」史班德說：「我這陣子發現不少事。要是我說我發現有個火星人埋伏在附近，你們會怎麼樣？」

正在用餐的四個男人放下叉子。

「你發現了？在哪裡？」

「算了。讓我問你們一個問題。如果你們是火星人，發現有人跑來你的星球破壞一切，你們會有什麼感覺？」

「我很清楚我會有什麼感覺。」契洛克說：「我有切羅基原住民血統。我祖父跟我說過不少奧克拉荷馬地區的故事。如果我們附近眞有火星人，我會全力支持他們。」

「你們其他人呢？」史班德謹愼地問。

沒有人回答，但他們的沉默足以說明一切。能拿多少就盡量拿；誰找到就是誰的；要是有人把臉轉過去，就用力打下去……

「嗯，」史班德說：「我找到一個火星人。」

大夥兒斜眼看著他。

「在山坡上的荒城裡。我沒想到能發現他。我沒有刻意找，也不知道他在那裡做什麼。我在山谷裡的小鎮住了一星期左右，學習閱讀古書，尋找他們古早的藝術型態。有一天，我看到了這個火星人。他在原地站了一下就走開，隔天也沒有回來。後來我閒來無事開始學寫他們的古字，結果這個火星人回來了，每次都靠近一些，直到後來我學會解讀火星語言——他們的語言出奇簡單而且有圖形輔助，那個火星人才又出現在我面前，對我說：『把你的靴子給我。』我把靴子給他後，他又說：『把你的制服和其他配件給我。』我把所有東西給他後，他說：『把槍給我。』我把槍給他。然後他說：『現在跟我來，看看接下來會發生什麼事。』最後火星人走到營地，現在他就在這裡。」

「我沒看到什麼火星人。」契洛克說。

「我很遺憾。」

史班德拔出會發出嗡嗡輕響的槍。第一顆子彈擊中左邊的人，第二、第三顆解決掉坐在桌子左邊和中間的人。庫基在慌張跑離火堆時被第四顆子彈擊中。他往後跌進火堆，衣服著火，但人卻沒有動彈。

火箭立在太陽下。本來在吃早餐的三個男人雙手放在桌上，動也不動了，面前的食物漸漸涼掉。只剩下還坐著的契洛克，無法置信地瞪著史班德。

「你可以跟我來。」史班德說。

契洛克沒說話。

「你可以跟我一起做這件事。」史班德等待著他的反應。

契洛克好不容易才終於開口說：「你殺了他們。」他鼓起勇氣看著身邊三個人。

「他們活該。」

「你瘋了！」

「有可能。但你可以跟我來。」

「跟你去做什麼？」契洛克喊道，他的臉色發白，眼眶含著淚水。「你快走，走開！」

史班德臉色一變，強硬起來。「在這些人當中，我以爲至少你是可以了解的。」

「走開！」契洛克伸手拿自己的槍。

史班德開了最後一槍，契洛克再也沒有動作。

這時，史班德的身子開始搖晃。他抬手抹去臉上的汗珠，瞥了火箭一眼，全身突然開始打顫，表情像是從催眠或夢中醒過來的人。他坐下來，要這陣戰慄離開他的身子。

「停，停下來！」他命令自己的身體。他身上每吋肌肉都在顫抖。「停！」他以意志鎮壓軀體，直到所有顫抖被擠出體外。這時候，他的雙手已經能穩穩放在膝頭。

他站起來，安靜又有效率地將一個活動儲藏櫃綁在背上。他的手又短暫抖了一下，但他堅定地說：「不行！」話才說完，這波顫抖就過去了。接著他踩著僵硬的步伐，獨自走向這片大地上炎熱的紅土山谷。

十

火熱的太陽高掛。一小時後，艦長走出火箭，想吃點火腿和蛋。他正準備開口向桌邊的四個人道早安，卻注意到空氣中有煙硝味。他看到廚子躺在火堆上，坐在早餐前面的幾個人已成了冰冷的屍體。

沒多久，帕克希爾和另外兩人也爬下來。但艦長擋在路中間，呆看著以怪異姿勢坐在桌邊的那幾個沒了生息的隊員。

「把大家叫過來，所有的人都過來。」艦長說。

帕克希爾飛快跑向運河邊。

艦長伸手碰觸契洛克。契洛克無聲地翻轉過來，從椅子上掉落，陽光照在他又硬又短的頭髮上，照在他高聳的顴骨上。

大夥兒走過來。

「有誰失蹤？」

「還是史班德，長官。我們看到畢格斯浮在運河上。」

「史班德！」

艦長看著在晨光中逐漸浮現的山丘，陽光像在咧嘴笑。「他眞是該死，」艦長疲憊地說：「他爲什麼不回來找我談？」

「他應該要找**我**談的。」帕克希爾怒火中燒地說：「我會轟掉他的腦袋，老天明察，我一定會那麼做！」

魏爾德艦長向他兩個隊員點個頭，說：「去拿鏟子。」

挖墳是件很熱的工作。暖風掠過枯海，把灰塵帶到他們臉上，同時間，艦長翻著《聖經》。在他合上《聖經》後，一個隊員動手，慢慢鏟起沙子覆蓋包裹起來的屍體。

一行人走回火箭，爲步槍上膛，把強力手榴彈放入背包，並測試自己是否能順利拔出槍套裡的槍。他們每個人都負責搜索一部分山丘。艦長沉著指揮大家，音調沒有拔高，也沒有揮動垂在身邊的雙手。

「出發。」他說。

史班德看到山谷有幾處地方揚起灰塵，知道自己遭到追捕。他本來舒舒服服地坐在扁平的岩石上閱讀，這時放下薄薄的銀色書籍。這書的內頁薄如廁紙，材質卻是純銀，上頭有黑色和金色的手繪圖。這是本哲學書，至少有一萬年的歷史，是他在火星的山谷小鎮裡發現的。他不甘願地把書放到一旁。

在那一瞬間，他想，這有什麼用？我只會坐在這裡等他們上來槍殺我。早上槍殺六個人之後，他的第一個反應是短暫的震驚和反胃，但後來他的心情卻平靜得出奇。如今平靜也過去了，看著追捕隊伍揚起的塵土，他再次感覺到一股厭惡。

他拿起扣在後腰的水壺，喝了一口冰涼的水，然後站起來伸懶腰打哈欠，聆聽周遭山谷不可思議的寧靜。要是能和幾個地球上的舊識在這裡過日子，不必聽到任何聲音，沒有任何掛慮，那該有多好。

他一手拿著書，另一手拿好槍，隨時準備扣扳機。在一道滿是白色圓石和石塊的湍急小溪流旁，他脫下了衣服簡單清洗一番。好整以暇消磨了一段時間後，他才穿上衣服、再次拿起手槍。

下午三點左右，槍戰開始。這時，史班德已經來到山丘高處。他們一路跟蹤他走過三座火星小山城。山城上方，宛如卵石般的幾戶獨幢別墅散落其上。這些別墅是古老家族的宅邸，他們在此找到溪流或綠地，蓋了泳池、圖書館和點綴著噴泉的院子。在其中一處裝滿雨季落雨的泳池裡，史班德花了半小時游泳，等待追兵趕上他。

槍聲在他離開小別墅時響起。他身後二十呎的磁磚爆裂，碎片彈起。他小跑起來，躲到小岩壁後面，轉身開了第一槍，當場解決掉一名追兵。

史班德知道，他們會設下包圍網，圈住他。他們會分頭行動，然後逐步縮小範圍收網逮住他。他覺得納悶，怎麼他們還沒用上手榴彈。魏爾德艦長大可吩咐隊員投擲手榴彈的。

莫非是我太好，不該被炸成碎片，史班德告訴自己，艦長一定是抱持這個想法。他只想要我一槍斃命。這不是很奇怪嗎？他想要讓我死得乾乾淨淨，不是弄得一團糟。為什麼呢？因為他了解我。就因為他了解，他才寧願冒著折損手下的風險，只為了給我腦袋乾淨俐落的一槍。是這樣嗎？

九槍、十槍，打飛他四周的岩石。史班德則是穩穩開槍，有時還不忘瞥向他手上的純銀書本。

艦長雙手拿著步槍，在熾熱的陽光中奔跑。史班德以手槍瞄準艦長，但他沒開槍，反而移動手槍，朝懷堤埋伏位置上方的岩石開槍，聽到後者發出憤怒的吼叫。

艦長突然站起來，雙手拿著白色手帕。在對隊員們說了什麼後，他放下步槍朝山丘高處走。史班德本來趴著，這時他站起來，備妥手槍。

艦長上來坐在曬得熱呼呼的岩石上，看都沒看史班德一眼。

艦長伸手到褲子口袋裡拿東西。史班德收緊了握槍的手指。

艦長說：「來根菸？」

「謝了。」史班德拿了一根菸。

「要打火機嗎？」

「我自己有。」

他們靜靜地抽了一、兩口菸。

「挺暖和的。」艦長說。

「就是。」

「你在上面舒服嗎？」

「相當舒服。」

「你覺得你可以撐多久？」

「大概可以先撂倒十二個人。」

「今天早上，你爲什麼沒把我們全殺了，你本來有機會的呀？你可以那麼做的，你知道。」

「我知道，但我覺得反胃。一個人迫切想做某件事時，他會騙自己，說其他人全是錯的。嗯，我開始殺人後立刻明白，他們只是笨，我不該殺他們，可惜爲時已晚。當時，我沒辦法繼續下去，所以我上這裡來繼續騙自己，繼續生氣，才能凝聚情緒。」

「情緒來了嗎？」

「不怎麼高昂。但夠了。」

艦長端詳自己的香菸。「你爲什麼那麼做？」

史班德靜靜把自己的手槍放在腳邊。「因爲我看到這些火星人所擁有的，就跟我們期待的那些一樣。他們停下來，停在一百年前我們早該停手的時候。我走過他們的城鎮，認識這些人，我甚至很樂意認他們爲祖先。」

「他們那個城市很美。」艦長朝幾個地方點了點頭。

「不只如此。沒錯，他們的城鎮很美好。他們知道怎麼把藝術融進生活當中。對美國人來說，那一直是兩件事。藝術，是你放在樓上你瘋兒子房裡的東西。藝術是你在星期日吸收的東西，也許和宗教混和在一起。這些火星人有藝術、宗教和一切。」

「你認爲他們想通了一切，對吧？」

「在我看是這樣，沒錯。」

「而你因此開始殺人。」

「小時候，我父母帶我去墨西哥市玩。我永遠記得我父親的樣子，他說話大聲動作誇張。我母親不喜歡那裡的人，因爲他們膚色深，又洗澡洗不乾淨。我姊姊不肯和大多數的本地人說話。我是唯一喜歡那個地方的人。而我能預見要是我父母來到火星，也會出現同樣的言行舉止。

「對一般美國人來說，任何奇特的事物都不好。如果火星上沒有下水道系統就毫無價值。那種想法！天哪，就是那種想法！然後還有戰爭。我們離開地球時，你也聽到了議會的說法。如果一切順利，他們要在火星上設立三所原子研究中心和原子彈儲藏場。這表示火星毀了，這一切的美好都會毀掉。如果有個火星人喝多了，吐在白宮地板上，你會怎麼想？」

艦長沒說話，光是聽史班德說話。

史班德繼續說：「接下來，各樣的爭權奪利會接踵而來。挖礦的、觀光的。你還記得西班牙殖民者柯堤茲和他那群好朋友到墨西哥後發生什麼事嗎？一群貪婪、自以爲正義又心胸狹窄的人摧毀了一整個文明。歷史絕對不會原諒柯堤茲的。」

「你自己今天的行爲也不怎麼道德。」艦長批評道。

「我還能怎麼做？跟你辯論一番嗎？那等於是我一個人面對地球上所有扭曲貪婪的機構。他們會把齷齪的原子彈扔到這裡，就爲了搶奪基地以便發動戰爭。難道他們毀了我們的星球不夠，還要再毀滅另一個？難道他們非得玷污別人的家園？那些人頭腦簡單，最擅長講廢話。登上火星後，我不但覺得自己擺脫了他們所謂的文化，也不必再遵循他們的道德觀和習俗。我想，我終於跳脫他們的準則。我只要殺了你們所有人，過我自己的生活就好。」

「但這個計畫沒成功。」艦長說。

「對。殺了早餐桌邊的第五個人後，我發現我不再是嶄新完好的我，也不完全是個火星人。我沒辦法輕易拋開我在地球學到的一切。但現在，我覺得自己再次穩定下來了。我會殺了你們所有人。這麼一來，下一支探險隊至少會遲個五年才來。除了我們現在這架火箭以外，地球也沒有其他火箭了。地球人會等上一、兩年，然後在完全得不到我們消息的情況下，他們會怕到不敢打造新火箭。接著再花上兩倍時間，額外製作數百個實驗機種，以確認不會再次失敗。」

「你講的沒錯。」

「相反的，如果你順利回去並交出正面報告，便會加速入侵火星的計畫。如果我幸運，我會活到六十歲，以後每支火星探險隊來都會由我來接待。未來一次只會來一艘太空船，大約每年來一次，每支隊伍不超過二十人。我會先和他們交朋友，解釋說我們的火箭在某天爆炸——我打算這週把我的工作完成後就炸掉火箭——然後再殺掉他們每一個人。如此一來，接下來的半個世紀內，都不會有人來打擾火星。再過一陣子，地球人說不定會停止嘗試。你記得嗎，在齊柏林飛船數次起火墜毀後，大家對打造飛船的想法有多猜疑？」

「你全都計畫好了。」艦長承認。

「我是。」

「但你沒有人數優勢。我們在一小時內就會包圍你，再過一小時你就會喪命。」

「我找到一些可以保我一命的地道和地點，你們絕對找不到。我會退到那些地方躲幾星期。等你們放鬆戒備後，我會出來一個一個解決掉你們。」

艦長點頭。「說說這裡的文化。」他朝山城擺個手，說道。

「他們知道如何與自然共存，如何適應自然。他們不會只努力於讓這片土地專供人生存，不分點給動物。這是我們在達爾文出現後犯下的錯誤。我們高興地擁抱達爾文、赫胥黎和佛洛伊德。接著，我們發現達爾文的理論和我們的宗教無法融合，或至少我們是那麼認爲的，我們是笨蛋，企圖改變達爾文、赫胥黎和佛洛伊德的想法，但他們不怎麼願意讓步。於是，我們像傻子一樣試圖打擊宗教。

「我們做得相當成功。我們失去信仰，懷疑人生。如果藝術只是將受挫的慾望往外抛，如果宗教只是自欺，生命怎麼可能美好？過去，信仰一直提供我們一切問題的解答，如今卻因達爾文與佛洛依德而毀了。我們過去迷失了，到現在也還是迷失的人。」

「難道這些火星人就是『找到生命方向』的人？」艦長問。

「是的。他們懂得如何結合科學與宗教，讓兩者並肩合作互相增長，而不是互相排斥。」

「聽起來很完美。」

「是很完美。我很想讓你看看火星人是怎麼做的。」

「我的隊員還在等。」

「我們只離開半小時。就這麼跟他們說吧，長官。」

艦長遲疑著，接著站起來朝山下發令。

史班德帶他走進一座小小的火星村落，這地方的房子建材用的是冰涼的大理石，住宅簷壁飾帶上都刻著美麗的動物、白色四肢的貓科動物、黃色光輝的太陽標誌、像是公牛的雕像、男人女人的雕像和優雅的狗。

「你的答案在這裡，艦長。」

「我沒看見。」

「火星人在動物身上發現生命的奧義。動物不會質疑生命，牠們好好活著。牠們生存是爲了生命，牠們享受、品味生命。你看，那些雕像、動物的符號一再出現。」

「看起來像是異教徒的東西。」

「正好相反，這些是上帝的符號，生命的符號。在火星也一樣，人太過像人，不夠像動物。但是火星人明白，爲了生存，他們不該繼續問：**爲何而活？**生命本身就是答案。生命是爲了帶來更多生命，並且盡可能活出生命最美好的樣貌。火星人知道，在戰爭和絕望的時期提出『爲什麼要活著？』這種問題不會得到答案。可是一旦文明進入安定、平靜的階段，止爭息戰之後，就會用嶄新的眼光來看，而這種問題也就沒意義了。因爲到那時，生命美好，也無需爭辯什麼。」

「這麼聽來，火星人相當天眞。」

「只有在天眞能有所回報的時候。他們不再過於努力以致毀了一切，踐踏一切。他們讓宗教、藝術和科學交融。因爲，本質上，科學是調查，對象是無法解釋的奇蹟，而藝術是對奇蹟的詮釋。他們絕不讓科學去破壞美和藝術。那只不過是程度的差異。一個地球人會想：『在那幅畫裡，色彩並不眞的存在。科學家可以證明顏色不過是某些物體反射光線進入細胞。因此，色彩並不是我眼前所見事物的眞實面貌。』反觀比我們聰明許多的火星人會說：『這是一幅細膩的畫作，來自一個受到啓發男人的心靈和手，它的主題和顏色都來自生命。這是件好作品。』」

說到這裡，史班德停了下來。艦長坐在午後的陽光下，好奇地看著這個安靜涼爽的小村落。

「我想在這裡生活。」他說。

「如果你想，你也可以。」

「你這是在邀請**我**嗎？」

「你底下有誰能夠眞正了解這一切嗎？他們最擅長的就是憤世嫉俗，而且，他們也來不及了。你爲什麼想回去找他們？好和他們互別苗頭嗎？去學史密斯也買一個螺旋儀嗎？用播放器聽音樂而不是用自己的感官？這裡有個小露台可以讓你聽到至少五萬年前的火星音樂。樂聲仍然持續著，是你這輩子都不可能聽到的音樂。但是現在你可以。這裡也有書，我已經開始讀了。你也可以坐下來讀一讀。」

「一切聽來非常美好，史班德。」

「但你不願意留下來？」

「不。但還是謝謝你。」

「而你也當然不會讓我留下來，不找我麻煩。所以我不得不殺了你們。」

「你很樂觀。」

「我有要奮鬥和生存的理由，這讓我成爲更好的殺手。我現在有了宗教。這就像重新學習呼吸。我懂得怎麼樣在陽光下曬出好膚色，讓日頭在身上留下痕跡。我知道如何聆聽音樂、如何閱讀。你們的文明能提供什麼？」

艦長輪流用雙腳支撐自己的身子。他搖頭，說：「發生這種事我很難過，對這一切都覺得很抱歉。」

「我也是。我想我最好現在就帶你回去，讓你下令攻擊。」

「應該是吧。」

「艦長，我不會殺你。在一切結束後，你還會活著。」

「什麼？」

「我一開始就決定不傷害你。」

「那……」

「我會把你從其他人手中救出來。在他們死後，也許你會改變心意。」

「不。」艦長說：「我身上流著太多地球人的血液，我必須追捕你。」

「即使你有機會留在這裡？」

「很有趣吧，即使如此也是一樣。我不知道理由何在，我從來沒問過自己。嗯，就這樣了。」他們回到了稍早碰面的地點。「你願意放棄抵抗，乖乖跟我來嗎？這是我最後一次問你。」

「謝謝你，不了。」史班德伸出手。「最後一件事。如果你贏了，請幫我一個忙，看看你能做些什麼好讓他們不要毀了這個星球，至少維持個五十年，讓考古學家能有點機會，好嗎？」

「好。」

「還有——如果這麼想有幫助，請把我想成一個在某個夏日發了狂、再也沒能恢復正常的瘋子。這樣你可能會好過一點。」

「我會考慮。再見了，史班德。祝你好運。」

「你眞是個怪人。」史班德說道，同時，艦長往下走回吹著暖風的小路。

艦長失落地回到滿身灰塵的隊員身邊。他在陽光下瞇著眼，喘著氣。

「有什麼飲料可以喝嗎？」他說。有人把一瓶冰涼的飲料塞到他手中。「謝了。」他大口喝下。擦擦嘴巴。

「好。」他說。「大家要小心，我們的時間很充裕。我不想損失更多人了。你們必須殺了史班德，他不會下來的。如果可以，讓他一槍斃命，別亂打一通。把這件事搞定吧。」

「我要轟爆他該死的腦袋。」山姆．帕克希爾說。

「不，瞄準胸口就好。」艦長說。他彷彿能看見史班德充滿決心的臉孔。

「他那該死的腦袋。」帕克希爾堅持。

艦長猛然把酒瓶遞給帕克希爾。「你聽到我說的了。瞄準胸口。」

帕克希爾低聲嘟囔。

「現在開始行動。」艦長說。

大家再次散開，先走一段才跑起來，隨即抵達火熱的山丘邊，這些地帶偶爾會突然出現瀰漫苔蘚味的涼爽山洞，或散發出日曬石頭氣味的空地。

我真氣自己要聰明，艦長想，尤其是在我不覺得自己聰明或是不想當個聰明人的時候。潛行埋伏、策訂計畫，當自己有多了不起似的。我真討厭這樣自以為做對了，可是我明明就是充滿了各種的不確定。況且，我們以為自己是誰啊？能代表大多數人嗎？這就是答案嗎？大多數人就永遠都要高高在上？眞的是這樣嗎？永遠，永遠；是絕不會在任何微不起眼的時刻犯下一點小錯，眞的嗎？千萬年都不會錯？他想：所謂多數又是什麼？誰被包括在內？他們是怎麼想的？是怎麼成爲多數的？以後會不會改變？我又是怎麼會困在這個墮落的多數之中？我好不舒服。這是密閉恐懼症，是害怕群眾？還是對集體共識反感？如果全世界都認爲他們才是正確的，你有可能是對的嗎？別想了。就讓我們包圍上去，表現出興奮熱切的樣子，然後扣下扳機。好，就這樣！

隊員們跑了跑又伏下，再跑又再蹲在陰影下，咧開嘴喘氣，但這是因爲空氣稀薄而不是因爲奔跑。火星的空氣太稀薄，他們跑一跑就必須坐著休息五分鐘，吁吁喘氣、眼前發黑，大口大口吞著空氣而且想要更多，瞇一會兒眼睛，最後才起身拿起槍，在夏日稀薄空氣中以子彈破空劃出聲音和熱氣的洞孔。

史班德待在原來的位置，只在必要時開槍。

「轟他個腦漿四溢啊！」帕克希爾喊著跑上山。

艦長舉槍瞄準山姆．帕克希爾。接著，他放下槍，驚恐地瞪著槍看。「你在做什麼？」他問自己鬆軟的手和槍。

他差點射中帕克希爾的後背。

「老天幫幫我。」

他看到帕克希爾仍在奔跑，接著安全地撲倒。

幾個人圍著史班德跑動，將他困在中間。他趴在山頂的兩塊岩石後面，因為空氣太稀薄而咧著嘴，兩邊腋下各有一灘汗水。艦長看到了那兩塊岩石。這兩塊岩石距離大約四吋，透過這個缺口，他們可以瞄準史班德的胸口。

「嘿，你！」帕克希爾喊道：「這顆子彈賞給你的腦袋！」

魏爾德艦長等著。去啊，史班德，快出去，就像你剛剛說的那樣。你只有幾分鐘時間逃跑。出去躲起來。去吧。你說你會出去的。去你找到的地道裡躲上幾個月、幾年，讀你的書，在你殿堂的池子裡洗澡。走啊，現在就走，兄弟，免得太遲。

史班德在原地不動。

「他哪裡不對勁了？」艦長自問。

艦長舉起槍，看著又是跑、又是找掩護的隊員。他看向乾淨的火星小村落，那裡的高塔宛如雕刻銳利的棋子立在午後。他看到石頭，看到缺口，看到史班德暴露出來的胸口。

帕克希爾憤怒地邊吼邊往前衝。

「不，帕克希爾。」艦長說。「我不能讓你動手。其他人也不行。不，你們都不行。只有我。」他舉槍瞄準。

我開槍後還能當個清白的人嗎？他想。由我來動手對嗎？是的，沒錯。我知道自己爲什麼這麼做，而且這是正確的選擇，因爲我是正直的人。我希望也祈禱自己能夠無愧於心。

他對史班德點個頭。「快走吧。」沒人聽到他的低語。「我會給你三十秒逃跑。三十秒。」

他的腕錶滴答響，他看著時間流逝。隊員們在跑動，史班德仍然沒有動靜。秒針跑了更久時間，艦長覺得滴答聲很響。「快走啊，史班德，走，快逃！」

三十秒到了。

槍口瞄準了，艦長深吸一口氣。「史班德。」他吐氣說。

他扣下扳機。

接下來只見岩石在陽光下揚起碎屑。回音漸漸淡去。

艦長站起來，對大家說：「他死了。」

其他人不相信。但他們所在的角度讓他們看不到那個特殊的裂縫，也就是兩塊岩石間的缺口。他們只看到艦長獨自跑上山丘，以爲他要不是勇敢過人就是瘋了。

幾分鐘後，大夥兒跟了上去。

他們圍在屍體旁邊，有人問：「是胸口中彈嗎？」

艦長低頭看。「胸口中彈。」他說。他看到史班德身下的岩石變了色。「我不懂他爲什麼要等，不懂他爲什麼沒按計畫逃跑，不懂他何必留下來讓自己中彈。」

「天曉得？」有人說。

史班德躺在地上，一手緊抓著槍，另一手抱著在陽光下閃閃發光的銀色書本。

是因爲我嗎？艦長想。是因爲我不願意讓步嗎？史班德是不是不想殺我？我和這裡其他人有什麼不同？眞是因爲這樣嗎？他是否以爲他可以相信我？還有其他答案嗎？

沒有。他蹲在默不作聲的屍體旁邊。

我必須對得起這件事，他想。現在，我不能讓他失望。如果是因爲他認爲我和他有共同點而不能殺我，那麼眼前有多少工作在等著我！就這樣，對，就是這樣。我是重生的史班德，但我在開槍前會思考。我根本不會殺人。我會和人合作。他沒辦法殺我，是因爲我是在略微不同情況下的他。

艦長感覺到陽光照在他的後頸和背上。他聽到自己說：「如果他在槍殺任何人之前先來找我聊過就好了，我們可以想出解決方案。」

「解決什麼事？」帕克希爾說：「我們和**他這種人**有什麼好妥協的？」

來自藍天的蒸騰熱氣唱著歌掠過這塊土地，吹過岩石。「我想你大概是對的。」艦長說：「我們永遠不可能共處，我跟他，或許可能。但他跟你們，是絕對不可能。史班德現在解脫了。讓我喝口那壺裡的水。」

提議把史班德放進墓穴的人是艦長。他們找到一處古老的火星人墓園，把史班德放進銀棺裡，連同一萬年前的蠟跟酒一起下葬。史班德的雙手交疊在胸前。他們最後看到的，是史班德平靜的臉孔。

大家在古老的拱頂下方站了一會兒。「如果你們能偶爾想起史班德，那就太好了。」艦長說。

他們離開拱頂建築，關上大理石門。

隔天下午，帕克希爾在一座空城裡練習射擊，射破水晶窗戶，轟掉脆弱高塔的頂端。艦長抓住帕克希爾，揮拳打掉他的牙齒。

二〇三二年八月

移民

地球人來到火星。

他們之所以會來，是因爲他們害怕或是不怕，因爲快樂或是不快樂，因爲覺得自己像當年遠渡重洋的清教徒或是不像。每個人都有自己的理由。他們離開惡妻、狗屎工作或是爛城市；他們來找東西、留下東西或是得到某個東西；來挖掘或埋葬東西，或丟棄某樣東西不顧。他們懷著小小的或是偉大的夢想，也或者是不帶任何期待而來。但在許多城鎮裡，四色印刷的海報上，政府的指頭指向大家：太空有工作給你：快上火星看看！於是有些人拖拖拉拉地上前報名，一開始人不多，大概只有兩位數。在火箭升空以前，這些人當中有大部分患上了嚴重不適的病。這個病叫「孤獨」，因爲當你看著自己的故鄉從拳頭大小縮成檸檬的尺寸，最後像個針頭般消失在火焰後方，你會覺得自己彷彿從未出生，無根的你像是不存在，四周只有太空，熟悉的事物全沒了，身邊只剩下那些陌生人。當伊利諾、愛荷華、密蘇里或蒙大拿消失在雲海中，然後，當美國進一步變成是白霧覆蓋的小島，整個地球成了一顆滿是泥巴、被拋出去的棒球時，你便開始了在廣袤太空中的獨行漫遊，即將前往一個你無法想像之地。

所以了，一開始人數不多並不奇怪，但移民前往火星的地球人數量穩定地倍數成長。這些數字令人欣慰。但最早幾批孤伶伶的人只能靠自己。

二〇三二年十二月

綠意盎然的早晨

太陽落下時，他還蹲在小徑旁準備晚餐。他把食物放進嘴裡仔細咀嚼，一邊聽火焰劈啪作響。這天和其他三十天沒什麼不同，他在凌晨整整齊齊地挖了許多的洞，播種，然後去運河取清水來澆灌。現在，他瘦小身軀的力氣用盡，於是他躺下來，看著天空在深淺不同的灰黑色中轉變。

他是班哲明·卓斯柯，三十一歲。他想要讓火星能有每一季都會逐漸成長茁壯的綠色植物以及高大的樹木和葉子，好製造空氣，更多空氣；他想讓樹木爲夏季滾燙的城鎮降溫，在冬季攔阻寒風。樹木的用途太多，比方增色、遮蔭、結果，變身爲孩子的遊樂場，可以攀向整個宇宙或掛在上頭晃蕩；成爲食物和樂趣的根基，這就是樹。而最最重要的，是樹木可以爲肺部淨化冰冷的空氣，在耳邊柔和地窸窣低語，陪伴躺在雪白睡床上的你安然入眠。

他躺著聆聽暗色土地結塊堆疊，等待陽光，因爲雨水還沒落下。他耳朵貼向地面，聽到從前歲月在遠處的腳步聲，他想像這天播下的種子瞬間抽高，遮蔽天空，伸展出一根根枝幹，直到火星變成午間的森林，像亮眼的蘭花。

黎明，當陽光緩緩從遍布皺褶的山壑升起時，他會起床、吃下熱騰騰的早餐，然後踩熄火堆，背起背包上路去測試、挖洞、播種或插下嫩芽，輕輕壓好泥土再澆水，他會吹著口哨繼續工作，看著晴朗的天空漸漸亮起，來到熱烘烘的中午。

「你需要空氣。」他告訴昨夜生的火。營火是活潑又紅通通的伴侶，它會出聲撲向你，犯睏的粉紅色眼睛會在冰冷的夜晚溫暖你。「我們都需要空氣。火星上空氣太稀薄，讓你很快就乏力了。這和在高海拔的南美洲安地斯山脈生活一樣。你吸不到太多空氣，無法得到滿足。」

他摸摸自己的胸廓。這三十天來，他的胸膛變寬了許多。爲了吸進更多空氣，他們需要鍛鍊肺部功能。要不就是栽種更多樹木。

「所以我才會來到這裡。」他說。火堆發出爆裂聲。「學校教過『蘋果種子強尼』ξ穿越美國種蘋果樹的故事。嗯，我做得更多。我種橡樹、榆樹、楓樹，還有山楊、喜馬拉雅杉和栗子樹等各式各樣的植物，不只是長出能餵飽肚子的果子，還能生產肺部需要的空氣。過些年，等這些樹長大，**想想看**它們會製造多少氧氣！」

他回想自己到達火星的那天。和其他上千人一樣，他往外看著安寧祥和的早晨景色，心想，我要怎麼適應這地方？我要做什麼？這裡有我的工作機會嗎？

然後他昏了過去。

有人拿一小管阿摩尼亞湊近他鼻孔，他嗆醒過來。

「你不會有事的。」醫師說。

「出了什麼事？」

「這裡空氣稀薄，有些人受不了。我覺得你必須回地球去。」

「不要！」他幾乎是立刻坐起來，這害他眼前發黑，火星像是在他腳下轉了兩圈。他張開鼻孔，強迫自己的雙肺用力吸，卻吸了個空。「我不會有事的，我必須留在這裡！」

※ Johnny Appleseed，本名是Johnny Chapman（1774-1845），花了四十年在俄亥俄河谷播蘋果種子。

他們讓他躺下，而他卻像條上岸的魚一樣張口喘氣，心裡只想著，空氣、空氣、空氣。他們要送我回去的原因就是空氣。接著，他轉頭看向火星的空地和山丘。他要自己雙眼聚焦，隨即頭一個注意到的就是火星上沒有樹木，一棵都沒有，無論往哪個方向看都一樣。這片荒蕪的土地上只有黑色土壤，上頭什麼也沒長，連根野草都沒有。空氣，他心想，那個鑽進他鼻孔裡的稀薄物質。空氣，空氣。在山頂、在山丘的陰影下，甚或在溪流邊，別說沒樹，就連一根草也看不見。當然了！他感覺到答案不是從腦海裡跳出來，而是從他的肺部和喉嚨。這個想法像是突然送來了一陣純氧，讓他坐了起來。樹和草。他低頭看著雙手，翻來轉去地看。他決定種樹、種草。這會是他的工作，去對抗可能讓他無法繼續留在火星的因素。他要向火星宣戰，開啓他個人的園藝戰爭。這裡的土壤古早久遠，植物歷史太悠久到已耗盡自身的能量。可是，如果有人引進新型態的植物呢？地球上的樹木、芙蓉樹、楊柳、木蘭和壯麗的尤加利樹。接下來會怎麼發展？土壤裡不知蘊含了多少未經利用的礦物資源，因爲古老的蕨類、花卉和樹叢都已經乾枯。

「讓我起來！」他喊道：「我必須去見負責人！」

他和對方談了一整個早上，全都跟種植與綠色植物有關。在有組織的大規模種植開始之前，需要先努力幾個月，甚至好幾年的時間。到目前爲止，冷凍食品都是用飛行冰椎從地球送過來；少數社區花園裡種的是水耕植物。

「在這期間，」負責人說：「這就是你的工作了。我們會盡力找來種子和小型設備。現在火箭的空間非常珍貴。那些最早設立的城鎮都是礦業城市，恐怕不會太支持你的種植計畫——」

「但是你會讓我做？」

他們的確讓他接下這個工作。他拿到一部機車，儲物箱裡裝滿了種子和嫩芽，他把車停在山谷的荒地上，以雙腳作爲穿過這片土地的交通工具。

那已經是三十天前的事了，而他一次也沒有回頭，因爲回頭看會太傷心。火星上的氣候極度乾燥，連種子能否發芽都難以確定。說不定他所有的種植活動，和四星期來的彎腰挖土全都是徒勞無功。但他只把目光往前看，繼續在陽光下的寬淺山谷間播種插苗，走得離第一座城越來越遠，邊等待雨水落下。

雲朵聚向乾燥山丘的同時，他拉緊毯子蓋過肩膀。火星這地方就跟時間變換一樣難以預測。他能感覺到乾熱的山丘慢慢進入霜寒冰冷的夜晚，他想到肥沃的深色土壤，那土壤既黑又亮，簡直像是在手中爬動翻攪。這種土壤很可能養出巨大的豆苗，說不定還會有尖叫的巨人從上頭栽下來。

熾熱的火堆漸漸轉弱，成了入睡的灰燼。遠處，翻滾的氣流帶動空氣。打雷了。雨水的味道突然出現。就在今夜，他心想，伸手去接雨水。就在今夜。

⊹

他醒來了，有什麼東西輕扣眉毛。

雨水沿著鼻子流進他嘴裡。一滴水打中眼睛，模糊了他的視線。另一滴水則落在他的下巴上。

雨水。

輕柔、新鮮、舒緩，雨水從高空濛濛降下，這是特殊的靈丹妙藥，嚐起來有魔咒、星星和空氣的味道，挾帶著胡椒般的灰塵，宛如稀有清淡的雪利酒，在他的舌尖跳動。

雨水。

他坐直身子，毯子跟著往下掉，成滴的雨水終於落下，沾濕了他的藍色丹寧襯衫。他眼前似乎有一隻看不見的動物在營火上舞動，將灰燼碾壓成怒騰騰的白煙。雨水落下。巨大黑色天幕裂成六大塊藍色脆片粉碎直落。他看到千萬滴雨水晶柱，下降速度之緩像是佇留落跡在電子屏幕。

他全身濕透，但卻仰起臉，笑著讓雨水打在眼皮上。他合起雙掌，繞著自己小小的營地走，這時已是凌晨一點鐘。

雨水穩定地下了兩小時才停。星星探出頭，經過這番洗禮後，閃爍得比以往更耀眼。

班哲明．卓斯柯換上從防水背包裡拿出來的乾衣服，躺下來，快樂地入睡。

太陽在山丘間升起，靜靜照亮大地，也喚醒躺在地上的卓斯柯先生。

他等了一下才起身。他辛勤工作又等了漫長炎熱的一個月，而現在，他站起來，終於轉身面對來時路。

放眼望去，樹木襯著天空拔地而起。不是一棵、兩棵或十來棵，而是他種下的數千顆種子和幼苗。而且在他眼前的不是小樹，不，不是樹苗，不是嫩枝；是大樹，是巨木，有十個人相疊那麼高，碧綠黛青，飽滿茂盛，樹葉閃爍著金屬光澤，窸窣作響地在山丘上排列成行。就在他觀看的時候，這些受到大雨滋潤的檸檬樹、萊姆樹、紅杉、芙蓉樹、橡樹、榆樹和山楊、櫻桃樹、楓樹、梣樹、蘋果樹、柳橙樹、尤加利樹紛紛在異星神奇的土壤中伸展新枝，冒出新芽。

「不可能！」班哲明．卓斯柯先生喊道。

但這山谷和這早晨儘是一片碧綠。

還有，那空氣！

盡皆是新鮮空氣——有如流動溪水、山間湧泉——奔來，綠樹吐出氧氣了。肉眼就可以看得到氣流在上閃爍翻騰。是氧氣，清新，純淨，蒼鬱，涼爽的氧氣把山谷轉變成河口三角洲。不久以後，城鎮裡的家家戶戶會敞開大門，所有人都會跑進這清新神奇的氧氣中，用力嗅聞、吸飽雙肺，臉色因而紅潤，鼻子因而發凍，肺部活躍，心臟奔跳，疲憊的身軀也振奮舞動。

班哲明．卓斯柯先生飲下一大口綠水般的空氣後，暈了過去。

在他再次醒來前，這片土地又長出了五千棵攀向黃色太陽的大樹。

二〇三三年二月

蝗蟲

那幾艘火箭讓稀疏的草地著了火，讓岩石變熔岩、樹木變木炭、水變成蒸汽，沙土和矽土變成宛如破鏡的綠色玻璃，映照出來自四周的入侵行動。火箭到來像是擊鼓，夜裡猛敲。火箭像是入侵的蝗蟲，蜂擁而來，撲天蓋地猶如煙幕。拿著槌子的人從火箭裡跑出來，敲掉陌生的一切，把異世界改造成順眼的熟悉環境。他們嘴含釘子，看似鋼牙肉食獸；他們吐出釘子給動作飛快的手，敲打出木屋結構、鋪瓦搭屋頂以遮擋古怪星辰、安裝綠窗簾以隔絕夜色。木匠匆匆離開後，女人帶著花盆、印花棉布和鍋子進屋打點廚房，製造出喧鬧聲響，覆蓋掉了留在屋外、擋在窗外、火星特有的寧靜。

不到六個月，原本光禿禿的星球上出現了十來個充滿了霓虹燈和黃色燈泡的小鎮。加總起來，約莫有九萬人來到了火星，然而在地球上，還有更多的人正在預備行囊……

二〇三三年八月
相遇在夜裡

在駛上藍色的山丘前，托瑪斯．戈梅茲先在孤伶伶的加油站停下來加油。

「在這裡滿孤單的，是吧，老爹？」托瑪斯說。

老人擦拭小卡車前擋風玻璃上的灰塵。「還可以。」

「你喜歡火星嗎，老爹？」

「還好。一直有新的事物。我去年來這裡時就已經打定主意不去期待、不東問西問，看到任何事都不要驚訝。我們必須忘了地球，忘了過去的習慣。我們必須看的，是自己在這裡的狀況，是這裡有多麼**不同**。光是這裡的天氣就讓我得到不少樂趣。這就是**火星的**天氣。白天熱得要命，晚上冷個半死。和地球上不一樣的花和不同的雨也很好玩。我是來火星過退休生活的，我就希望能在一個事事都不同的地方退休。老人需要接觸不同的事物。年輕人不想和老人說話，其他老人又惹人厭煩。所以啊，我覺得對我最好的，是到一個完全不同的地方，我只要每天睜開眼，就能開開心心了。於是我開了這間加油站。如果生意太好，我會搬到沒那麼忙碌的公路邊，另外找個營收夠過日子，還能感受到**不同**事物的地點。」

「你的想法很正確，老爹。」托瑪斯說，閒下來的棕色雙手擱在方向盤上。他的感覺很好。之前在一處新的殖民地連續工作了十天，現在他可以放兩天假，正準備要去參加派對。

「我看到什麼都不會驚訝了。」老爹說：「我只是在看，在體驗。如果你不能接受火星原來的面貌，大可回地球去。這上面的一切都讓我著迷，土壤、空氣、運河、原住民（我從來沒看過，但聽說他們就在附近），還有時鐘。連我的時鐘都變得怪怪的。這裡連**時間**都瘋了。有時候，我覺得這裡只有我一個人，整個該死的星球上再沒別人。我敢打賭眞的是這樣。有時，我覺得自己大概只有八歲，身體擠壓縮小，其他一切相當巨大。天哪，這地方眞適合老人，不但讓我保持警覺，也保持好心情。你知道火星是什麼嗎？火星像是七十年前我拿到過的聖誕禮物——不知道你看過萬花筒沒有，那裡頭裝著碎水晶、碎布、珠珠和漂亮的小廢物。舉起萬花筒對著陽光往裡看，畫面美得讓人屏息。那些圖紋花樣！嗯，那就是火星。好好享受吧。別要求它改變原貌。天哪，你知道那條火星人蓋的高速公路吧？已經超過一千六百年了，路況還那麼好。總共一塊半，感謝你，晚安。」

托瑪斯開往古老的高速公路，靜靜地笑起來。

長長的道路通往黑暗和山丘，他握著方向盤，不時伸手從午餐盒裡拿出一塊糖果。他連續開了一小時，路上沒其他車也沒燈光，只有往前延伸的路面、他自己的車聲。火星的這一帶很安靜。火星一向安靜，但比起其他夜晚，今晚更靜。沙漠和枯海往後退，山丘矗立在星空下。

今晚的空氣中有種時間的氣味。他微微一笑，讓想像力在腦中奔騰。他有個想法。時間是什麼味道？像灰塵，像時鐘，像人。還有如果你想知道，時間聽起來像什麼？那就像黑暗洞穴裡的水流聲，像哭叫聲，像塵土落在空盒蓋子上的聲音，像雨聲。如果繼續探究，時間**看起來**又像是什麼樣子？時間看起來就像雪花靜落在黑暗房間，像是在老戲院裡看默片，像上萬張臉直直落，一如新年到來時成千上萬的氣球，直直落進空無當中。那就是時間的味道、樣貌和聲音。而今晚——托瑪斯把手伸出小卡車窗外的風中——今晚，你幾乎可以**碰觸**到時間。

他開車穿過時間的山丘，後頸突然感覺到刺痛，於是他坐直身子往前看。

他把車停到一座荒廢的火星小城鎮，熄掉引擎，讓寂靜上車包圍他。他坐著屏住呼吸，凝視月光下的白色建築。這些房子好幾百年沒人住。完美、無瑕，是廢墟，沒錯，但仍然完美。

他發動引擎上路，開了大約一英里之後再次停車，這次他帶著午餐盒下車，走到一處岬角，從這裡可以回頭看剛剛那個布滿塵埃的荒城。他轉開保溫瓶，為自己倒了杯咖啡。一隻夜行鳥高高飛過。他感覺非常好，非常平靜。

約莫五分鐘後，他聽到一個聲音。這聲音來自山丘，就在古老高速公路的轉彎處，除了聲音，他還看到有某個東西在移動，以及昏暗的燈光。接著是有人在喃喃低語。

托瑪斯端著咖啡杯，慢慢轉身。

有個奇怪的東西從山邊過來。

是個機器，看上去像是碧綠色昆蟲——合掌螳螂之類——正優雅地穿越冰冷的空氣。它全身鑲著無數個隱約閃爍的綠色鑽石，複眼鑲的是耀眼紅寶石。它的六足踏上古老的高速公路，腳步聲猶如逐漸變小的稀落雨聲。騎在它身後的是，一名溶了金子當眼睛的火星人，他像是低頭探向一口深井般看著托瑪斯。

托瑪斯抬起手，心裡下意識想著「你好！」但沒有說出來，因爲對方畢竟是火星人。但托瑪斯還在地球的時候，曾跟路上遇到的陌生人一起在藍色河裡游泳；與一群奇人異士在古怪的房子裡用餐，而他向來是拿微笑當武器。他沒帶槍。即便在這一刻，恐懼已爬上心頭，他仍不覺得自己需要一把槍。

火星人同樣雙手空空。他們在冰冷的空氣中互望了好一會兒。

托瑪斯先有了動作。

「你好！」他大聲說。

「你好啊！」火星人用他自己的語言回應。

兩人都沒聽懂對方的話。

「你是說『你好』嗎？」他們異口同聲地問。

「你說什麼？」兩人還是用各自的語言。

這時，雙方都沉下臉。

「你是誰？」托瑪斯用英語問道。

「你在這裡做什麼？」這是火星語；陌生人嘴巴動著在說話。

「你要去哪裡？」他們說，兩人看來都很疑惑。

「我是托瑪斯．戈梅茲。」

「我是慕赫．卡。」

雙方還是都沒聽懂，但他們在說話的當下拍自己的胸膛，於是情況便清楚了。

接著，火星人笑了出來。「等等！」湯瑪斯感覺腦袋給碰了一下，但火星人並沒有伸出手來。「成了！」火星人用英語說：「這樣好多了！」

「你這麼快就學會我的語言！」

「這不算什麼！」

突如其來的靜默讓兩人都覺得尷尬，他們看著托瑪斯手上冒煙的杯子。

「奇特的東西？」火星人看著他和咖啡說，也許這話是包括托瑪斯和杯子兩者。

「我可以請你喝杯飲料嗎？」托瑪斯說。

「麻煩你。」

火星人從機器背上滑下來。

托瑪斯拿出第二個杯子，倒了咖啡，把冒煙的飲料遞出去。

他們的手正要相碰，結果——竟穿過彼此的手。
「耶穌基督！」托瑪斯大叫一聲，杯子掉下來。
「奉諸神之名！」火星人用自己的語言驚呼。
「你有沒有看到剛剛發生什麼事？」兩人都壓低聲音說話。
他們又冷又害怕。
火星人彎腰想拿杯子卻碰不到。
「天哪！」托瑪斯說。
「沒錯。」火星人徒勞無功地一再嘗試想拿起杯子。他站直身子想了一下，隨後拿出繫在腰帶上的刀。「嘿！」湯瑪斯叫道。「你誤會了，接好！」火星人說完話，把刀子拋出來。托瑪斯合起雙掌要接，但刀子直接穿過他的手掌，掉到地上。托瑪斯彎腰撿但也碰不到，他後退一步，忍不住打顫。
這時，他看著以天空爲背景的火星人。
「星星！」他說。
「星星！」火星人說，輪到他看向托瑪斯。
火星人身後的星星淨白明亮，彷彿穿透他的肉身，讓他看來就像吞下閃爍物質的薄皮海魚。你能看到星星有如紫色的眼睛，在火星人的肚子、胸膛和手腕上，璀璨閃耀如珠寶。

「我可以看穿你！」托瑪斯說。

「而我能看穿你！」火星人連連後退。

托瑪斯摸摸自己的身體，感覺得到體溫，於是放下一顆心。**我**是真實的，他心想。

火星人碰了碰自己的鼻子和嘴唇。「『我』是血肉之軀。」他喃喃自語：「『我』還活著。」

托瑪斯瞪著陌生人看。「如果**我**是真的，那麼一定是**你**死了。」

「你才是！」

「鬼！」

「幽靈！」

他們互相指著對方，看著星光在對方的四肢像匕首、冰柱和螢火蟲般發亮，接著低頭看自己的四肢，雙方都發現自己是完整、溫熱、興奮、震撼、驚嘆，而對方，哈，沒錯，站在面前的對方很不真實，像個鬼，像個能映照出遠方世界各種光線的弔詭稜鏡。

我醉了，托瑪斯心想。明天，我不會把這件事告訴別人，哈，我才不要。

他們站在古老的高速公路上，兩人都沒動。

「你從哪裡來的？」最後，火星人終於開口。

「地球。」

「那是什麼？」

「在那裡。」托瑪斯朝天空點個頭。

「什麼時候？」

「我們一年前左右登陸的，記得嗎？」

「不記得。」

「而你們幾乎全死了，只有少數人例外。你們很罕見，你**不知道**嗎？」

「那不是真的。」

「沒錯，都死了。我看過屍體。在房裡，在屋裡，身體發黑，死透透了。大概有好幾千人。」

「荒唐。我們還**活著**！」

「這位先生，你們的星球遭到入侵，就只有你一個人不知道。你一定是成功脫逃。」

「我沒有逃跑，有什麼好逃的。你這話是什麼意思？我正要去運河邊參加慶典，在伊奈爾山區。我昨晚也在那裡。你沒看到那邊的小鎮嗎？」火星人指著前方。

托瑪斯望過去，只看到那些廢墟。「那個小鎮在幾千年前就是荒城了。」

火星人放聲大笑。「什麼荒城。我昨天才在那裡過夜！」

「我不但上星期和上上星期都去過，剛剛還開車經過，那是一堆廢墟。看到些毀損的柱子嗎？」

「毀損？怎麼會，我看到的是完整的柱子。月光照得很清楚。那些柱子站得很直。」

「街道上有灰塵。」托瑪斯說。

「街道很乾淨！」

「那邊的運河乾掉了。」

「運河裡都是薰衣草酒！」

「那個小鎮荒廢了。」

「明明就有人煙！」火星人抗議道，這下他笑得更大聲了。「喔，你錯得離譜。看到那些嘉年華燈飾了嗎？那裡有和女人一樣苗條婀娜的漂亮船隻，有像船隻一樣纖細綽約的女人。她們的皮膚是沙子的顏色，手上捧著火焰花。我能看見她們，個頭小小的，在那邊的街道跑動。我現在就是要去那裡，去參加慶典；我們會一整晚搭船漂浮在水上，會唱歌、會喝酒，會做愛。你看不出來嗎？」

「先生，那個小鎮和死蜥蜴一樣乾枯。隨便問我一個夥伴就知道。而我呢，我正要去綠城過夜，那是我們在伊利諾高速公路旁新建的殖民地。你肯定是搞錯了。我們帶來了一百萬板呎的木材，全是從奧勒岡州來的。我們還帶來二十多噸上好鐵釘，打造出兩座你從沒看過的超棒小城鎮。今晚，我們會去其中一個小鎮熱鬧一下。有兩艘火箭剛從地球來，上面載著我們的妻子和女朋友。我們會跳排舞、喝威士忌——」

火星人這下子著急起來。「你說在哪裡？」

「火箭在那裡。」托瑪斯帶他走到山丘邊，指著下方：「看到了嗎？」

「沒有。」

「該死了，明明就**在那裡**！那些銀色的長筒狀太空船。」

「沒有。」

輪到托瑪斯大笑了。「你瞎了！」

「我視力好得很。你才是看不見的人。」

「但你看得到新蓋的城鎮，對吧？」

「除了海之外，我什麼也看不到，還有，這時正是退潮時間。」

「先生，早在四千年前海水就乾涸了。」

「啊，好，好，眞是夠了。」

「是眞的，我講眞的。」

火星人嚴肅起來。「再跟我說一次，你看到的城鎮和我形容的不一樣嗎？柱子很白，船很細長，慶典的燈光——喔，我看得**好清楚**！還有，你聽！我聽得到歌聲。那地方不遠。」

托瑪斯仔細聆聽，但他搖頭說：「沒聽到。」

「而反觀我呢，」火星人說：「我看不到你描述的地方。嗯。」

兩人又開始覺得冷，身體好像結了冰。

「有沒有可能是……」

「是什麼？」

「你說你們從天上來的？」

「是地球。」

「地球，只是個名字，算不得什麼。」火星人說：「可是……在我一小時前穿過隘口時……」他碰碰自己的後頸。「我覺得……」

「覺得冷？」

「對。」

「現在呢？」

「又覺得冷了。奇怪啊。這光線、山丘和馬路有點古怪。」火星人說。「我有種奇怪的感覺，看著馬路和光線，在那一瞬間，我覺得自己好像是這世上最後一個存活的人……」

「我也是！」托瑪斯說。這就像在和一個親近的老友說話，彼此交心，身體隨著話題暖和起來。

火星人閉上眼再睜開。「這只有一種可能。是和時間有關。沒錯。你是『過去』虛構的人物。」

「不對，你才是來自『過去』。」地球人在思考過後說。

「你這麼**確定**。你要怎麼證明誰來自『過去』？誰來自『未來』？今年是哪一年？」

「二〇三三！」

「這數字對**我**有什麼意義？」

托瑪斯想了想，聳肩說：「沒有。」

「這就好像我告訴你今年是S. E. C.紀元四四六二八五三年一樣。這簡直比廢話還廢！可以知道星星在哪個位置的儀表在哪裡？」

「可是廢墟足以當作證明！它證明**我**是『未來』的人，**我**還活著而**你**已經死了！」

「我的身、心、靈都拒絕接受這個說法。我的心在跳，肚子餓，嘴巴也乾。不，不，我們兩個都沒死，但也都沒活著。比其他事物有生氣是真的，但我們比較像是介於兩者之間。兩個陌生人在夜裡巧遇，就只是這樣。兩個過客。你剛剛說廢墟？」

「對，怕了吧？」

「誰想看『未來』？又有誰**曾經**看過？一個人可以面對『過去』，但思考一下——你剛剛說柱子毀損了？還有海枯了、運河乾了、少女們死了、花朵全都凋謝了？」火星人安靜下來，但接著他往前看。「但這一切都在，我看得見。這對我不就夠了嗎？他們正等著我，不管你說什麼都一樣。」

而對托瑪斯而言，遠方的火箭、城鎮和地球來的女人正等著他。「我們永遠不會有共識。」他說。

「就讓我們各持己見吧。」火星人說：「如果我們兩個都活著，那麼誰是『過去』，誰是『未來』又有什麼關係？因爲接下來的還是會來，無論是明天或千年之後都一樣。你怎麼知道那些傾圮毀損的寺廟不是你們那個文明在千年後的樣貌？你不會知道。那就別問了。良夜苦短呀。慶典的煙火已上天，鳥也都高飛了。」

托瑪斯伸出手，火星人模仿他的動作。

他們的手沒有相碰，而是穿過彼此的手。

「我們會再見面嗎？」

「誰知道？也許改天晚上吧。」

「如果可能，我會想跟你去參加慶典。」

「而我希望能去參觀你們的新城鎮，去看你口中的太空船，去見那些人，聽所有發生過的事。」

「再見。」托瑪斯說。

「晚安。」

火星人騎上他的綠色金屬交通工具，安靜地往山丘去。地球人回到自己的小貨車上，靜靜地往反方向開。

「老天哪，這夢眞精采。」托瑪斯嘆口氣，雙手握著方向盤，腦子裡想的是火箭、女人、威士忌、鄉村舞和派對。

火星人想的是剛才的影像好怪異，他急忙趕路，想著慶典、運河、船、金眸女郎和那些歌曲。

夜裡一片黑，月已落下，星光照在空曠公路上。此刻，四下無聲、無車、無人，盡皆無有。一路都是這樣，在這冰冷漆黑夜晚餘下的時間裡。

二〇三三年十月

海岸

火星是遙遠的海岸，人們一波波湧來。每道浪頭都不一樣，而且後浪推逐前浪。第一波浪潮帶來了習慣廣闊空間、寒冷和能夠獨處的人——偷渡者和畜牧工人，他們身上沒丁點肥肉，長年辛勞讓他們臉上的皮膚粗糙，雙眼瞇得像圖釘，雙手磨得猶如舊手套，隨時可以碰任何東西。火星不會對他們造成傷害，因爲他們是爲了火星這樣開闊的平原和草地而生。他們登陸，做了些事，讓火星看來沒那麼空洞，讓其他人獲得隨後跟來的勇氣。他們爲窗戶安裝玻璃，在窗玻璃後面點燈。

他們是第一波男人。

大家都知道第一波女人會是誰。

第二波男人應該是來自其他國家的移民，講話帶著口音，心裡有別的盤算。但火箭都來自美國，這些人都是美國人，這點會繼續下去。然而在同一時間，歐、亞、南美、澳洲和大小島嶼的人們只能眼睜睜看著火箭沖天而去，將他們拋在後面。除了美國，世界上其他國家仍然陷在戰爭或準備開戰的想法中。

所以，第二波移民還是來自美國。他們來自廉價公寓和地鐵，他們在前一波來自大西部各州的沉默男人陪伴下，獲得更多的休息和假期。這些西部人很懂得運用沉默，讓人可以在被紐約地鐵和鴿子籠碾壓多年後，終於得到平靜。

在第二波男人中，還有看似走在通往上帝之路的人……這從他們的雙眼可以看得出來。

二〇三三年十一月

火焰氣球

火球在夏夜的草坪上炸開。你看到叔伯姑嬸的臉孔發亮。堂表親戚們都在門廊上，落下來的火箭映照在他們閃爍的棕眼中，冷卻後的燒焦樹枝重重摔在遠處乾枯的草地上。

備受尊崇的約瑟夫·丹尼爾·佩雷葛林牧師張開他的雙眼。眞是特別的夢：那麼多年前的事了，他和親戚們在祖父位於俄亥俄的老家玩得多盡興！

他躺著靜靜聽空洞的教堂有何聲響，其他牧師的寢室有什麼動靜。他們是不是也在**十架號**火箭出發前夕，沉浸在那年七月四日的回憶中？一定是，這就像那些讓人屏息的獨立紀念日黎明，你等著第一次衝擊，接著奔向還沾著露水的人行道，雙手捧著滿滿的、招搖的奇蹟。

於是，這些即將被送往火星的聖公會牧師來到這裡，在這個微風輕拂的黎明，他們將穿越絲絨般的太空殿堂，把他們神聖的馨香傳遞下去。

「會不會我們根本就不該去？」佩雷葛林牧師說。「我們難道不該解決我們在地球上的罪孽？這樣豈不是在逃離我們在這裡的人生嗎？」

他起身，撐起沉重的身軀，這副肉體承裝滿滿的草莓、牛奶和牛排，只能緩緩移動。

「還是說，這是怠惰？」他疑惑地說：「我畏懼這段旅程？」

他踏進水花噴灑的淋浴間。

「但是，我的身體啊，我會把你帶到火星。」他對自己說：「把過去的罪留在這裡。然後上火星去尋找新的罪？」這個念頭幾乎讓他開心起來。這是從來沒有人想到的罪。喔，他自己就寫過一本小書《論其他世界之罪惡》，但沒受重視，他聖公會的弟兄不知怎麼著就是覺得這書不夠正經。

就在昨晚，抽最後一枝雪茄時，史東牧師提起這件事。

「在火星，罪惡可能會以美德的形式出現。我們必須防範那裡的善舉，因爲，之後，我們可能會發現那些舉動都是罪！」佩雷葛林牧師笑著說。「眞讓人興奮！這幾百年來，傳教士一直沒機會面臨這麼多險境！」

「**我**會辨認出罪惡的。」史東牧師直率地說：「**就算**上了火星也一樣。」

「啊，我們傳教士引以爲傲的，就是我們有如試紙，碰到罪惡就會變色。」佩雷葛林牧師回嘴道：「但如果火星上的化學作用讓我們**根本**染不上顏色呢！如果火星上出現新的感官，你就必須承認，無法識別的罪是有可能存在。」

「如果沒有心懷惡意，就不會有相應的罪或懲罰——這是主一再向我們強調的。」史東牧師回答。

「在地球上是這樣，沒錯。但也許火星上的罪會以感應的方式把惡意灌輸到潛意識裡，使得人類的『意識』看似不存惡意地自由行事！**那**要怎麼辦？」

「有什麼**能夠**阻斷新的罪？」

佩雷葛林牧師重重地往前靠。「**光是**亞當一人無法成罪。加上夏娃，就等於加上誘惑。加上第二個男人，就讓通姦成爲可能。加上了性或是再加個人，就等於加進了罪惡。如果人類無害，他們不可能徒手勒殺生靈。這麼一來，世上也不會有什麼謀殺罪。但加上武器，等於增添了新型態暴力的可能性。阿米巴原蟲不會犯罪，因爲他們透過分裂而生殖。它們不會垂涎彼此的妻子，或互相謀殺。如果爲阿米巴原蟲加上性和手腳，就會出現謀殺和通姦。要是多加上一手一腳一個人，或是去掉這其中任一個，就等於添加或是刪減掉罪惡的可能性。在火星上，萬一有我們意想不到的新五感、器官或是隱形的肢體——那麼，那裡豈不是可能會有五種新的罪惡？」

史東牧師倒抽一口氣。「我覺得你很享受這些！」

「我只是想讓自己的思考保持靈活，牧師，靈活，就只是這樣而已。」

「你眞的很會胡思亂想，對吧？像雜耍一樣，搞一堆鏡子、火炬、盤子。」

「對。因爲，教堂有時看起來就像馬戲團場景，布幕拉起，渾身撲著白粉的人們像雕像一樣立在當場，成爲美的象徵物。這很好。但我只希望那些雕像之間有空間讓我奔跑，你說是吧，史東牧師？」

史東牧師已經走開。「我認爲我們最好快去睡覺。再過幾小時，我們要跳起來，出發去看你的新罪，佩雷葛林牧師。」

火箭矗立著，準備要發射。

牧師們結束晨禱，走進冷冽的早晨。許多來自紐約、芝加哥或洛杉磯的牧師——教會派遣了頂尖人手——穿過小鎮走向結霜的空地。走著走著，佩雷葛林牧師想起主教的話：

「佩雷葛林牧師，你將負責帶領我們的傳教士，史東牧師則會從旁協助。至於我爲什麼選擇你來負責這個重責大任。我發現我的理由模糊得可悲，但是牧師啊，你撰寫的那本探討行星間罪惡的手冊還是有人讀的。你是個有彈性的人。而火星就像我們忽略了幾千年沒整理的衣櫃。那裡累積的罪惡多得像擺了滿屋的小擺設。火星的年紀是地球兩倍，週六狂歡夜、酗酒作樂、看到白海豹般赤身露體的女人就瞪大眼睛的經驗和次數，也要乘以二。當我們打開那座衣櫃，裡頭的東西會掉出來砸到我們。我們需要一個反應快又有彈性的人，一個在思考上懂得轉圜的人。要是派個奉行教條主義的人去，他絕對會崩潰。而我覺得你能保持韌性。牧師，這工作是你的。」

主教和牧師們跪了下來。

牧師們接受祝福，火箭上也灑了些聖水。主教起身後，對大家說：「我知道你們將與主同行，爲火星人做準備，幫助他們接受主的眞理。祝你們所有人都有段規畫縝密的旅程。」

這二十位牧師魚貫從主教面前經過，衣袍窸窣作響，雙手依序放進主教仁慈的掌心，然後走進得到潔淨的火箭裡。

「我還眞不知道，」最後一刻，佩雷葛林牧師說：「火星會不會是地獄？只待我們一到，便立刻爆裂成地獄裡的硫磺火湖。」

「主與我們同在。」史東牧師說。

火箭啓動了。

來到外太空，有如來到他們所見過最壯麗的大教堂。而踏上火星，就好像雙腳踏到教堂外平平無奇的人行道，可是五分鐘前你才在教堂**眞眞切切**體認到自己對主的愛。

牧師們小心翼翼地從還冒著煙的火箭走出來，跪在火星的沙地上，由佩雷葛林牧師帶領大家進行感恩禱告。

「感謝主帶領我們穿過祢的場域。噢，主啊，我們來到一片新的土地，因此必須有嶄新的眼光。我們會聽到新的聲音，所以必須有新的耳力。我們還會有新的罪惡，對此，我們盼望祢賜予我們更堅定、更純潔的心。阿們。」

隨後，大家站了起來。

眼前的火星像一片大海，他們跋涉其間，有如海洋生物學家，四處探找生命。這片領域隱藏著看不見的罪。他們必須多麼小心地保持平衡啊，一如象徵和平和諧的灰色羽毛，在這個新世界裡，他們甚至擔心連走路**本身**都可能有罪；或者呼吸，說不定連齋戒也是！

率先來見他們並伸出歡迎之手的，是第一鎭的鎭長。「有什麼我能效勞的地方呢，佩雷葛林牧師？」

「我們想多了解了解火星人。只有在了解他們以後，才能明智地爲我們的教堂做出規畫。他們有十呎高嗎？我們要設計很大一扇門才行。他的皮膚是藍色、紅色，還是綠色？我們製作彩繪玻璃時要知道，如此才能把人物的膚色放對。他們塊頭很大嗎？如果是這樣，我們得爲他們製作堅固牢靠的椅子。」

「牧師，」鎭長說：「我覺得你不必爲火星人操這些心。他們有兩個種。其中一種已經快要滅亡，只剩下少數幾個還在躲躲藏藏。至於另一種——呃嗯，他們不太能算是人類。」

「喔，怎麼說？」佩雷葛林牧師的心跳加快了。

「牧師，他們只是一團圓形的亮光，就住在那些山裡頭。天知道他們該算是人，還是野獸？我是聽說，他們行動是出自有意識的行爲表現。」鎮長聳聳肩。「當然了，他們不算人類，所以我覺得你應該不會在乎——」

「正好相反。」佩雷葛林牧師答得飛快。「你說，是有意識的行爲？」

「有個故事。某人外出探勘跌斷了腿，本來會死在山裡。結果藍色光球靠近他。他醒來時人已經在山下的高速公路上，而且不知道自己是怎麼到那裡的。」

「他喝醉了。」史東牧師說。

「反正故事就是這樣。」鎮長說：「佩雷葛林牧師，既然大部分火星人死了，只剩下那些藍色光球，老實說，我覺得你最好去第一市。火星逐漸開放了。第一市現在是邊陲地帶，就像從前地球上的西部，像阿拉斯加。地球人大量移入。第一市有幾千個愛爾蘭黑人技師、礦工和打零工的，他們都需要救贖，因爲有太多邪惡的女人和他們一起來，再加上太多年份高達十世紀之久的火星葡萄酒——」

佩雷葛林牧師凝視著柔和的藍色山丘。

史東牧師清了清喉嚨。「嗯，怎麼樣，牧師？」

佩雷葛林牧師沒聽到。「藍色火球？」

「是呀，牧師。」

「啊！」佩雷葛林牧師嘆息了。

「藍色氣球。」史東牧師搖頭。「馬戲團！」

佩雷葛林牧師感覺到手腕的脈搏快速跳動。他可以看到邊陲小鎮出現了原始、新生成的罪惡，同時他也看到山巒，老的以及最古老的，但對他也許是較新的罪惡。

「鎮長，你那些愛爾蘭黑人勞工能不能在地獄之火裡多熬一天？」

「爲了你，我會幫他們翻面，抹抹油，牧師。」

佩雷葛林牧師朝著遠山點個頭。「那麼，那就是我們要去的地方。」

其他人忍不住開始低聲抱怨。

「那個簡單，」佩雷葛林牧師解釋道：「往城鎮去。而我寧可這麼想，如果主來到這裡，聽到有人說：『那是大家常走的路。』他會回答：『帶我去看野草。我將會開一條道路出來。』」

「可是——」

「史東牧師，你想想，那會是多沉重的愧疚，如果我們打從罪人身邊路過卻沒伸出手。」

「可是，火球耶！」

「我可以想見，在人類剛剛出現時，其他動物看在眼裡會覺得我們有多可笑。然而儘管粗鄙，他們仍有靈魂。所以除非有反證，否則就讓我們先假定這些火球有靈魂。」

「那好吧。」鎮長表示同意。「但你們得回到鎮上。」

「看看吧。首先，來點早餐。然後你和我，史東牧師，只有我們兩人會走進山裡。我不想讓機器和其他人嚇到那些冒火的火星人。來吃早餐吧，好嗎？」

於是，牧師們默默用餐。

✢

夜幕低垂時，佩雷葛林牧師和史東牧師來到山中高處。他們停下腳步，坐在岩石上享受短暫的放鬆，一邊等待。火星人尚未出現，兩人都覺得有些許失望。

「我在想——」佩雷葛林牧師抹抹臉。「你覺得，如果我們喊『哈囉！』他們可能會回應嗎？」

「佩雷葛林牧師，你怎麼都沒點正經樣啊？」

「那也要慈悲的主先有。唉，別一副受驚嚇的樣子，拜託。主並不嚴肅。事實上，除了充滿愛之外，祂的其他性格還有點難猜。而且愛攸關幽默，不是嗎？因爲除非你能容忍對方，否則就不算是眞正愛他，對吧？而除非你能笑話他，否則也很難眞的容忍他，這樣說對不對？當然了，我們是在法式軟糖堆裡打滾的荒謬小動物，主更愛我們，不就是因爲我們能引發祂的幽默感？」

「我從沒想過主有幽默感。」史東牧師說。

「創造出鴨嘴獸、駱駝、鴕鳥跟人類的造物主？哦，拜託！」佩雷葛林牧師笑了。

就在此刻，在黃昏暮色的山丘上，亮起一串猶如引路的藍色燈光，火星人出現了。

史東牧師最先看到。「看！」

佩雷葛林牧師轉過頭，笑聲戛然而止。

遠遠地，搖曳著，渾圓的藍色火球在閃爍的星子間盤旋。

「怪物呀！」史東牧師跳起來。

但佩雷葛林牧師拉住他。「等等！」

「我們早該回鎮上的！」

「不，你聽，你看！」佩雷葛林牧師懇求他。

「我好怕！」

「別怕。這是主的創造！」

「是魔鬼的傑作！」

「不是。好了，現在安靜！」佩雷葛林牧師安撫史東牧師，兩人蹲伏著，藍色火球靠近時，柔和的藍色光線照在他們仰起的臉上。

再一次，佩雷葛林牧師想到獨立紀念日的夜晚，不禁發起抖。他覺得自己像是個孩子，重回那些國慶日的傍晚，天幕炸開，裂成點點繁星；響聲震耳，衝擊老屋的窗玻璃晃蕩得叮噹響，宛如上千小水塘裡的碎冰。伯叔姑嬸和堂表親戚像是天文物理學家似的，興奮大喊：「哇噢！」。夏日夜空染上了色彩。而那些火焰氣球呢，由寵兒孫的祖父給點燃後，穩穩拿在他那極爲溫柔的手中。啊，印象中，那些美麗的火焰氣球柔柔地放光，暖暖地鼓動起來的材質好似昆蟲翅膀，就像屈身在盒中的黃蜂，熬過狂躁又憤怒的一天之後，終於給放出來，優美又細緻地伸展開，成了藍色、紅色、白色，象徵愛國精神的彩色火焰氣球。就在祖父點起小蠟燭，讓熱空氣把氣球吹撐、亮晃晃地放在手上，有如用雙手抓住閃亮的願景，久久不願放開，這時，他看見早已過世的親友，一張張臉蒙上了青苔幽幽現形。祖父不放手，是因爲這一放，生命便又短了一年，又少了一個七月四日，這一點點美好也會跟著消失。就這麼飄呀飄，往上、再往上，火焰氣球朝夏季夜空而去，那些白的、紅的、藍的眼睛目送氣球，一言不發，只是在家裡的門廊上看著。火焰氣球穿過夜裡的河流和沉睡的宅邸，深入伊利諾州的鄉間，越變越小，最後終於失去蹤影……

佩雷葛林牧師感覺到熱淚上湧。在他上方，不止一個火星人，而是上千個，好似絮絮低語的火焰氣球，盤桓旋繞著。他隨時都可能看見過世多年、有著好福氣的祖父來到他身邊，仰頭凝視美景。

但此刻來的是史東牧師。

「走了啦，拜託，牧師！」

「我必須和他們說話。」佩雷葛林牧師急著往前走卻不知該說什麼，因爲過去他看到火焰氣球，就只會在心裡說：「好美呀，你們好美。」但現在這麼說不夠。他只好舉起沉重的雙臂，朝著上面，說出他一直希望能對迷人的火焰氣球說的話，他大喊：「哈囉！」

然而，那些熾熱的火球卻像是深色鏡子裡燃燒的影像，它們看來像是靜止的、氣態的、宛如奇蹟，且永恆不滅。

「我們跟隨主的腳步來到此地。」佩雷葛林牧師對著天空說。

「笨，傻，眞蠢。」史東牧師咬著手背。「奉主之名，佩雷葛林牧師，快停下來！」

這時候，發光的球體飄向山丘，沒多久就看不見了。

佩雷葛林牧師再次大喊，這最後呼喊的回音震撼了上方的山丘。他轉過頭，發現塵土嘩嘩崩落，停了一下之後，轟然而來的落石從上頭的山坡往下滾。

「看你幹了什麼好事！」史東牧師喊道。

佩雷葛林牧師先是像著了迷似的，接著便嚇壞了。他轉身，明知道在落石碾壓過他們之前，最多也跑不了幾公尺。他只來得及低語「喔，主啊！」石頭便壓了過來！

「牧師！」

兩人宛如麥麩皮和麥子般分離開來。接著有閃閃發光的藍色球體，又有冰冷的星星一個轉移，隨後，一陣呼嘯，他們來到下方約六十公尺外的突出岩石邊，看著他們差點被重達幾噸的大石頭埋葬之處。

藍色的光線消失。

兩名牧師抓著彼此問：「剛才發生什麼事？」
「藍色火球把我們抬了起來！」
「**是**我們跑得快！」
「不對，是火球救了我們。」
「不可能是它們！」
「偏偏就是。」
天上一片空蕩蕩的，感覺像是一口大鐘才剛剛敲完止息下來。他們的牙齒間和骨髓內還殘留著迴盪的鐘聲。
「趕快離開這裡吧。你會害死我們。」
「我好幾年沒這麼害怕死亡了，史東牧師。」
「我們什麼都沒法證明。那些藍光聽到你第一聲呼喊就跑開了。沒用的。」
「不。」佩雷葛林牧師堅定地相信奇蹟。「我也不知道他們是怎麼辦到的，但他們救了我們。這證明他們有靈魂。」
「頂多只是證明他們**有可能**救了我們。剛才一切太混亂。我們也可能是靠自己逃出來的。」

「他們不是動物，史東牧師。動物不會拯救性命，尤其是陌生人的性命。他們懂憐憫，有愛心。說不定明天我們能進一步證明。」

「證明什麼？怎麼證明？」史東牧師這時已經累壞了；他身心的憤慨都寫在僵硬的表情上。「搭直昇機跟著他們？跟他們講道？他們不是人類。不像我們有眼睛、耳朵和身體。」

「可是我對他們有某種感覺。」佩雷葛林牧師回答。「我知道極大的啓示就要來到。他們救了我們。他們會**思考**。他們有選擇，可以決定我們的生死。這證明了他們有自由意志！」

史東牧師動手生火，他凝視手中的樹枝，灰色的煙霧嗆得他猛咳。「我的自由意志會是想幫小鵝蓋修道院，幫封聖的豬建聖堂，我還要在顯微鏡下修築迷你半圓形壁龕，以便讓草履蟲參加儀式，用鞭毛念珠串幫他們祈禱。」

「喔，史東牧師。」

「很抱歉。」史東牧師隔著火堆眨眨泛紅的眼睛。「但這就像在鱷魚一口咬死你之前，還為牠們祝禱。你危及了整個宣教團隊。我們的歸屬是前往第一鎮，洗滌人們喉嚨裡的酒精和他們手上的香水。」

「你沒辦法在非人類中辨認出人性？」

「我寧可在人類中辨認出非人的殘暴。」

「可是，如果我能證明這些東西有罪，知道罪，懂得什麼是道德，具有自由意志且有智慧呢，史東牧師？」

「那你得花很大工夫來說服我。」

夜冷得很快，他們邊吃餅乾和莓果，邊凝視著火光搜尋腦中最瘋狂的想法。很快地，他們便縮著身子在和諧的星光下入睡。史東牧師一直想找藉口煩佩雷葛林牧師，他在最後一次翻身前，盯著顏色粉嫩的火堆說：「火星上沒有亞當和夏娃。沒有原罪。也許火星人是生活在主的恩典中。那麼，我們就能回小鎮，開始服務地球人。」

佩雷葛林牧師提醒自己為史東牧師祈禱，因為他太生氣，以致現在懷著惡意，願上帝幫助他。「是的，史東牧師，但火星人殺了我們一些移民拓墾者。那樣是有罪的。火星上一定有原罪，有火星的亞當和夏娃。我們會把他們找出來。人就是人，很遺憾，無論他們的外型有什麼不同都一樣，而且他們都易於犯罪。」

但史東牧師裝睡。

佩雷葛林牧師沒闔眼。

他們當然不能放任這些火星人下地獄，不是嗎？能夠在良知打了折扣的情況下，就這樣回到新的屯墾城鎮嗎？那裡充滿了以酒精漱洗的罪惡喉嚨，還有雙眼發亮、嬌軀白若牡蠣的女人在床上浪蕩陪伴寂寞的勞工。那裡是牧師該待的地方嗎？而這趟山中之行，是否純屬他個人一時興起？他是眞心想著主的教堂，或者只是想平息飢渴如海綿般的好奇心？那些有如聖安多尼之火[ξ]的藍色火球，在他的心裡是如何地熾烈燃燒！這是多大的挑戰啊，要去找出藏在面具後的人，去找出非人類裡頭的人類。如果他能說，即使只是偷偷跟自己說也好，他成功地讓一票火球改信主耶穌，那會多令他驕傲！這驕傲又是多麼罪過啊！他應該要苦修贖罪！然而，話說回來，人會因爲愛而做出許多值得驕傲的事，而他太愛主，並且因此得樂，所以他希望每個人都和他一樣快樂。

ξ中世紀橫掃歐洲的麥角中毒病的別稱。當時人們相信因神懲罰人類，從天降無形聖火焚燒人們的軀體而出現這個病的病徵。

他在入睡前看到的最後景象，是藍色火球回來了，猶如一排燃燒的天使，默默吟唱著，伴隨他進入滿懷憂慮的睡眠。

佩雷葛林牧師隔天一大早醒來時，渾圓的藍色夢境還在原處。

史東牧師安靜無聲，睡得像根木頭。佩雷葛林牧師看著漂浮著、同樣回看他的火星人。他們是人類，他**知道**。但是他必須證明這點，不然那個口乾眼乾的主教，就會和藹慈祥地叫他閃邊去。

但是，如果他們老躲在高高的穹蒼之中，要怎麼做才能證明他們的人性？要怎麼讓他們接近，回答這許許多多的問題？

「他們在山崩時救了我們。」

佩雷葛林牧師站起來，繞過石堆，開始爬上最近的山丘，最後來到一處離下方地面有六十多公尺的斷崖。在冰涼空氣中的費力攀爬讓他喘個不停。他站了一下，順順自己的呼吸。

「要是從這裡掉下去必死無疑。」

他拿起一顆圓石，讓石頭落下。一會兒後，落石敲擊下面的岩石發出聲響。

「主絕不會原諒我。」

他丟下另一顆圓石。

「如果是出自於愛，這就不算自殺，對吧……」

他抬起雙眼，看著藍色火球。「但是首先，我再試一下，」他對火球高喊：「哈囉，哈囉！」

回音層層重疊，但藍色火球沒閃也沒動。

他對著火球叨叨絮絮說了五分鐘的話。停下來後，他往下看，看到史東牧師仍然在下方的小營地裡忿忿不平地睡著。

「我必須證明這一切。」佩雷葛林牧師走到懸崖邊。「我是老人了，我不害怕。主一定會明白我這麼做全是爲了祂吧？」

他深吸一口氣。他這一生從眼前一幕幕閃過，他想，我馬上要死了嗎？我怕我太貪愛活著。但我有其他更愛的。

這麼想的當下，他站在懸崖邊的腳再往前踏出一步。

他直直往下跌。

「笨蛋！」他尖喊著，整個人翻滾著往下掉。「你錯了！」下方的岩石朝著他迎面撞來，他看到自己砸在上頭，一命歸西。「我爲什麼要做這種事？」但他知道答案，往下跌的途中，他沒花多久時間就鎮定下來。風在他身邊呼嘯，岩石快速接近。

接著，星星旋轉，藍色的光球閃爍，他覺得自己置身於一整片藍色當中，而且浮了起來。一會兒後，他被輕輕噗一聲放置在岩石上，於是他在上頭坐了好一下子，發現自己好端端活著之後，他碰碰自己，抬頭看那些立刻後退的藍色火球。

「你們救了我！」他低聲說。「你們不想讓我死。你們知道那是錯的。」

他衝向還在靜靜睡著的史東牧師。「牧師，牧師，醒醒！」他搖醒史東牧師。「牧師，他們救了我！」

「誰救了你？」史東牧師眨眨眼，坐直身子。

佩雷葛林牧師把方才的經歷告訴他。

「你在做夢，而且是惡夢；快回去睡覺。」史東牧師惱怒地說。「你和你那些耍馬戲的氣球。」

「但我剛剛是醒著的！」

「好，夠了，牧師，鎮定下來。夠了。」

「你不相信我？你有沒有槍？有，來，把槍給我。」

「你要做什麼？」史東牧師把帶來防範蛇或其他意料之外動物的小手槍遞給他。

佩雷葛林牧師一把抓過手槍。「我來證明！」

他對準自己的手掌開槍。

「住手！」

火光一閃，子彈在他們的眼前停在空中，距離他張開的手掌只有三公分不到。子彈在空中停留了一下，周邊環繞著一團藍光。接著才咻一聲掉到地上。

佩雷葛林牧師開了三槍，對準自己的手、腳和身體。三顆亮晃晃的子彈都停留在空中，最後像死昆蟲似的掉到他們腳邊。

「看到沒？」佩雷葛林牧師說。他放下手臂，讓手槍隨著子彈掉到地上。「他們知道。他們懂。他們不是動物。他們會思考、判斷，而且他們的世界有倫理道德。有哪種動物會像這樣拯救我，不讓我對自己動手？沒有任何動物會這麼做。只有人才會，牧師。好，現在你相信了嗎？」

史東牧師看著天空和藍色火球，這下他靜靜單膝下跪，撿起依舊溫熱的子彈，捧在掌心。他緊握起手。

太陽在他們背後升起。

「我想，我們最好下山找其他人，把這件事告訴他們，然後帶他們上來這裡。」

佩雷葛林牧師說。

太陽高掛時，他們已經走在回火箭的路上。

佩雷葛林牧師在黑板中央畫個圓圈。

「這是耶穌基督，是天父的兒子。」

他假裝沒聽到其他牧師猛然抽氣的聲音。

「這是耶穌，在祂的榮耀當中。」他繼續說。

「看起來像是幾何問題。」這是史東牧師的觀察。

「這個比較太巧妙了，因爲我們要處理的是象徵符號。你們必須承認，不論以圓圈或方形來代表，基督仍然是完整的基督。幾百年來，十字架象徵著祂的愛和苦難。所以，這個圓圈將是火星上的基督，是我們該在火星上呈現主基督的樣子。」

牧師們開始躁動，相覷無言。

「你呢，馬帝亞斯弟兄，用玻璃複製這個圓圈，一個球體，裡頭放明亮的火。這個球體將來要放在祭壇上。」

「廉價的魔術把戲。」史東牧師嘟嘟囔囔地說。

佩雷葛林牧師繼續耐心地解釋：「正好相反。我們提供他們一個可以理解的形象來認識主。如果耶穌以章魚的形象降臨地球來到我們面前，我們會欣然接受祂嗎？」他雙手一攤。「那麼，神將救世主以耶穌、人子的形象帶到我們面前，這難道是廉價的魔術把戲？在我們爲我們蓋在這裡的教堂祈福，並將這個象徵物獻在祭壇上，你覺得基督會當著我們的面，拒絕存在於這個形體裡嗎？你心知肚明，祂不會拒絕的。」

「但那個身體屬於沒有靈魂的動物！」馬帝亞斯弟兄說。

「這個已經討論過了，從今天早上我們回來後就討論過好幾次了，馬帝亞斯弟兄。這些生命體拯救我們免於死在山崩下。他們知道自我毀滅是有罪的，所以一次又一次地阻止我。因此，我們必須在山裡蓋一座教堂，和他們住在一起，找出他們犯下罪惡的特殊方式，某種外星人的方式，然後幫助他們發現主。」

牧師們對這個願景似乎不是太滿意。

「是因爲他們看起來太奇特嗎？」佩雷葛林牧師納悶地問：「但形體是什麼呢？不過是個容器罷了，用來盛裝主給我們的熾熱靈魂。如果明天我發現海獅突然擁有自由意志和智力，懂得不能犯罪，知道生命有什麼意義，並且以憐憫來調和正義，以愛來調和生命，那麼我就會修築一座水下大教堂。如果出自奇蹟，隨著主的意旨，麻雀能在明天獲得永恆的靈魂，我會用氦氣球送教堂上去好追上他們，因爲凡是靈魂，不論外在形體如何，只要他們有自由意志，明白自己的罪愆，那麼，除非給予他們應得的神聖儀式，否則他們會下地獄遭火刑。同樣的，我不會讓火星上的火球下地獄，因爲我用眼看他們只是火球。但是，當我閉上眼，來到我面前的是，有智慧，有愛，有靈魂的——而我萬萬不能否定他們。」

「但是，那個你想放在祭壇上的玻璃球呢？」史東牧師抗議。

「想想中國人好了。」佩雷葛林牧師沉著地回答：「中國的基督徒會信奉怎樣的基督？自然是東方的基督。你們都看過耶穌融入東方風土的那些在地景象。基督穿什麼？祂穿著東方風格的衣袍。祂走在哪裡？在中國，有竹子遍布、煙霧瀰漫的高山和歪斜樹木爲背景的情境裡。祂眼皮細窄，顴骨高聳。每個國家、每個民族都會爲我們的主添加一點東西。我想到保存在墨西哥，爲全國人民愛戴的瓜達露佩聖母。她的膚色呢？你們有沒有注意過她的畫像？是深色皮膚，和她的子民一樣。這是褻瀆嗎？一點也不。無論多眞實，要人們接受不同膚色的主都不合理。我常在想，我們的傳教士在非洲服侍膚色雪白的主，爲什麼能表現得那麼好？也許是因爲對非洲部落來說，白色是聖潔的顏色，無論是白子或以其他形式出現。假以時日，基督也可能在那裡會變黑？但形式一點也不重要，內容才是一切。我們不能期待這些火星人去接受一個外星形象。我們要以他們的形象，將基督帶給他們。」

「你的論據有瑕疵，牧師。」史東牧師說。「火星人不會覺得我們虛偽嗎？他們終究會發現我們服侍的不是圓球狀的基督，而是有四肢、有頭的人類。我們要怎麼解釋這個差別？」

「讓他們知道這當中沒有差別。基督會填滿我們獻上的任何容器。無論是身體或球體，祂都在，形體外貌或有不同，但都同樣會受信奉。更重要的是，我們一定要**相信**我們給火星人的這個球體。我們要堅信外型只是無意義的外在形式。這個球體**會是**基督。我們必須記得，對這些火星人而言，我們的基督、在地球上的基督形象，全然無意義、荒謬，甚且還浪費資源。」

佩雷葛林牧師把粉筆放到一邊。「好，現在讓我們入山去蓋教堂。」

牧師們開始收拾自己的裝備。

那座教堂不是教堂，而是一塊在低一點的山區平地上，清空了岩石的空地。平坦地面經過清掃後，修起了祭壇，馬帝亞斯弟兄把自己打造的玻璃火球放在上面。

到了第六天，「教堂」終於完工。

「我們要拿這東西怎麼辦？」史東牧師輕敲他們帶過來的鐵鐘。「這口鐘對**他們**有什麼意義？」

「我想當初會帶上鐘，是爲了讓我們自己得到安慰。」佩雷葛林牧師承認。「我們需要少許熟悉的東西。這教堂看起來那麼不像教堂。我們覺得有點可笑——連我都有這種感覺，因爲，讓另一個世界的生物改信基督這件事是嶄新的經驗。有時候，我覺得自己像荒唐的戲子。那種時候，我會向主祈禱，請他賜予我力量。」

「有很多牧師不高興。有些甚至拿這件事開玩笑，佩雷葛林牧師。」

「我知道。總之，爲了安撫他們，我們會把這口鐘放在小塔裡。」

「風琴呢？」

「我們在第一次禮拜時彈，也就是明天。」

「可是，火星人——」

「我知道。容我再說一次，我想我們自己的音樂，是爲了安慰我們自己。也許以後我們會發現他們的音樂。」

星期天早上，他們很早起床，像蒼白的幽魂一樣穿過冷空氣，衣服上結的霜窸窣作響；伴著叮噹鐘聲，他們抖落銀色的水珠。

「我不知道火星的今天**是不是**星期天？」佩雷葛林牧師若有所思，但看到史東牧師臉部抽搐，他連忙說：「有可能是星期二或星期四，天曉得？但這沒關係。我就隨便想想。對我們來說，就當今天是星期天吧。」

牧師們走進寬敞平坦的「教堂」裡跪下來，他們嘴唇泛藍，身子發抖。

佩雷葛林牧師先念了一小段禱文，然後把冰冷的指頭放在風琴的琴鍵上。響起的樂聲猶如一群美麗的小鳥。他觸碰琴鍵，像是有人用手拂過野生花園裡的小草，驚動美麗的生物飛向山裡。

音樂讓空氣平靜下來，散發出晨間清新的味道。音樂飄進山裡，抖下的礦物細粉好似雨塵。

牧師們靜靜等待。

「呃，佩雷葛林牧師。」史東牧師看著只有火紅太陽緩緩升起的空曠天空。「我沒看到我們的朋友。」

「我們再試一次。」佩雷葛林牧師冒汗了。

他堆疊出巴哈的音樂架構，有如精巧的石砌接連築起一座龐大的音樂殿堂，其中，最遠的祭壇位在尼尼微，最遠的圓頂在聖彼得的左手邊。曲子奏畢，樂聲並沒有墜落崩毀，而是加入了串串白雲的行列，被帶向他方。

天上仍然空蕩蕩的。

「他們會來的！」但佩雷葛林牧師能感覺到自己胸口的恐慌，儘管非常小，但逐漸擴大。「我們祈禱吧。讓我們邀請他們過來。他們懂讀心術；他們**知道**。」

牧師們再次窸窸窣窣低下身子，並竊竊私語著。大家開始祈禱。

在火星上可能是星期日星期四抑或是星期一的早上七點，柔和的火球從東方冰冷的山頭出現。

他們盤旋了一會兒才降落，停在牧師們發顫的身子四周。「謝謝祢，喔，謝謝主。」佩雷葛林牧師緊緊閉上雙眼，開始彈奏音樂，曲畢，他轉頭凝視這群不可思議的會眾。

這時，有個聲音觸碰他的心靈。這聲音說：「我們只來一會兒。」

「你們可以留下來。」佩雷葛林牧師說。

「只停留一下。」這聲音平靜地說：「我們是來告訴你們一些事。我們應該早點說，但我們本來是希望如果不多加理會，你們會繼續去走自己的路。」

佩雷葛林牧師想說話，但這聲音要他別作聲。

「我們是古早的那群。」這聲音繼續說，並且像一團藍色火焰般進入他的腦中。「我們是古早那群離開大理石城市進入山中，拋棄昔日物質生活的火星人。在很久很久以前，我們就成了現在的樣子。我們一度是人，和你們一樣有身體、有手腳。據傳，我們其中一人，一個好人，發現了解放人的靈魂和智力、讓他免於疾病、憂傷、死亡和容貌變化，不受壞情緒和衰老影響的方法，於是我們取得閃亮藍色火球的外貌，此後便永遠生活在風中、天空和山裡，既不驕傲也不自負，不富不窮，不熱情也不冷漠。我們和留下來的人——其他在這個世界上的人——分開生活，而我們遺忘了如何成爲這個模樣的方法和程序；但我們永遠不會死，也不會帶來危害。我們放下了身體的罪，活在主的恩典當中。我們沒有物慾，不擁有任何財產。我們不偷、不殺，沒有慾望，也不會憎恨。我們住在快樂之中。我們無法繁殖複製；不吃不喝，也不興戰。所有感官享受，幼稚習性和身體的罪在我們放下身體時都已全部去除。我們放下了罪惡，佩雷葛林牧師，那些罪惡就像秋日柳林葉子般燃燒殆盡，宛如惡寒冬季的髒雪會消融無形，抑是紅黃彩春授粉後枯謝花朵，或是酷暑夏季熱喘喘的夜晚那樣都消失了。我們的季節溫和，氣候舒適。」

這時候，佩雷葛林牧師已經站了起來，因為這聲音觸碰著他，幾乎動搖他所有理智。他整個出神入迷，一團火沖刷過他的全身。

「我們想說的是，我們感激你們為我們修建這地方，可惜我們沒有需要，因為我們是自己的聖堂，不需要淨化自己的場所。請原諒我們沒有早點來找你們，但我們分散各處，而且一萬年來都不曾和任何人交談，也沒有以任何方式干涉這個星球上的生命。你們會想我們是野地的百合花，不用辛勤勞累，忙得團團轉。你們想得沒錯。所以，我們建議你們拆了這座教堂，帶回你們自己的城市去清理那裡的人心。因為啊，請放心，我們很快樂，很平靜。」

牧師們跪在整片藍光之下，佩雷葛林也跪了下來，大夥兒全在啜泣，他們浪費了時間，但一點也不要緊，對所有人來說，一點也沒有關係。

藍色火球喃喃低語，在冷空氣中，開始再次瞬間升高。

「我可以——」佩雷葛林牧師閉著眼，啜泣地大著膽子問，「看看哪天，我能不能再過來，來跟你們學習？」

藍色火焰閃耀，空氣為之震顫。

是的，哪天他可能會再過來。總有那麼一天。

接著，火球飛開，消失。他跪著哭得像個孩子，淚水奪眶而出，難以自持。「回來，回來！」祖父隨時可能抱他上樓，回到俄亥俄州早已消失的小鎮，回到他老家的臥室……

他們在日落時分下山離開。佩雷葛林牧師回過頭，看到藍色的火光閃閃爍爍。不，他心想，我們不可能爲你們這樣的生命建造教堂。你們是美的化身。有什麼教堂可以媲美純潔靈魂之火？

史東牧師靜靜來到他身邊。最後，他說：「依我看，每個星球都有眞理。完整眞理的一個部分。有一天，這些部分會像拼圖一樣組合起來。這個經驗太震撼了。我再也不會心生懷疑，佩雷葛林牧師。因爲這個眞理和地球上的眞理一樣眞實，而且兩者齊肩。我們將會繼續到其他世界，把眞理的所有部分加總起來，直到有一天，完整的眞理會如同嶄新一日初生的光輝一樣，來到我們的面前。」

「這些話由你口中講出來，意義非常重大，史東牧師。」

「就某方面來說，我現在遺憾的是我們要下山到城鎮裡處理我們的同類。那些藍色火球，當他們來到我們身邊，還有那聲音……」史東牧師打著顫。

佩雷葛林牧師伸手握住他的手臂，兩個人並肩而行。

「你知道的，」史東牧師雙眼直盯著走在最前頭、溫柔捧著閃爍永恆光輝玻璃球的馬帝亞斯弟兄，終於說：「你知道，佩雷葛林牧師，那裡那個球體——」

「怎麼樣？」

「是祂。那就**是**祂。」

佩雷葛林牧師露出微笑，他們下山走向新市鎮。

二〇三四年二月
過渡時期

他們帶來一萬五千板呎的奧勒岡州松木板來興建第十座城，用七萬九千板呎的加州紅木在石砌運河邊蓋出一個乾淨整齊的小鎮。週日晚上，你會看到教堂紅色、藍色和綠色的彩繪玻璃後透出光線，聽到吟唱讚美詩的歌聲。

「我們現在要唱讚美詩第七十九首。我們現在要唱讚美詩第九十四首。」

有些屋子裡會傳出打字機的敲擊聲，那是作家在寫作；或是會聽到拿鉛筆書寫的聲音，那是詩人在創作。或者，什麼聲音也沒有，那是從前的海灘拾荒者在工作。這就像是來一場地震鬆動了某個愛荷華小鎮的根基和地窖，然後一股相當於奧茲國規模的龍捲風把整個小鎮帶到火星，「砰」一聲放下來。

二〇三四年四月

音樂家

男孩們要健行，步入火星郊野。他們帶著香噴噴的紙袋，在漫長的健行路上，不時把鼻子放進紙袋，嗅聞火腿和美奶茲醃黃瓜的濃郁香氣，聽變熱的瓶子裡橘子蘇打冒氣泡的聲音。他們提著雜物袋搖來晃去，裡頭裝滿清脆洋蔥、濃烈肝腸、紅番茄醬和白麵包，他們挑釁刺激同伴試探嚴厲的媽媽們設下的規矩。他們會邊跑邊喊：

「先到的人就贏了！」

他們在夏天、秋天，甚至冬天都外出健行。秋天健行樂趣最多，因爲他們會假想自己像是在地球，奔跑踩踏著秋日落葉。

這些男孩就像散落的小石子，三三兩兩躺在運河邊的大理石上，他們臉頰粉嫩，雙眼有如藍色瑪瑙，張著剛剛吃了洋蔥的嘴，呼來喝去，互相叫喚。他們來到嚴禁進入的荒城，玩的不再是「最後到的是女生！」或者「最先到的可以演音樂家！」這些把戲。在荒城裡，房門大大敞開，他們似乎聽得屋裡傳來細微窸窣的碎裂聲，像是秋天落葉被踩碎。他們彼此警告噤聲，相互扶著手肘，手持樹枝，心裡回想著父母說過的話，「不能去那裡！不行，所有荒城都不能去！你們健行要懂得挑地方，否則回家會挨頓毒打。我們會檢查你們的鞋底。」

然而，這群男孩現在正站在荒城裡，野餐已吃了大半，但仍壓低細嫩的嗓門彼此挑釁。

「不試白不試！」突然間，其中一個孩子跑向最近一幢房子。他穿過門，跑過起居室，衝進臥室裡。他打算在這裡搗蛋、亂踢，那麼一來，薄得像午夜漆黑天空的枯葉就會揚起、碎裂。他身後跟著六個小夥伴，最早到的孩子可以扮演音樂家，彈奏埋在黑色碎葉下，像白骨似的木琴。不知從哪裡像雪球般滾出來的骷髏頭，把孩子們嚇得放聲尖叫！肋骨彷彿蜘蛛腳，發出來的低悶聲響像是出自沉鬱的豎琴。他們扭打時，腐朽的黑色碎片在身邊飛舞；這些孩子又推又擠地跌在葉子上，跌在死者皮肉化成乾燥的碎片上，這群橘子蘇打喝多了，肚子咕咕叫的男孩們把這些全當成玩樂嬉鬧的遊戲。

他們闖入一間間房子，總共闖入了十七間。他們很清楚，日後會有消防隊員和消毒隊員前來荒城。消防隊員會燒毀一切恐怖的景象，清潔隊員會帶著鏟子和桶子，掃掉黑色碎片和糖果棒似的骨頭。他們的動作雖然慢，但確實可以把「恐怖」和「正常」劃分開來。所以這些男孩一定要認眞玩，因爲消防員很快就會來了！

帶著渾身汗，閃閃發亮的他們大口大口咬下剩下的三明治。他們四處踢，彈奏那架木琴的最後一場演奏會，最後一次撲向秋日落葉，然後回家去。

他們的母親會檢查鞋底有沒有黑色灰燼，一旦被發現，就會賞他們一頓刷洗跟痛罵，外加挨父親一頓毒打。

然而，到了年底。消防隊員會耙掉所有秋葉，收走所有白骨，那樣一來，這些地方就不好玩了。

二〇三四年五月

音信杳然

啊，美好時光終於到——

這時是夏日黃昏，賈妮絲和蕾諾拉在家中從容打包，唱唱歌，吃點東西，在必要時互相擁抱。但她們一直沒瞥向窗口，看向逐漸拉攏的夜幕和明亮清冷的星星。

「妳聽！」賈妮絲說。

這聲音聽來像是河上的輪船，但其實是天上的火箭。而在背景裡——是斑鳩琴聲嗎？不，那不過是二〇三四年夏夜的蟋蟀在叫。一萬種聲音竄過小鎮和大自然。賈妮絲彎腰聆聽。許久許久以前，在一八四九年，這條街上流洩著腹語人、傳教士、命相師、滑稽演員、學者、賭徒的聲音，這些人聚集在形同獨立的密蘇里州。他們等待濕潤的土地曬乾，等待草沼強大到足以承載他們的推車、馬車、隨機的命運以及夢想。

啊，美好時光終於到，
我們正朝火星前進，閣下，
五千婦女上太空，
壯觀可比春播種，
閣下！

「這是懷俄明老歌。」蕾諾拉說。「歌詞改一下，正好符合二〇三四年。」

賈妮絲拿起火柴盒大小的一小盒食物錠，邊估算當年那些高架長板馬車上的東西。要準備好給每個男人、女人的量，讓人咋舌的噸數！火腿、厚培根、糖、鹽、麵粉、果乾、硬麵包、酸檸檬、水、薑、胡椒——清單有那片土地那麼大！然而，今天，在這裡，一個小到能裝進腕錶的食物錠，就足以餵飽一個要從懷俄明拉勒米堡到加州吊人鎮的人，只不過旅程的內容已變成穿越杳無人煙的星空。

賈妮絲拉開壁櫥門，差點驚呼出聲。

黑暗、夜晚和眾星之間的所有空間全對著她。

很多年前發生過兩件事。一次是，她姊姊把尖叫不停的她關進壁櫥裡。另一次，是在派對上玩躲貓貓時，她穿過廚房跑進一道陰暗的走廊。只不過那不是走廊，而是沒開燈的樓梯間，是吞噬她的黑暗。她腳下沒了地板。她擺動雙腳，尖叫著往下跌！跌進午夜的漆黑當中，跌進地窖裡。下跌過程像是花了許久時間，也像只是一瞬間。她被關在壁櫥裡沒辦法透氣，久久沒有光，沒有朋友，沒有人聽到她尖叫。遠離一切，關在黑暗中。跌進黑暗，扯嗓尖叫！

兩件回憶。

而現在呢，壁櫥門大大敞開，黑暗宛如垂掛在她眼前的絲絨布幕，等待顫抖的手去觸摸；黑暗又好比躲在壁櫥裡喘息的黑豹，正用深沉的雙眼凝視她。這兩件回憶衝上她的腦海。空間和跌落。空間和被關起來，以及尖叫。她和蕾諾拉繼續收拾，小心地不要瞥向窗外駭人的星河和空盪盪的虛無。只不過，這熟悉已久的壁櫥——和它祕密的黑夜——依然提醒著她們的命運。

在那外頭應該就是這個樣子，航向眾星，就像在夜間，在可怕的黑暗壁櫥中，放聲尖叫，但沒人聽見。永無止境地跌向流星雲和邪惡的彗星。往下落到電梯井；往下落入夢魘般的煤坑，進入虛無。

她尖叫。但嘴沒出聲，喊聲在她的胸口和腦袋裡碰撞。她尖叫。她捶打壁櫥門！

她背抵著門，能感覺得到黑暗對著門吐氣嘆息，而她緊抓著門，眼眶泛淚。她就這麼久久站著看蕾諾拉工作，直到顫抖平息，而那歇斯底里的情緒，在她硬是忽略下，逐漸退去，終至消失。房裡，腕錶滴答滴答，聲音清亮，一如尋常。

「六千萬英里。」最後，她來到窗戶邊，像是望著一口深井似的看著。「我沒法相信火星上那些在打造城鎮的男人今晚正等著我們。」

「唯一要信的是，明天一定得搭上火箭。」

賈妮絲拿起一件白色袍子，像是房裡出現個幽靈。

「怪啊，眞夠怪的。要去結婚，而且是到另一個世界。」

「上床睡覺吧。」

「不要！他會在午夜打電話來。想到我要怎麼告訴威爾我決定搭上前往火星的火箭，我就睡不著。喔，蕾諾拉，妳想想，我的聲音要透過光束電話，穿過六千萬英里傳給他。我的想法變得太快——我好怕！」

「這是我們在地球上的**最後一夜**。」

到現在，她們才眞正認知到並接受了這件事，到現在，這份認知才抓住她們。她們馬上要離開了，而且很可能永遠不會回來。她們要離開北美大陸密蘇里州獨立鎮，要離開這個由大西洋和太平洋包圍的故鄉，但不論是哪個海洋，都沒辦法收進行李箱裡。最終認知到這點讓她們畏懼起來。如今面對這些，她們震驚得啞口無言。

「我們的孩子不會是美國人，甚至不會是地球人。我們全都會是火星人，這輩子接下來的時間都是。」

「我不想去！」賈妮絲突然喊出聲。

她的恐慌高漲，像是隨著冰與火而來。

「我怕！我怕太空，怕黑，怕火箭，怕流星！**所有的一切**都沒了！我爲什麼要到那上頭去！」

蕾諾拉握著她的肩膀，將她拉到身邊，摟著她前後搖晃。「那是個新世界。就像從前一樣，男人先過去，然後女人才跟上。」

「爲什麼？爲什麼我得去？告訴我！」

「因爲，」蕾諾拉讓她坐在床上，終於輕聲說：「因爲威爾在那上頭。」

他的名字帶來安慰。賈妮絲安靜下來。

「這些男人把事情搞得好辛苦。」蕾諾拉說：「從前，女人如果追著男人跑兩百英里就是大事了。接著，他們讓距離變成一千英里。到了現在，又在我們中間擱了一整個宇宙。但這些阻止不了我們，對吧？」

「我怕在火箭上出醜。」

「我會陪妳一起出醜。」蕾諾拉站起來。「好了，我們去鎮上走一圈，看最後一眼。」

賈妮絲凝視外頭的小鎮。「明天晚上，小鎮還會在這裡，但我們不會。人們醒來，照常吃，照常工作、睡覺、再次醒來，但我們都看不到了，而他們也根本不會想念我們。」

蕾諾拉和賈妮絲互相繞著打轉，好像找不到門。

「走吧。」

她們拉開門，關掉燈，走出門外再隨手帶上門。

空中不斷有班機湧進，到處都有各種動靜，巨大的呼嘯與盤旋，有如風暴襲來。直昇機、白雪花，靜靜落下。東南西北四面八方都有女人來，摺紙巾包起的心整齊收入行囊裡。整個晚上，隨時可見直昇機一批一批降落。旅館客滿，私人住家也改當客房，帳棚群集立於草坪，活像是開著怪異醜花的牧場。這晚，城裡和郊外都比夏天還要熱。熱度來自女人粉紅潮熱的臉頰，和望著天空、即將啓程的男人，曬得黝黑的臉龐。隔著山丘，火箭正在噴火測試功能，聽起來就像是一股腦按下管風琴的所有琴鍵，震得每一扇水晶窗和每一塊看不見的骨頭都發顫。你能感覺到下巴、腳趾、手指一陣顫慄。

蕾諾拉和賈妮絲和一群陌生女人坐在藥妝店裡。

「兩位女士很漂亮，但看起來眞的很哀傷。」負責倒汽水的男人說。

「兩杯巧克力麥芽飲。」蕾諾拉代表兩個人微笑，因爲賈妮絲沉默不語。

她們看著巧克力飲料，彷彿那是難得一見的博物館名畫。到了火星，將有許多年的時間，麥芽會非常稀罕。

賈妮絲翻找皮包，拿出一個信封，遲疑地放在大理石櫃台上。

「這是威爾寄給我的，是兩天前隨著火箭郵遞一起到的。這是我下定決心，決定要去的原因。我之前沒告訴妳。現在我要妳看。快，讀這張紙條。」

蕾諾拉抖動信封，讓信紙掉出來，然後大聲讀：「親愛的賈妮絲：如果妳決定上火星，這是**我們的**房子。威爾。」

蕾諾拉再輕扣信封，一張彩色照片掉出來，在櫃台上反光閃耀。照片上是一座有著苔蘚覆蓋的深焦糖棕色老房，看起來很舒適，周邊有紅花和綠色蕨類，門廊上還有一盆不是很討喜的茂密長春藤。

「可是，賈妮絲！」

「怎麼了？」

「這是妳家，是地球上，榆樹街這裡的房子！」

「不是。妳仔細看。」

於是她們再一次，兩個人一起看，在舒適深色房子的兩側和後方不是地球的景觀。土地是奇特的紫色，草隱約帶著點紅色，天空像灰色鑽石那樣閃亮，一棵怪樹斜向一側，貌似在白髮上戴著水晶飾品的年長女人。

「那是威爾爲我蓋的房子。」賈妮絲說：「在火星上。看著這房子，對我有幫助。昨天一整天，我一有機會獨處，還有在最害怕慌張的時候，我就拿出照片看。」

兩人凝視位在六千萬英里外那棟舒適的深色房子，覺得那房子既熟悉又陌生，既舊又新，正面起居室右邊的窗戶裡亮著黃色燈光。

「威爾這個男人啊！」蕾諾拉點頭說：「很清楚自己在做什麼。」

她們喝完飲料。外頭，一大群熱烘烘的陌生人經過，夏日天空持續飄「雪」。

她們帶了許多傻氣無用的物品，好幾袋檸檬糖、時髦的女性雜誌、易碎的香水（至於什麼是「不可或缺的物品」，就讓起飛時負責秤重的人去煩惱）；她們走進城裡，不計代價租下兩件繫腰帶的外套——這兩個小裝置可以抵抗地心引力，以仿蝴蝶概念設計，碰一下那個精緻的控制鈕，就能像是白色花瓣滿城飄飛。「哪都好，」蕾諾拉說，「到哪都好。」

風吹到哪裡，她們就任由風帶她們到哪裡；隨著風，她們穿過夏日蘋果樹的夜晚以及忙得熱鬧滾滾的夜晚，來到可愛的小鎮和兒時或其他時日的住處，進了學校，上了大街，看了溪谷，造訪草原，以及裡頭每粒麥子都像金色銅板的熟悉農莊。她們像焚風襲擊前的樹葉那般翻飛，在低聲雷鳴與夏日閃電的起伏山巒間飄動。她們看到粉白色的鄉村道路，而不久前，她們才和那些已離開的年輕男人在月光下搭乘直昇機，來到清涼的夜間溪流旁轟隆隆地盤旋降下。

她們颯颯飛越一個小鎮，由於她們和地表間有段距離，小鎮看來甚是遙遠。一個小鎮往後退去有如黑色河流，另一個小鎮如潮浪湧來，眼前盡是光與色彩，無法觸碰，有如夢境，並爲她們眼底抹上鄉愁，以及在一切開始消逝前的驚恐回憶。

她們靜靜隨著吹動的風盤旋，偷偷看著她們拋下的朋友，凝視他們的臉孔，燈光閃爍下，這些人有如給窗子定住、框住，清風掠去，就好似時間在他們中間呼吸。她們沒錯過任何一棵過去刻下愛情告白而後逐漸乾枯的樹木，也沒有忽略雲母礦場的任何一吋人行道。她們首度發現自己的小鎮好美，孤獨的夜晚和古老的磚塊也好美，兩人都睜大了雙眼，享受這場她們送給自己的美之盛宴。一切都漂浮在夜間的旋轉木馬上方，陣陣音樂此起彼落，家戶傳出的呼喊和低語夾雜著電視的噪音。

兩個女人像針一樣，經過時，以她們的香水縫綴起一棵棵樹木。她們的眼眸已經滿載，儘管如此，她們仍然不斷將每處細節，每道陰影，每株橡樹和榆樹，下方蜿蜒小路經過的每輛車收入眼底，直到不光是眼睛，連她們的腦海和心裡都塡得好滿好滿。

感覺我像是已經死了，賈妮絲心想，在春夜的墓園裡，除了我，一切都生意盎然；而少了我，每個人仍會前進，他們的生命仍會繼續下去。這就像我小時候，每年春天經過墓園時，我都會爲逝者哭泣，因爲他們死了，然而在那麼溫柔的夜晚，只有我獨活也未免不公平。而現在，在今晚，我覺得像是他們將我從墓園裡帶出來，讓我來到小鎮上方感受一下何謂活著，體驗身爲人、身在城鎮的感覺，然後再把我丟進黑色的門後，關起來。

輕緩地，溫柔地，像夜風吹動兩只白燈籠，這兩個女人穿過自己的一生和過去，穿過亮著燈、帳棚群集的草地，穿過貨車聚集、來往奔走直至黎明的高速公路。她們在這一切的上方盤旋了許久，許久。

＋

市府大鐘突現，十一點四十五分，她們像是掛在蜘蛛網上，垂盪在星辰間，然後在月光下降落在賈妮絲老家前的人行道上。小鎮入睡了，賈妮絲的老家等著她們前來，爲了尋找**她們的**睡夢，只可惜會落空。

「這是**我們**嗎？」賈妮絲問道：「賈妮絲．史密斯和蕾諾拉．霍姆斯，二〇三四年？」

「是的。」

賈妮絲舔舔嘴唇，站直身子。「我希望是別的年頭。」

「一四九二？還是一六一二？」蕾諾拉嘆氣，林木間的風隨她一同嘆息，吹動了草木。「不是哥倫布日，就是普利茅斯岩[ξ]日，眞不知道我們女人能拿這種事怎麼辦。」

「當老處女。」

「或者，做我們馬上要做的事。」

她們拉開夜裡燠熱屋子的大門，小鎮的聲音逐漸從她們耳中淡去。她們關上門，電話鈴正好響起。

「那通電話！」賈妮絲喊道，跑了過去。

蕾諾拉跟著她來到臥室，看到賈妮絲已拿起話筒說：「喂，喂！」遠方城市的接線生已在足以連接兩個世界的巨大設備前預備妥當，兩個女人等待著，一個坐著、臉色蒼白，另一個站著臉色一樣蒼白，並俯身靠向前者。

接下來是只有星星遷移和時光流逝的久久停頓，這回的停頓對大家來說，跟三年來其他的停頓完全不同。現在，時間已到，輪賈妮絲致電穿越數百萬顆流星隕石，避開可能灼傷或燒焦她字句、損傷她語意的黃色太陽，她的聲線如銀針穿過一切，針腳定住了談話，再越過黑夜，又從火星到月亮，往復來回。終於，她的聲音傳到另一個世界、另一個城市的某間房子裡的男人耳中，在歷經五分鐘的電信傳送後。

她這麼說：

「嗨，威爾，我是賈妮絲！」

她嚥嚥口水。

「他們說我沒多少時間了。就一分鐘。」

她閉上眼睛。

「我想慢慢說，但他們要我簡短說完。所以，我想說，我決定了。我會到你那兒，明天就上火箭。結果，我還是要上去找你。還有，我愛你。希望你聽得見我說的話。我愛你。已經過了好久……」

她的聲音摸索著前進到那看不見的世界。如今她傳出了訊息，說出該說的話，她好想召回話語，再審定、調整，編排出更美的句子，更能恰當地表述自己的靈魂。但她的話語已掛在兩個星球間，給某種宇宙射線照得閃亮、給某種飄渺氣體點燃著火了，但她想，她的愛意不只能照亮一打世界，還能把黑夜中的地球給早早嚇出了黎

ξ 又稱移民石，據傳這是新教徒登陸美國踏上的第一塊石頭。

明。如今，那些話已不屬於她，它們是太空的，在抵達目的地前不歸任何人所有，而要抵達目的地，它們得先走過十八萬六千英里。

他會對我說什麼？在**他的**時空，他會怎麼回應？她迫切地想要知道答案。她玩弄自己的腕錶，她耳邊的光束電話筒只發出喀答聲，這是太空在跟她說話，藉由電子干擾、跳動和可聽見的極光型態來到她耳邊。

「他回答了嗎？」蕾諾拉低語。

「噓！」賈妮絲彎著腰，像是不舒服。

接著，他的聲音穿過太空而來。

「我聽到他的聲音了！」賈妮絲大喊。

「他怎麼說？」

從火星來的聲音穿過看不見日出日落、只有太陽懸在黑暗中的永夜世界。然而，在火星與地球之間的某處，訊息裡的一切都搞丟了，也許遺失在流星潮帶來的一波電子重力之間，或是受到流星銀雨的干擾。總之，訊息中無關緊要的字句都被洗掉了。他傳過來的就剩一個字：「……愛……」

隨之而來的又是巨大暗夜，星星轉動的聲音，太陽對自己低語，與她自己的心跳聲，宛如那是太空中的另一個空間。話筒裡就只有這些。

「妳有沒有聽到**他**說話？」蕾諾拉問道。

賈妮絲只能點頭。

「他說什麼？他說什麼了？」蕾諾拉提高了嗓門。

但賈妮絲什麼都說不出來，因爲她聽到的太過美好。她坐著，回憶在腦中一次次播放那個美好的字眼。她就這麼坐著聽，連蕾諾拉拿開她手中的聽筒掛回電話上都不知道。

她們上了床，關了燈，夜風挾帶在黑暗和星辰間漫旅的氣味吹進房間，房裡只聽到她們談及明天，以及明天過後算不得日，只能說是無時間感的一夜又一夜的光陰；話聲淡去，成了睡眠或是不成眠的思緒，賈妮絲獨自躺在她的床上。

一個多世紀以前也是這樣嗎？她納悶，在東部小鎮裡，那些女人在出發前一夜也是這麼躺在床上準備睡覺，或睡不著，聽著夜裡馬匹的聲音、拓荒者寬輪篷車的嘎吱作響、牛群在樹下的踱步沉思，以及孩子過早感到孤單的哭聲？所有在森林、在荒地來來去去的聲音，鐵匠在他們自己的火紅地獄裡徹夜工作？還有，途中所需培根及火腿的味道，篷車載運穿過草原所需、以木桶裝運、隨時可能傾倒的水以及香皂，像在貨船一般吃水下沉，掛在篷車下方雞籠的雞群歇斯底里，狗兒在荒野中跑在最前方，然後眼神空洞、害怕地跑回頭？那麼久以前也是這樣的嗎？在懸崖邊、在眾星峭壁的邊緣。在她們的年代是水牛味，到我們這時代，換成是火箭的氣味。那時就是這樣的嗎？

就在睡眠多事幫她挑選夢境的同時，她做出了決定，沒錯，一定是，非常可能就是，無可改變地，永遠都是這樣，往後也會一直這樣繼續下去。

飛向空中

二〇三四年六月

「你聽說了嗎？」

「聽說什麼？」

「那些黑鬼的事？」

「他們怎麼樣？」

「他們要離開，要撤走，你沒聽說嗎？」

「你所謂撤走是麼意思？他們怎麼能走？」

「他們可以也會，而且正在走人。」

「兩三個人嗎？」

「南方的每個黑鬼都會走！」

「不可能。」

「偏偏就是！」

「我要親眼看看。我不信。他們要去哪裡——非洲嗎？」

一陣沉默。

「火星。」

「你說的火星，是那個星球？」

「沒錯。」

幾個男人站在五金行架高的門廊上。有人停下點菸斗的動作，有人朝正午滾燙的塵土啐了一口。

「他們不能走，不能那麼做。」

「不管怎麼說，他們都正在做。」

「你從哪聽來的消息？」

「每個人都在講，一分鐘前收音機才剛在播。」

這幾個人像一排布滿灰塵的雕像，突然活了過來。

五金行老闆山謬・提斯不安地笑。「眞不知道傻子出了什麼事。一小時前，我派他騎我的腳踏車出去，結果他到現在還沒從伯德曼太太家回來。你們覺得那個黑小子會不會騎車上火星了？」

大夥兒輕蔑地發出哼聲。

「我只想說，他最好把我的腳踏車騎回來還我。我不容許任何人偷我東西，老天為證。」

「聽！」

這幾個男人急躁地彼此撞來撞去，忙著轉過身看。

離街道遠遠那頭像是堤防潰堤一樣，熱烘烘的黑水往下沖，吞沒了小鎮。一波黑色大水沖進白得亮眼的銀行和小店間，淹入沉默的樹木間。大水好比夏日的蜜糖，湧向覆蓋了肉桂色塵土的路面。洪流緩緩來，是一群男男女女、馬匹和吠個不停的狗，以及小男孩和小女孩。這波洪流中人人張口喧譁沸沸揚揚。這是湧向不知名去處的夏日河流，呢喃前進，無可挽回。黑水劃破白晝日光穩定向前。水中散見白點，那是象牙色、帶著警覺的眼白，正在瞻前顧後、左右張望，隨著大水漫長無盡地從舊河道奔向新水道。這條河流的支流是好幾條色彩各異的小河小溪，全匯聚進來。大水上，各式物品載浮載沉，老祖父的掛鐘噹噹敲響，廚房的時鐘滴答作聲，籠子裡的母雞尖聲啼叫，嬰兒哇哇哭個不停；騾子和貓在渾濁的漩渦中掙扎，瞬間有彈簧劃破彈出的床墊漂過，浮誇的假髮髻冒了出來，還有盒子、條板箱，以及黝黑老爺爺裝在橡木相框的照片——河水繼續奔流，幾個有如慌張獵犬的男人坐在門廊上，他們來不及搶修堤壩，手上空空如也。

山謬．堤斯沒辦法相信。「哇，該死了，但他們要從哪裡搭交通工具？要怎麼去火星呢？」

「搭火箭。」郭德勉爺爺說。

「眞不像話。他們哪來的火箭？」

「自己存錢蓋。」

「我從來沒聽說過。」

「看來這些黑鬼好像一直隱密行事，自己建造火箭，不知道在哪裡建造的——說不定在非洲？」

「他們可以**這麼做**嗎？」在門廊上踱步的山謬．堤斯說。「沒有法律可以管嗎？」

「他們又不是要宣戰。」郭德勉爺爺靜靜地說。

「他們要在哪裡升空？該死的，他們一直在暗中計畫這件事？」堤斯吼道。

「照行程看，鎮上的黑鬼要在盧恩河邊集合。火箭會在一點鐘到那裡載他們飛往火星。」

「打電話給州長，打電話給國民軍。」堤斯喊著：「應該要知會他們！」

「你老婆來了，堤斯。」

幾個男人再次轉頭看。

當他們看過去的時候，在無風豔陽下的炎熱道路那頭，一名白人婦女走過來，接著又有另一個到來，她們全都滿臉驚恐，像古早紙張沙沙作響般發抖著。這群來找自己丈夫的女人當中有的在哭，有的臉色嚴峻。她們推開酒吧的雙開門，消失在裡面；她們走進涼爽安靜的雜貨店，走進藥妝店和車庫。而其中一人，也就是克拉拉·堤斯太太，來到五金店門廊前方的泥地上，對著全身僵硬又憤怒的丈夫眨眼睛，黑水就在她後方流動。

「露辛達有狀況，爸爸，你得回家！」

「我才不會爲該死的黑鬼回家！」

「她要走了，少了她，我要怎麼辦？」

「妳自己動手啊。我才不會苦苦哀求她。」

「可是她就像家裡的一份子。」堤斯太太開始抱怨。

「別大呼小叫！我不許妳在大庭廣眾下哭訴我們少了該死的——」

聽到堤斯太太啜泣起來，他才閉上嘴。她抹抹眼睛。「我一直告訴她，『露辛達，妳留下來，我幫妳加薪，如果妳想要，可以一星期休兩個晚上。』但是她好像已經下定決心！我從沒看過她那麼堅持，所以我說：『妳不愛我嗎，露辛達？』她說她愛，但她不得不走，因爲事情就是這樣。她打掃房子，撢過灰塵，午餐放桌上，接著走向前門——她就在那裡，兩個包放腳邊，她還來跟我握手，說：『再見了，堤斯太太。』接著就走出門。她準備好的午餐還在桌上，但我們全都難過得吃不下。東西還在那兒，我知道，最後一次看到時，午餐已經快冷了。」

堤斯差點要揍她。「眞該死，堤斯太太，妳給我回家去，別在這裡丟人現眼！」

「可是，孩子的爸……」

他邁步走進陰暗的店裡，幾秒鐘後，帶著一把銀手槍走出來。但他妻子已經走了。

黑色的洪流在建築物之間流竄，傳出擦撞聲和持續拖拉著東西的細微聲響。黑水安靜但非常有決心；沒笑也沒胡鬧，就只是穩穩地、堅決地持續流動。

堤斯坐在硬木椅子的邊緣。「我對天發誓，如果有人敢笑，我會殺了他們。」

幾個男人等待著。洪流在多夢的正午靜靜流過。

「看來你得自己挖蕪菁了，山謬。」郭德勉爺爺咯咯笑。

「槍殺白人也難不倒我。」堤斯沒看郭德勉爺爺，後者把頭轉開，閉上嘴巴。

「等等！」山謬．堤斯跳下門廊。他抬手拉住一匹馬的韁繩，這匹馬上頭騎著一個黑人。「你，貝爾特，給我下馬！」

「是的，先生。」貝爾特滑下馬背。

堤斯上下打量他。「你以爲你在做什麼？」

「呃……堤斯先生。」

「我猜你是以爲自己，就像那首歌——怎麼唱的？『飛向空中』是吧？」

「是的，先生。」那黑鬼等著。

「還記得你欠我五十美金嗎，貝爾特？」

「記得，先生。」

ξ 此處是指知名非裔美人靈歌〈以西結看見了車輪〉的歌詞。

「你想賴帳偷跑？以主之名，我會抽你一頓鞭子！」

「發生這麼多事，我一時忘了，先生。」

「他一時忘了。」堤斯對五金店門廊上的同伴使個發狠的眼神。「該死了，這位大爺，你知道你接下來要怎麼做嗎？」

「不知道，先生。」

「你要留在這裡以工償債，還清那五十美金，否則我就不叫山謬·W·堤斯。」

他再次轉頭，志得意滿地對著陰影下的男人們露出微笑。

貝爾特看著漫溢街頭的黑色洪流在店家之間流動，淹沒了車輪、馬匹，淹沒沾上灰塵的鞋子；他原本加入了這道流動的黑水，卻半途被抓了回來。他開始發抖。「放我走，堤斯先生。我會從火星上寄錢回來，我發誓！」

「聽好了，貝爾特。」堤斯一把抓住貝爾特褲子的吊帶，當成是豎琴的弦一般撥弄彈奏，然後他輕蔑地看著天空，豎起乾瘦的指頭直指上帝。「貝爾特，上頭有什麼，你有任何一丁點概念嗎？」

「他們怎麼說我就怎麼聽。」

「聽他們怎麼說！老天，聽到了嗎？他聽那些人的話？」堤斯懶懶地抓著貝爾特的吊帶甩動他，還用指頭彈彈他黝黑的臉孔。「貝爾特，你會像七月四號國慶日的火箭衝向太空，然後，碰！你炸成稀巴爛，散落在太空中。那些瘋狂科學家什麼都不知道，他們會害死你們所有人！」

「我不在乎。」

「說得好。因爲你知道火星上是怎麼一回事嗎？那上頭有眼睛大得像蘑菇的怪物！你花一毛錢在藥妝店買來的那種科學雜誌上不是有嗎？哼！那些怪物會跳起來撲倒你，吸乾你的骨髓！」

「我不在乎，一點都不在乎，我就是不在乎。」貝爾特看著逐漸離他遠去的隊伍，汗水順著他深色的眉毛往下淌，整個人看來就要崩潰。

「而且火星上很冷，沒空氣，你會倒下，像條魚那樣扭動喘氣，窒息而死。那是你**想要的**嗎？」

「有很多事我都不想要，先生。拜託，先生，放我走，我已經遲到了。」

「等我準備好能讓你走的時候，你才能走。我們要繼續維持禮貌的討論，直到我說你能走爲止，這點你他媽的很清楚才對。想旅行，是吧？呃，『飛向天空』大爺，你給我乖乖回家去，好好工作抵你欠的五十塊！這要花你兩個月時間！」

「可是如果我留下來工作還債，就會錯過火箭，先生！」

「哎唷，眞是可惜。」堤斯想表現出哀傷的樣子。

「我把我這匹馬給妳，先生。」

「馬又不是錢。在我拿到錢之前，你哪裡都不能去。」堤斯在心裡大笑。他覺得興奮，感覺很爽。

旁邊聚集一群黑人，把他倆的對話全聽進去了。這時，在貝爾特垂頭喪氣站著發抖時，有個老人走上前來。

「先生？」

堤斯飛快看他一眼。「怎麼樣？」

「這人欠你多少錢，先生？」

「不甘你他媽的事！」

老人看著貝爾特。「多少錢，孩子？」

「五十美金。」

老人對四周的人伸出黑色的雙手。「這裡有二十五個人，你們每人給兩塊，動作快，現在沒時間爭辯了。」

「喂，在幹麼啊！」堤斯吼道，僵硬的身體越站越顯高。

錢來了。老人接過來放進自己的帽子，然後把帽子交給貝爾特。「孩子，」他說：「你不會錯過火箭的。」

貝爾特對著帽子笑。「不會的，先生，我想是不會的！」

堤斯怒吼：「你把錢還給他們！」

貝爾特禮貌地鞠躬，把錢遞過去，在發現堤斯不願收之後，他把錢放在堤斯腳下的泥土地上。「你的錢在這裡，先生。」他說：「感謝你。」他帶著微笑跨上馬鞍揮揮鞭子，並向老人道謝。老人這時和他並肩騎著馬，遠離堤斯一行人的視線和聽力範圍。

「混帳東西。」堤斯低聲說，直視著太陽。「混帳東西。」

「把錢收起來，山謬。」門廊上有人說話了。

這種事沿路不斷發生。白人小男孩光著腳狂奔報信。「他們幫忙那些沒錢的人！結果所有人都自由了！有人看到一個有錢人給一個窮人兩百塊去還債！還看到另一個人又給人十塊、五塊、十六塊，很多啊，到處都是，每個人都這樣！」

白人們坐著，嫉妒的酸水湧入口中。他們雙眼浮腫到幾乎張不開，臉孔活像被風沙和熱氣痛揍了一般。

山謬．堤斯一肚子火。他登上門廊，怒視路過的黑人，揮動手上的槍。一會兒後，他覺得自己不得不採取行動，於是他開始對人吼叫，對任何抬頭看他的黑鬼怒吼。「砰！另一艘火箭飛上天了！」他拉高嗓門大吼，好讓每個人都聽到。「砰！上帝顯靈！」一顆顆黑色腦袋沒有轉動也沒假裝聽他說話，但是他們的眼白快速來回轉動。「墜毀了！所有火箭都掉下來！大家在尖叫、所有人死光光！砰！萬能的主，我眞高興自己能踩在堅固的大地上。就像那個老笑話講的，腳踏實地勝過驚恐騰空！哈哈！」

馬兒達達地往前走，揚起陣陣灰塵。破損的彈簧讓馬車又顛又搖。

「砰！」他的聲音孤孤單單停留在熱氣裡，像是要威嚇塵土和刺眼的陽光。「轟！太空裡黑鬼四散！隕石打中火箭，黑鬼像小魚一樣噴出來，上帝的恩典唷！太空裡到處是隕石。你們知道嗎？當然！那就跟獵鹿子彈一樣威！噗！射下那些長得跟罐頭一樣的火箭，就像以前打掉過無數野鴨、無數泥管！裝滿了黑色鱈魚擠得像是沙丁魚罐頭！跟掰開手指餅乾一樣，砰、砰、砰！這裡死一萬人，那裡也死一萬人。屍體漂浮在太空，繞著地球轉，永遠不會停，又冷又遙遠，老天哪！你們聽到沒，你們這些人！」

四下無聲。寬寬的黑色洪流繼續流動。才過一小時，洪流已經衝進所有堆放棉花的小屋，帶出一切有價值的物品，包括時鐘、洗衣板、一捆捆絲布和掛窗簾的桿子浮浮沉沉，漂向遠方的黑色海洋。

滿潮已過，下午兩點，退潮時間到了。很快地，河流乾涸了，小鎮安靜下來，薄薄一層泥沙落在店裡、在坐著的人們身上、在高高的樹上。

好安靜。

門廊上幾個男人側耳傾聽。

他們什麼也沒聽到，於是天馬行空地思考，釋放想像力馳騁到附近的草坪上。一大清早時，這片土地充滿了各樣尋常可聞的聲音。處處有人堅守傳統行禮如儀；四面八方有歌聲傳來；相思樹下有甜美的笑聲；黑人小孩躍入清澈溪水中歡聲嬉鬧；田裡頭人們來去彎腰勞作；覆蓋青藤的木瓦小屋裡笑語喧騰。

而現在呢，彷彿有陣大風沖刷土地，把一切聲響都清掉了。什麼都不剩。門板殘骸掛在皮製門片鉸鍊上，屋子大大敞開。輪胎做的鞦韆掛在無聲的空中，無人使用。河裡的洗衣石邊空蕩蕩的；而西瓜田——若還有西瓜，也只是任由烈日曬乾瓜裡的水分。蜘蛛開始在荒廢小屋裡結網，灰塵如金穗灑落穿過沒修補的破屋頂。四處都有走得太趕而忘記熄掉的火，逗留的星火猛然沾上廢棄小屋乾燥的屋梁，緩緩燒起的聲音灌入安靜的空氣中。

五金店門廊上的幾個男人沒有眨眼，也沒有嚥口水。

「我不懂他們為什麼要**現在**離開。他們的情況正在好轉，我是說，他們每天都獲得了更多權利。他們到底**想要**什麼？人頭稅廢除了，越來越多州政府通過反私刑法，各種平權法條也通過了。他們**還要**什麼？他們賺的錢幾乎和白人一樣多，可是他們還是走了。」

大街遠處有人騎著腳踏車向這裡來。

「不會吧，堤斯，你家的傻子來了。」

腳踏車停到門廊前，騎車的是一個長手長腳、腦袋像顆西瓜的十七歲黑人男孩。他抬頭看著山謬．堤斯，露出微笑。

「你良心發現，回來了。」堤斯說。

「不是，先生，我只是把腳踏車騎回來。」

「有什麼問題？是腳踏車上不了火箭嗎？」

「不是這樣的，先生。」

「不用告訴我爲什麼！下車，你別想偷我的東西！」他推了男孩一把，腳踏車倒下。

「快去裡面開始擦銅器。」

「請問你說什麼？」男孩睜大了雙眼。

「你聽到我剛說的了。店裡的槍要從盒子裡拿出來，有箱從納奇茲運來的釘子——」

「堤斯先生。」

「還有一箱鎚子要上架——」

「堤斯先生，先生？」

「你怎麼**還**杵在那裡？」堤斯怒目瞪視男孩。

「堤斯先生，如果你不介意，我今天要請假。」他道歉地說。

「還要請明天、後天、大後天和大大後天吧？」堤斯說。

「恐怕是這樣的，先生。」

「你當然該害怕，小鬼。過來。」他穿過門廊，從桌子抽屜裡拿出一張紙，走向男孩。「記得這個嗎？」

「先生，這是……？」

「這是你的工作契約。你簽過名的，這裡是你畫的X，不是嗎？回答我。」

「不是我簽的，堤斯先生。」男孩邊抖邊說：「誰都會畫X。」

「聽好了，傻子。合約上寫的是：『從二〇三二年七月十五日起，我要爲山謬・堤斯先生工作兩年，如果有意離開，必須提早四個星期告知，並且要工作到有人手能取代爲止。』你看。」堤斯拍拍合約，目光灼灼。「如果你惹麻煩，我們就拿這個上法院。」

「我辦不到。」男孩哀嚎，淚水已經滾下臉頰。「如果我今天不走，以後就走不了。」

「我懂你的感覺，傻子。是啊，我很同情你，小鬼。但是我們會對你好，讓你吃得滿意。現在你給我回到店裡去開始工作，忘了那些亂七八糟的事，聽到了嗎，傻子？就這麼講定了。」堤斯咧嘴笑，拍拍男孩的肩膀。

男孩轉頭看望向坐在門廊上的幾個老人。這時，淚水已經模糊了他的視線。「也許——也許這幾位先生當中有人……」幾個男人在燠熱不適的陰影下抬起頭，先看著男孩再看向堤斯。

「你是說，你想要讓白人接手你的工作嗎，小鬼？」堤斯冷冷地問。

郭德勉爺爺放下擱在膝蓋上的紅潤雙手。他看著地平線沉思一會後，說：「堤斯，我來，怎麼樣？」

「什麼？」

「我接下傻子的工作。」

門廊上的人都沒說話。

堤斯的兩隻腳輪流支撐身體。「爺爺。」他聲音中的警告意味十足。

「放那孩子走，我來擦銅器。」

「你願意，你眞的願意嗎？」傻子一把鼻涕一把眼淚，笑著跑向郭德勉爺爺，一副難以置信的樣子。

「那當然。」

「爺爺。」堤斯說：「你閉嘴，少管閒事。」

「放過這孩子吧，堤斯。」

堤斯走過去，抓住男孩的手臂。「他是我的。我要把他鎖進儲藏室，晚上才放他出來。」

「別這樣，堤斯先生！」

男孩開始大哭，哭聲響徹門廊。他哭得連眼睛都張不開。遠遠地，一輛老舊的福特汽車乒乒砰砰地開過來，上面載著最後一批黑人。「我家人來了，堤斯先生，求求你，天哪，求求你讓我走！」

「堤斯，」門廊上，另一個男人站起來說：「讓他走。」

接著又一個人站起來。「我也站他那邊。」

「我也是。」再一個人說。

「還有我。」另一個人表態。

「你這麼做有什麼用？」大家都開口了。「鬧夠了，堤斯。」

「讓他走。」

堤斯伸手摸索口袋裡的槍。他看了看大家的臉色，便抽手出來把槍留在了口袋裡。他說：「所以這事就這樣定了？」

「就這樣了。」有人說。

堤斯放男孩離開。「那好，你滾吧。」他猛一收手，回到店裡。「但你別以爲能把你那些垃圾留下來，搞得我的店面亂七八糟。」

「不會的，先生。」

「把你放在後面小屋裡的東西清光，然後燒掉。」

傻子搖搖頭。「我要帶走。」

「他們不會讓你把那些垃圾帶上那艘該死的火箭。」

「我會帶上去。」男孩輕聲堅持。

他穿過五金店跑到後面。後頭傳來收拾打理的聲音，沒多久男孩又跑出來，雙手滿滿捧著上衣、彈珠、舊風箏和廢物，全是他這些年蒐集累積的。這時福特老車正好開過來，傻子爬上車，摔上門。提斯站在門廊上，臉上掛著譏諷的微笑。「你上那裡去以後，要做什麼？」

「重新開始，」傻子說：「我要開自己的五金店。」

「去你的，你一直在偷學，想跑掉後自己開店！」

「沒有，先生，我從來沒想到會有這一天，先生，但這天還是來了。我沒辦法叫自己不要學，提斯先生。」

「我猜你們的火箭有名字？」

他們看向車內儀表板上的一個鐘。

「有，先生。」

「是像先知『以利亞』或什麼『戰車』『大輪』『小輪』『信仰』『希望』和『慈悲』之類的名字嗎？」

「太空船的名字我們已經有了，堤斯先生。」

「不會是『聖父聖子與聖靈』吧？喂，小鬼，你們的火箭有第一浸信會教堂的受洗名嗎？」

「我們得走了，堤斯先生。」

堤斯笑出聲來。「你們有艘火箭叫做『輕搖』，另一艘叫『可愛的馬車』[ξ]。」

車子發動了。「再見，堤斯先生。」

「有沒有哪艘叫做『擲骰子』？」

「再見，先生！」

「然後另一艘叫做『過約旦』[π]！哈！去，小鬼，去扛火箭、抬火箭，去啊，去被炸得稀巴爛，你看我會不會在乎！」

車子揚起沙石，開進漫天煙塵中。男孩在車上站起身，用雙手圈住嘴，最後一次對堤斯先生叫道：「堤斯先生，堤斯先生，你從今以後晚上要做什麼？你晚上要做什麼呀，堤斯先生？」

沒人說話。車子消失在街尾，看不到蹤影。「他那話是什麼意思？」堤斯若有所思地說：「我晚上要做什麼？」

他看著塵埃落定，突然想起來。

他想起那些男人們開車到他家的夜晚，他們打直膝蓋，獵槍朝上打得更直，像一大群在夏日樹下伸長脖子、眼神詭異惡毒的鶴。他們按按喇叭，他便會帶著槍甩上家門，自己就笑得開懷，心跳快得像個十歲小孩。在夏夜裡，他們開車上路，車斗放著一捆麻繩，滿滿的子彈盒在他們的外套下鼓起。這些年來，有多少個夜晚，勁風吹進車裡，吹動他們蓋過惡毒眼睛的頭髮，大聲叫囂之中，他們會挑選一棵樹，一棵強壯的樹，然後拿去撞爛小屋的門！

「所以那個狗娘養的小鬼是在講這個？」堤斯跳進陽光下。「回來，你這混蛋小

ξ〈輕搖，可愛的馬車〉是首著名的非裔美人靈歌。

π 此處是參照《聖經》中，以色列人過約旦河，要進入得為產業之地的段落。

子！我晚上要做什麼？好哇，好個骯髒無恥的狗東西……」

但那是個好問題。他覺得厭煩又空虛。是的。他**以後**晚上要做什麼？他想。現在**他們都走了**，對吧？他感覺極其空虛又麻木。

他掏出口袋裡的槍，檢查彈膛。

「你要做什麼，山謬？」有人問道。

「殺了那狗東西。」

郭德勉爺爺說：「你別激動。」

但山謬．堤斯已經繞到五金店後面。沒多久，他把自己的敞篷車開上車道。「有人要和我去嗎？」

「我想搭個車。」爺爺說完就上車。

「還有人嗎？」

沒人回答。

爺爺上車後用力關上車門。山謬．堤斯猛踩油門，捲起一股灰塵。車子在無雲的天空下飛速前進，乾枯草地上閃動著熱氣。

他們在十字路口停下車。「他們是往哪個方向去，爺爺？」

爺爺瞇起眼睛。「我想是直走吧。」

車子繼續往前開，在夏日樹蔭下發出寂寥的聲響。路上沒人沒車，一路往前時，他們注意到異狀。提斯減速轉個彎，泛黃的眼睛充滿怒意。

「該死，爺爺，你看到那些混蛋做了什麼事嗎？」

「什麼？」爺爺問，拉長脖子看。

沿著空蕩蕩的鄉間小路，每隔幾呎就有仔細擺好的、留下來的物品。他們看到舊溜冰鞋、一條包著小裝飾品的頭巾、幾雙舊鞋、一個車輪、一疊褲子、外套和舊帽子、幾塊曾經在風中叮噹作響的東方水晶、種在錫罐裡的天竺葵、幾盤蠟製水果、幾箱內戰時南方聯邦政府的鈔票、洗衣盆、洗衣板、晾衣繩、肥皂、某人的三輪車、另一個人的園藝剪，玩具馬車、玩偶盒子、黑人浸信教會的彩繪玻璃、整套煞車圈、內胎、床墊、沙發、搖椅、冷霜和小鏡子。沒有任何東西是被拋下甩掉的，不，全是帶著感情，以莊重的態度放在塵土飛揚的路邊，就像整個小鎮的人拿著滿手東西走到這裡，而這時喇叭聲響起，於是他們只好把東西託付給沉默的塵土，然後他們所有人，這群地球的居民便起飛直直朝藍色天堂而去。

「他們就是不肯燒掉。」提斯憤怒地喊：「不，硬是不肯像我說的把東西全燒了，還非要帶著走，再留在他們還能看最後一眼的地方，一樣不剩地全留在路邊。這些黑鬼當他們自己多聰明啊。」

他猛打方向盤，沿路碾壓、破壞、摧毀成堆的紙張、珠寶盒、鏡子和椅子。「這裡，該死，還有這裡！」

車子前輪發出尖銳的噪音，整輛車翻下路面摔進溝渠，堤斯被甩出去撞上擋風玻璃。

「他媽的！」他拍掉身上的灰塵，爬出車外站好，氣得幾乎哭出來。

他看著安靜無人的馬路。「我們這下追不上他們了，永遠追不上。」他放眼望去，在傍晚的熱風中，只看到一疊疊一落落的東西，像廢棄神廟般整齊地擺在路邊。

一小時後，堤斯和郭德勉爺爺筋疲力盡地走回五金店。那些男人還坐在門廊上，觀看聆聽天空的動態。就在堤斯坐下來脫掉緊綳的鞋時，有人喊道：「快看！」

「我瘋了才看。」堤斯說。

但其他人都看了過去。他們看到金黃色的火箭升空後飛向遠處，失去了蹤影，只留下火焰。

棉花田裡，風在掃雪機之間吹動。更遠的草地上，沒人摸過的西瓜像玳瑁花色的貓兒，躺在陽光下。

門廊上的男人們坐下來，他們彼此互望，看向五金店架子上排列整齊的繩子，瞥向盒子裡閃亮的子彈，瞄著陰影下的銀色手槍和高掛的黑色金屬長獵槍。有人嘴裡含著一根稻草，另一個人在厚厚的灰塵上畫了一個人影。

最後，山謬得意洋洋地提著鞋子，把鞋子翻過來瞪著看，接著說：「你們注意到了嗎？到了最後一刻，老天為證，他還是稱呼我『先生』！」

二〇三五——二〇三六

命名

他們來到陌生的藍色土地，把他們的名字冠在上頭。這裡有辛克斯頓溪、魯斯堤格角、布雷克河、卓斯柯森林、佩雷葛林山和魏爾德鎮，全是些人名以及他們做過的事。這裡是火星人殺害第一批地球人的地方，所以取名叫紅鎮，因爲與鮮血有關；這裡是第二支探險隊遭到殲滅之地，所以叫做二進；因火箭噴出大火降落而燒毀的地點，會留下灰燼之類的地名。當然了，火星上還有史班德山、納坦尼·約克鎮……

古老的火星地名來自空氣、水和山丘；來自雪——雪水往南流，透過石砌運河匯入枯海；來自被封印或被埋的巫師，或是高塔以及方尖碑。那些火箭像大鎚，把大理石敲成頁岩，粉碎以陶製里程碑爲名的舊城鎮，在塔門的瓦礫堆中埋入來自地球所有機械和金屬的新名：鐵鎮、鋼城、鋁市、電村、玉米鎮、穀物村、第二新底特律市。

興建城鎮並爲其命名之後，他們又興建墓地也爲其命名：綠丘、苔山、靴丘、暫留之地等等。第一批死者就這樣埋進墓裡。

當一切整齊就位、安全無虞後，在城鎮狀況穩定、孤獨感降至最低後，地球上一些品味高雅、成熟世故的人士才跟著出現。他們來開派對，來度假，來買些小玩意兒，來拍照和感受「氣氛」；他們來研究和制訂社會法規；他們配戴著星星、徽章來，還帶來規範準則，把地球上像外來雜草叢生一般的繁文縟節和官僚制度全都帶過來，讓這些繁瑣規章在火星上任何可以附著的地方生根。他們開始規畫人們的生活和圖書館；他們開始指導支使那些為了擺脫被指導支使而來到火星上的人。

無可避免地，其中有些人開始挺身反抗……

二〇三六年四月

厄舍續篇

「那年秋天，某個單調、陰暗又無聲的日子裡，層層雲朵低掛天際，我獨自騎馬，路過一片異常枯燥的鄉間。最後，在夜幕低垂時，我發現淒楚清冷的厄舍大宅，已遙遙在望……」

威廉．斯湯達爾先生停下他的引述[1]。在那兒，一座黑色低矮丘陵上，大宅森然矗立，基石上刻著西元二〇三六年。

建築師畢吉婁先生說：「屋子落成了。這是鑰匙，斯湯達爾先生。」

安靜的秋日午後，兩個男人默默站著，腳邊的藍圖在墨黑草地上窸窣作響。

「厄舍大宅。」斯湯達爾先生愉快地說：「設計、建造、購買，付款。愛倫．坡先生應該會**很高興**吧？」

畢吉婁先生瞇著眼。「一切都如您所願嗎，先生？」

「是的！」

「顏色對嗎？夠孤寂，夠可怕嗎？」

「『非常』孤寂，非常可怕！」

「牆壁看起來夠——『淒涼』？」

「完全正確！」

「那座小湖，夠『黑暗陰慘』嗎？」

「不可思議地黑暗又陰慘。」

「還有那片莎草——你知道，我們染過色了——夠灰黑嗎？」

「夠醜啦！」

畢吉婁先生參考他的建築設計圖，引述上面的形容：「整個結構足以讓人有『冰冷、噁心又陰鬱的念頭』嗎？這房子、小湖與土地，斯湯達爾先生？」

「畢吉婁先生，我花的每分錢都太值得了！天哪，眞美！」

ξ引自作家愛倫・坡的《厄舍家的沒落》。

「謝謝你。我必須在他人不知情的狀況下施工。還好你有自己的私人火箭，否則我們永遠拿不到許可，這麼一來，大部分的設備都帶不上來。你注意到了嗎，在這永恒暮色中，這塊土地像是永遠處在貧瘠枯朽的十月。這點花了我不少工夫。我們殺了所有生物，用掉一萬噸殺蟲劑。這裡沒有蛇，沒有青蛙，連火星蒼蠅都沒留下！永恒暮色中啊，斯湯達爾先生；我以此爲傲。還安排了機器，隱藏式的，能遮掉陽光，讓此地維持恰當的『淒楚』。」

斯湯達爾全心投入，享受此地的淒楚壓抑、臭氣和整個「氛圍」，如此細緻、造作又若合符節。還有那幢大宅！搖搖欲墜，甚是恐怖，那座邪惡的湖，那些霉菌和大片大片的破朽爛汙！這是精心製造，還是眞的如此，誰能猜得到呢？

他望著秋日的天空。這片天的上方、後面、遠處，應該有太陽。這時節，在火星的某處是四月天，一個青天朗朗的金黃色月份。在某處，好幾艘火箭燒毀一顆美麗死星上的文化。他們的尖叫聲被屛閉了，這片黯淡、古舊秋日世界設置了隔音設備。

「現在我是大功告成了，」畢吉婁不安地說：「終於可以問問你，要拿這一切做什麼呢？」

「厄舍嗎？你還沒猜出來？」

「沒有。」
「厄舍這名字對你毫無意義嗎？」
「沒有。」
「那這個名字呢，愛倫．坡？」
畢吉婁先生搖頭。
「當然了。」斯湯達爾先生既沮喪又輕蔑，優雅地哼了一聲。「我怎能期待你會知道偉大的愛倫．坡？他許久許久以前就過世了，比林肯還早。所有的書都在大火中焚燬殆盡。那已是三十年前，也就是二〇〇六年的事了。」
「啊。」畢吉婁先生謹慎地說：「是那些人當中的一個。」
「是的，那些人當中的一個，畢吉婁。他和洛夫克拉夫特、霍桑、安布羅斯．比爾斯，及其所寫的恐怖幻想故事和有關未來的科幻小說全都被燒毀了。太殘忍了。他們通過一項法令。啊，一開始規模很小，在一九九九年那時，還小得只像顆沙粒。他們先是控制漫畫書，然後是偵探小說，接著，當然是對電影下手，一個接一個方法，一個接一個團體，發動政治偏見、宗教歧視、工會壓力，總是會有些少數人對什麼怕得要死，然後絕大多數人就會開始怕黑、怕未來、怕過去、怕現在，怕自己跟自己的陰影。」

「原來如此。」

「還怕『政治』這個字眼（我聽說，這個字在極端保守分子眼中變成了共產主義的同義字，一旦說了這個詞，很可能會要了你的命）。然後他們在這裡扭扭螺絲，在那裡拴拴螺帽，推扯拉絞，於是文學很快就像是扭纏一通的太妃糖，編成辮子、打成結，甩拋向四面八方，直到彈性盡失，再也沒有味道。接著，影片膠捲被迫縮短，劇院燈光暗下，印刷品從原本供應尼加拉大瀑布巨量閱讀資訊，縮縮減減變成只剩無害的『純潔』讀物。喔，我跟你說，『逃脫』兩個字在當時也是很激進的字眼。」

「是嗎？」

「沒錯。他們說，每個人都必須面對現實，必須面對當下！一切的『非當下』都必須滾一邊去。所有美麗的文學謊言和幻想都必須轟到半空中。所以，在三十年前，也就是二〇〇六年的某個星期日早晨，他們把這些書在圖書館牆邊，聖誕老人、無頭騎士、白雪公主、侏儒小妖和鵝媽媽——噢，那些喊叫多淒慘啊！——他們一個個被推倒，一把火燒毀這些紙城堡，童話中的青蛙和老國王還有那些『從此以後永遠過著幸福快樂生活』的人（當然啦，事實上**沒有人**永遠過著幸福快樂的生活！）和『好久好久以前』都成了過去！他們把幻影里克肖[ξ]的骨灰灑在奧茲國的瓦礫堆上，把南國魔女葛林達和奧茲瑪女王的骨頭磨碎，用分色儀器拆解彩虹之女的顏色，還將傑克南瓜頭[π]拿來搭配蛋白餅當成生物學家的舞會點心！豌豆藤在繁文縟節的荊棘中枯萎！睡美人被一個科學家吻醒，接著又在他的致命注射中死去。他們讓愛麗絲喝下藥水，把她縮小到再也不能喊『奇怪呀奇怪』的尺寸，還把愛麗絲的鏡子一錘擊碎，把紅國王和牡蠣永遠驅逐出去[ρ]！」

他握緊拳頭。天哪，一切發生得那麼快！他的臉脹紅，呼吸急促。

至於畢吉婁先生呢，斯湯達爾先生這番大爆發讓他深感震驚。他眼睛眨不停，最後終於開口說：「抱歉，我完全聽不懂你在說什麼，這對我來說都只是一堆名字。但我聽人說，焚書是件好事。」

ξ Phantom Rickshaw，是吉卜林的短篇故事，出版於一八八八年。

π 葛林達（Glinda the Good）、奧茲瑪女王（Ozma）、彩虹之女（Polychrome）、傑克南瓜頭（Jack Pumpkinhead）皆是《綠野仙蹤》中的虛構人物。

ρ 紅國王是《愛麗絲鏡中奇遇記》的角色，牡蠣則是出現在書中〈海象與木匠〉詩裡。

「滾！」斯湯達爾嘶吼著：「你工作做完了，現在可以走了，你這個白癡！」

畢吉婁先生叫來自己的木匠，一起離開。

斯湯達爾先生獨自站在他的大宅前面。

「聽好了，」他對看不見的火箭說：「我來火星是爲了離開你們這些『心智純淨』的人，但是你們的人數越來越多，像見了內臟就撲上來的蒼蠅。所以我要讓你們看，讓你們爲在地球上對愛倫．坡做的事付出代價。到那天，你們都給我小心了。厄舍大宅要敞開大門了！」

他對著天空揮拳。

火箭降落。一個男人輕鬆地走出來。他瞥著大宅，灰色的雙眼露出不悅甚至氣惱的表情。他穿過護城河，迎向瘦小的男人。

「你是斯湯達爾？」

「沒錯。」

「我是葛瑞特，道德倫理委員會的調查員。」

「這麼說，你們終於來到火星了，你們這批道德倫理委員會的人，我還在想什麼時候你們才會出現呢？」

「我們上星期到的，而且很快就會把這裡整頓得和地球一樣純淨。」男人對著大宅，不耐地揚了揚他的身分證件。「你是不是該告訴我這地方是怎麼一回事，斯湯達爾？」

「你可以說這裡是個鬧鬼的城堡。」

「我不喜歡這說法，斯湯達爾，很**不喜歡**，尤其是『鬧鬼』這個字。」

「很單純啊。我在西元二〇三六年蓋了這個機械聖所。這裡的銅蝙蝠靠電子光束飛行，黃銅鼠在塑膠地窖裡奔跑，機器骷髏會跳舞；還有機器吸血鬼、小丑、狼，以及用化學藥劑精心調製的白色幽靈，都住在這裡。」

「我就擔心這個。」葛瑞特靜靜地微笑。「恐怕我們得拆了你這個地方。」

「我早就知道，一旦你們知道這裡在做什麼之後，一定會立刻過來。」

「我大可更早來的，但我們道德倫理委員會希望在動手之前先了解你的意圖。晚餐前拆除大隊和焚燒小組就會到。在午夜之前，你這地方便會夷爲平地。斯湯達爾先生，我認爲你是個笨蛋，閣下竟然把辛苦賺來的錢如此瘋狂糟蹋掉。怎麼樣，這裡至少花了你三百萬美金——」

「是四百萬！但是，葛瑞特先生，我很年輕時就繼承了兩千五百萬。我經得起到處灑錢。儘管如此，大宅才剛蓋好一小時，你就帶著你的拆除大隊過來，這也未免太可惜。你難道不能讓我拿這個玩具，玩個……呃，二十四小時？」

「你明知道法律的規定。條文怎麼寫就怎麼辦。規定是不能有書、不能有房子，不能有任何讓人聯想到鬼、吸血鬼、仙子或任何虛構人物的事物。」

「接下來你們就要燒掉那些俗氣的商人！」

「你給我們找了很多麻煩，斯湯達爾先生。紀錄上寫得很清楚。二十年前，在地球上，你和你的圖書館。」

「是的，我和我的圖書館，還有少數幾個像我這樣的人。噢，愛倫・坡、奧茲國和其他人物已經被遺忘了那麼多年。但我還是藏了一點。我跟這些平民百姓，我們有自己的圖書館，直到你跟你的手下帶著火炬、用上焚化爐，撕毀燒毀我的五萬本書。那簡直像在萬聖節的心臟釘上木樁，然後跟你們的製片人說若要拍片，就只能拍海明威，而且一拍再拍。老天，重拍的《戰地鐘聲》我看過多少次了！三十種版本哪。全是寫實片，喔，寫實主義！啊，當下，該死的當下！」

「耍嘴皮子對你沒好處。」

「葛瑞特先生，你必須交回完整的報告，對不對？」

「沒錯。」

「那麼，就滿足一下好奇心，進來四處看看吧。頂多花你一分鐘。」

「好吧，請帶路。別耍花樣，我帶了槍的。」

通往厄舍大宅的門「嘎」一聲打了開來，一陣濕氣跟著冒出來。屋裡傳來一聲巨大的嘆息呻吟，猶如地底風箱在失落的墓穴裡吹氣。

一隻老鼠跳過石砌地板。葛瑞特尖喊出聲，踢了牠一腳。那東西翻了身，鼠模鼠樣的，尼龍皮毛下還鑽出一群不可思議的金屬跳蚤。

「眞驚人！」葛瑞特彎腰看。

一個老巫婆坐在壁龕裡，蠟製雙手放在藍橘兩色的塔羅牌上。她猛然抬起頭，張開無牙的嘴噓葛瑞特，並用指頭敲打油膩膩的牌卡。

「死神！」她喊道。

「看看，我說的就是**這個**。」葛瑞特說：「這太糟糕了！」

「我會讓你親手燒掉她。」

「可以嗎，眞的？」葛瑞特很高興。接著他皺起眉頭說：「我不得不說你把大宅設計得很好。」

「光是能創造這個地方、能說我辦到了，能說我在一個充滿懷疑的現代世界裡營造出中古時代的氣氛，這些就很足夠了。」

「雖然不甘願，但我還是得說，我眞的很欽佩閣下的創造力。」葛瑞特看著一片雲霧幽幽飄開，還低低細語著，形狀朦朧宛如美麗的女人。煙霧瀰漫的走廊上有個機器嗡嗡運轉，外型很像製作棉花糖的離心機，雲霧就是從這機器出來，緩緩飄進安靜的走廊。

這時，一頭猩猩不知打哪兒冒出來。

「站住！」葛瑞特大喊。

「不必害怕。」斯湯達爾拍拍猩猩黑色的胸膛。「這是機器猩猩，骨架是銅製的，和剛剛的老巫婆一樣。看到了嗎？」他撫摸猩猩的毛，露出下方的金屬管線。

「看到了。」葛瑞特怯怯地伸手拍拍黑猩猩。「但是爲什麼呢，斯湯達爾先生，你爲什麼要製作**這一切**？你在執著什麼？」

「官僚制度，葛瑞特先生。可是我沒時間解釋。政府很快就會知道。」他朝猩猩點個頭。「好了。**就是現在**。」

黑猩猩殺了葛瑞特先生。

「我們準備得差不多了嗎，派克斯？」

桌邊的派克斯抬起頭。「好了，先生。」

「你表現得太好了。」

「嗯，我是領錢辦事的，斯湯達爾先生。」派克斯輕聲說，一邊掀開機器人的塑膠眼皮，放入玻璃眼球塞進橡膠造的肌肉裡。「好了。」

「就葛瑞特先生那個討厭樣。」

「我們要怎麼處理他，先生？」派克斯點個頭，指向石板——真的葛瑞斯先生倒在上面。

「最好燒了他，派克斯。我們不想這世上有兩個葛瑞特先生，對吧？」

派克斯將葛瑞特先生運往磚砌的焚化爐。「再見啦。」他把葛瑞特先生推進去，用力關上門。

斯湯達爾面對著機器葛瑞特。「你接收到指令了嗎，葛瑞特？」

「是的，先生。」機器人站起來。「我要回到道德倫理委員會，我會提出一份額外的報告，將拆除行動往後至少延四十八小時。我會說，我需要做更完整的調查。」

「沒錯。葛瑞特，再見。」

機器人急急走向葛瑞特的火箭，進去後立刻飛走。

斯湯達爾轉身說：「現在，派克斯，今晚的邀請函還剩一些，我們趕緊去送吧。我想，我們會玩得很開心，你不覺得嗎？」

「想到我們都等了二十年，確實讓人很興奮啊！」

他們彼此使了個眼色。

⁻|⁻

七點鐘。斯湯達爾審視自己的腕錶。時間快到了。他轉動手中的雪利酒杯，靜靜坐著。在他頭上的橡木橫梁之間，有好幾隻蝙蝠對著他眨眼尖叫，牠們的精緻銅製身體包裹在橡膠皮肉之下。他舉杯敬牠們：「祝我們成功。」接著他往後靠向椅背，閉上眼思索這整件事，想像自己年老時要怎麼回味這一切。這次的報復行動，是針對冷血政府對文學的恐怖鎮壓和焚書行動。啊，恨意和憤怒是如何隨著歲月在他內心增長。啊，這計畫是如何在他麻木的腦海裡緩慢成形，直到三年前的那天，他遇見了派克斯。

沒錯，派克斯，派克斯，以及他宛如黑井的內心填滿了綠色毒液般的悲痛。派克斯是誰？他是他們當中最傑出的人！千面人派克斯，他是憤怒，是一陣煙，是藍色的霧，是白色的雨，是蝙蝠，是滴水獸，是怪物，是的，這就是派克斯。比朗．錢尼[ξ]更出色，那位老爸？斯湯達爾沉思著。夜復一夜，他看著錢尼主演的老電影。對，他比錢尼更出色。但是他比其他默片演員更傑出嗎？那人叫什麼名字來著？卡洛夫[π]？不，要更好！盧葛西[ρ]嗎？這個比較簡直可笑！不，世上只有一個派克斯，他是個被剝除了幻想的人，在地球上無處可去，沒法在任何人面前演出，以致不得不對著鏡子表演給自己看！

ξ Lon Chaney，無聲電影時代的美國演員，經常飾演怪誕的角色。因他兒子也是同名，此處特指是父親那位朗．錢尼。

π Boris Karloff，英國演員，以飾演科學怪人的角色聞名。

ρ Bela Lugosi，匈牙利裔美國演員，曾演出吸血伯爵的角色。

可憐又不可思議，深深挫敗的派克斯！那是什麼樣的感覺？那一夜，他們抓住你的膠卷，像是扯出內臟般把膠卷從攝影機扯出來，把它們一卷卷、一團團扔進火爐燒毀！那種感覺，是否和五萬本藏書被銷毀，無可挽回一樣令人痛心？是，是的。斯湯達爾感覺到自己的雙手因爲毫無意義的憤怒而逐漸變冷。所以囉，沒什麼比這更自然了，他們當然會邊談邊喝下不知多少壺的咖啡，他們當然會從白天直聊到深夜，而這些談話與心酸憤恨，最終釀出了——厄舍大宅。

教堂大鐘敲響，客人陸續到了。

帶著微笑，他前去迎接大家。

體態成熟，卻絲毫無記憶的一眾機器人，他們等待著。身穿絲綢，是森林湖水綠，是青蛙和蕨的綠，他們等待著。一頭猶如日光和塵沙的金黃頭髮，他們等待著。上過油，以銅質管線爲骨架，以凝膠爲皮肉，機器人躺臥著。死去和根本沒活過的機器人在棺木，在條板箱裡，尚未啓動的節拍器等著人來啓動。空間裡瀰漫潤滑油和黃銅加工後的味道。墓園一片死寂。這些機器人分了性別，卻無性；給了名稱，卻也是無名；身上的一切比照人類，卻是無人性。這些機器人躺在箱中，瞪著標示F. O. B.[ξ]標籤的箱蓋，有如死人一般，卻算不得死亡，因爲這一個個根本沒活過。瞬間，有個尖聲傳來，釘子被撬開了。隨即，箱蓋掀了開來。立時，箱上出現陰影，有隻手用力抬起箱蓋。這時，有座鐘設定妥當，開始轉動。現在，一座接著一座，直至整個空間宛如鐘錶店般，滴答聲不絕。石珠子眼球在他們的橡膠眼皮下狂轉。鼻孔忽張忽闔。戴著猩猩毛皮和兔子白毛的機器人站起身：特老大和特老二、假海龜、榛睡鼠[π]、溺斃屍沾上鹽巴和白色海草在海中搖盪；吊死屍的脖子瘀青、死眼上翻；還有冰和金箔做成的生物、爛黏土侏儒、胡椒精靈、滴答人、岩石之王羅克特[ρ]，聖誕老人自製雪花灑在身前、藍鬍子的小鬍子藍得像乙炔火焰，他身邊的硫磺煙霧有綠色火光隱隱若

ξ 不含運費及保險費的離港價格。

π 此處分別是《愛麗絲鏡中奇遇記》的一對雙胞胎角色，以及《愛麗絲夢遊仙境》中的兩個角色。

ρ 滴答人、岩石之王羅克特為《綠野仙蹤》系列的人物。

現，隨後，宛如巨蛇身覆鱗片、腹部像火爐的龍衝出門，一聲吼叫後一頓，一個噴焰後一靜，再是一團呼嘯，起一陣狂風。上萬個箱子蓋跌落，鐘錶店像是整個搬進厄舍大宅。這夜晚，有如被施了魔法一般。

✢

一陣暖風吹上陸地。訪客的火箭讓空氣燃燒起來，把氣候從秋涼轉成春暖。客人們到了。

穿著晚宴裝的男人們率先走出來，女人跟在後頭，頭頂著精心梳理的繁複髮型。

「原來**這就是**厄舍！」

「可是門在哪裡？」

這時，斯湯達爾出現了。女賓們笑著說個不停。斯湯達爾先生抬起一隻手，示意大家安靜。接著，他轉過頭，看著高高城堡上的窗子，喊道：「長髮公主，長髮公主，放下妳的頭髮到底來。」

從上方，一個美麗少女探身出來，在夜風中，放下她金色的長髮。髮絲纏繞編織，經風吹動，最後成了是賓客得以大笑攀登進入大宅的繩梯。

多出色的社會學家！多聰明的心理學家！多麼舉足輕重的政治人物、細菌學家和神經專家！他們站在那兒，在陰冷的牆內。

「歡迎，歡迎各位！」

賓客有特來恩先生、歐文先生、杜恩先生、朗格先生、史蒂芬先生、佛萊特小姐，以及另外二十多個人。

「請進，請進！」

吉布斯小姐、波普小姐、邱吉爾小姐、布朗特小姐、杜魯門小姐和一眾女賓打扮得閃亮耀眼。

這群菁英中的菁英全是幻想虛構防治委員會的成員，他們提倡取消萬聖節，嚴禁蓋．福克斯之夜[ξ]；他們殺光蝙蝠、舉起火把焚燒書籍；他們是心思純潔的公民，每一個都在等著粗工前來埋葬火星人，清理舊城鎮，建造屯墾站，修造高速公路，讓一切

ξ每年十一月五日英國以燃放煙火，紀念蓋．福克斯（Guy Fawkes, 1570-1606）策畫的反抗當局，以篝火為信的「火藥陰謀行動」。

都安全無虞。接著，當一切都朝向「安全標準」前進，那些以殺菌紅藥水為血，眼白發黃像是碘酒色的掃興分子會前來設立他們的道德倫理委員會，強制發放良善給每一個人。而這些人是他的朋友！是的，非常小心翼翼地，在去年，還在地球那時，他和這些人相見，也成了朋友！

「歡迎來到死神的大廳！」他大聲說。

「嗨，斯湯達爾，這是什麼？」

「你們馬上會知道。大家請先脫掉身上的衣服。這一側有更衣間，換上放在裡頭的服裝。男人這邊，女人到那邊。」

大家不安地站著。

「我不知道我們是否該留下來。」波普小姐說：「我不喜歡這地方的樣子。這幾乎算是——褻瀆了。」

「胡說，不過是化妝舞會！」

「好像不合法吧。」史蒂芬先生四處察看。

「別瞎扯。」斯湯達爾笑了出來。「好好享受，這地方明天就會成為廢墟。進更衣間去吧！」

大宅倏地活了過來，頓時色彩繽紛。小丑戴著裝飾鈴鐺的帽子路過，侏儒拿著小弓拉小小提琴，小白鼠隨著樂聲跳起迷你方塊舞，大旗在燻黑的橫梁上飄揚，一群群蝙蝠飛向噴吐冰涼美酒泡沫的滴水獸嘴邊。一道溪流蜿蜒穿過開化妝舞會的七個廳室，賓客啜飲溪水驚覺那是雪利酒。這些賓客變了個年齡走出更衣室，他們以眼罩遮臉，因爲戴面具等同是撤銷他們挑剔幻想和驚悚的執照。女人穿著紅袍嬉笑走動，男人以舞蹈隨伺在女士們身旁。牆上影子綽綽，但不見人，四處鏡中都沒有影像。「我們全是吸血鬼！」佛萊契先生笑著說：「全都死了！」

大宅裡的七個廳室都漆著不同的顏色，有藍、紫紅、綠、橘、白，第六間則是紫羅蘭色，第七間全覆蓋著黑色絲絨。在黑廳裡有個象牙白時鐘，整點會敲響。賓客們在七間廳室往返跑動，最後終於喝醉，置身在機器人、小白鼠、瘋狂帽子商、食人妖和巨人、黑貓和白皇后之間，在他們舞動的腳下，地板傳送激烈搏動，那正是不爲人知的告密的心ξ。

ξ此為愛倫・坡一則短篇小說的篇名。

「斯湯達爾先生！」

一聲低語傳來。

「斯湯達爾先生！」

一個戴死神面具的怪物站到他身邊，是派克斯。「我必須和你私下談談。」

「出了什麼事？」

「這裡。」派克斯拿出一隻骷髏手掌。這手掌融了大半，露出焦黑的齒輪、螺絲、螺帽和插榫。

斯湯達爾看了許久，接著把派克斯拉到走廊。「是葛瑞特嗎？」他低聲問。

派克斯點點頭。「原來他派了機器人替代他。我剛才清理焚化爐時才發現的。」

兩人都瞪著事關重大的插榫看。

「這表示警察隨時會到。」派克斯說：「我們的計畫毀了。」

「這我可不知道。」斯湯達爾瞥向身穿黃、藍和橘色衣服正在轉圈的人。音樂穿過煙霧瀰漫的廳室。「我早該猜到的，葛瑞特不會笨到親自過來。可是，等等！」

「怎麼了？」

「沒事。不要緊的。葛瑞特送個機器人來我們這裡，嗯，我們不也送了一個回去。除非他仔細檢查，否則他不會注意到機器人被調包。」

「你說得對！」

「下次他會**自己**過來。因爲他覺得安全了。說不定他隨時會出現，而且是**本人親自來**！再準備些酒，派克斯！」

大門鈴響了。

「我敢打賭來的是他。去讓葛瑞特先生進來。」

長髮公主放下她的金色長髮。

「斯湯達爾先生？」

「葛瑞特先生。眞的是葛瑞特先生**本人**嗎？」

「正是在下。」葛瑞特看了看濕冷的牆壁和正在跳舞的人。「我想最好還是親眼來看一下。你不能全靠機器人。尤其是別人的機器人。謹愼起見，我同時還帶了拆除大隊過來。他們一小時內會到，來從下到上徹底敲掉拆除這個可怕的地方。」

斯湯達爾向他鞠躬。「感謝你告訴我。」他揮揮手。「在等待的同時，你何不享受一下。來點酒嗎？」

「不必，謝了。這裡在做什麼？人到底能沉淪到什麼地步？」

「你自己看，葛瑞特先生。」

「是謀殺。」葛瑞特說。

「卑劣的謀殺。」斯湯達爾說。

有個女人放聲尖叫。波普小姐面無血色地跑過來。「最恐怖的事發生了！剛剛有一隻黑猩猩勒死布朗特小姐，把她塞進煙囪！」

他們望過去，看到煙囪管道下有長長的金黃色頭髮。葛瑞特喊了出來。

「好可怕！」波普小姐啜泣，但接著突然停下哭泣。她眨眨眼，轉過頭。「布朗特小姐！」

「是的。」布朗特小姐站在一旁說。

「可是我剛剛才看到妳被塞進煙囪裡！」

「沒有，」布朗特小姐笑著說：「那是我的替身機器人。和我長得一模一樣。」

「可是，可是……」

「別哭，親愛的。我很好。讓我看看那個自己。哇，所以我在那裡！塞在煙囪裡，和妳說的一樣。這是不是很好笑？」

布朗特小姐笑著走開。

「來杯酒嗎，葛瑞特先生？」

「我想我需要。剛才的事讓我煩躁不安。天哪，你這地方眞不錯，確實值得我們拆除。有那麼一會兒，那裡……」

葛瑞特喝下杯裡的酒。

另一聲尖叫響起。四隻白兔扛著史蒂芬先生，走入地板下神奇地冒出來的樓梯。史蒂芬先生就這麼牢牢綁著給抬進了地窖，面朝上放在正往下擺動，高度漸漸下降的大型鋼刀底下，而那銳利刀鋒離他慘遭暴行的身體是越來越近。

「下面那個是我嗎？」史蒂芬先生來到葛瑞特身邊。他彎著腰看向地窖。「看著自己死還眞是奇怪，好詭異啊。」

擺動的刀鋒揮下最後一擊。

「好寫實。」史蒂芬先生轉身離開。

「再來一杯嗎，葛瑞特先生？」

「好的，麻煩你。」

「不會太久了，拆除大隊馬上會到。」

「謝天謝地！」

尖叫聲第三次響起。

「現在又怎麼了？」葛瑞特憂心忡忡地問。

「輪到我了。」杜魯門小姐說：「你們看！」

第二個杜魯門小姐厲聲嘶喊，她被釘在棺材裡丟到地板下的泥土地上。

「哇！我記得這一幕。」道德倫理委員會一個成員說。「這出自古老的禁書〈過早的埋葬〉，還有其他的故事。那個地窖、擺動的大刀、黑猩猩、煙囪，就是〈莫爾街的謀殺案〉ξ。就在我燒掉的某本書裡，沒錯！」

「再來一杯吧，葛瑞特先生。來，拿好你的杯子。」

「我的天，你的想像力眞豐富，是吧？」

他們站著看另外五個人的死亡場景，其中一個被龍吃下，另外幾個被丟進漆黑的小湖，沉下去不見蹤影。

「你想看看我們爲你設計了什麼嗎？」斯湯達爾問。

「當然想。」葛瑞特說：「有什麼差別呢？反正我們要拆掉這整個地方了。你眞惡劣。」

「那麼一起來吧，這邊請。」

他帶著葛瑞特往裡走，穿過幾條通道再沿著迴旋梯往下走進沒鋪地板的地下墓穴。

「你要帶我到下面看什麼？」葛瑞特說。

「看你自己被殺。」

「是複製品？」

「是的。還有別的。」

「什麼？」

「阿蒙蒂亞度酒[π]。」斯湯達爾說，他高舉著明亮的提燈走在前面。地下墓穴裡，半開棺材裡的骷髏爬了出來。葛瑞特伸手掩住鼻子，臉上露出反胃的表情。

「阿蒙什麼？」

「你沒聽過阿蒙蒂亞度酒嗎？」

「沒有！」

[ξ]〈過早的埋葬〉與〈莫爾街的謀殺案〉均為愛倫．坡的作品。

[π]引自愛倫．坡作品〈一桶阿蒙蒂亞度酒〉。

「你不認得這個？」斯湯達爾指向一處單人囚房。

「我該認得嗎？」

「或是這個？」斯湯達爾微笑著從斗蓬下拿出一把泥作用的抹刀。

「那是什麼東西？」

「來。」斯湯達爾說。

他們走進陰暗的囚房，斯湯達爾把鍊子固定在半醉的男人身上。

「老天爺，你在做什麼？」葛瑞特叫道，他身上的鍊子發出咔噹咔噹的聲音。

「我正在諷刺。別打斷一個正在諷刺的人，這樣很沒禮貌。來！」

「你鍊住我！」

「我是啊。」

「你要做什麼？」

「把你留在這裡。」

「你在開玩笑。」

「是個很好的玩笑。」

「我的複製品在哪裡？我們不是要看他被殺嗎？」

「這裡沒有複製品。」

「可是**其他人**都有！」

「其他人都死了。你剛剛看到的被害人都是眞人。站在旁邊看的是複製機器人。」

葛瑞特什麼也沒說。

「你這時候應該要說『看在上帝的份上，蒙特里梭！』」斯湯達爾說。「然後我會回答：『是啊，看在上帝的份上。』你不說嗎？好嘛好嘛，說一下啦。」

「你這個蠢蛋。」

「一定要我哄你嗎？說。快說『看在上帝的份上，蒙特里梭！』」

「不要。你這個白癡。快放我出去。」葛瑞特現在清醒了。

「來。戴上這個。」斯湯達爾丟給他某個縫著鈴鐺而且會響的東西。

「這是什麼？」

「帽子和鈴鐺。戴上去，說不定我會讓你走。」

「斯湯達爾！」

「我叫你戴上！」

葛瑞特服從了命令，鈴鐺輕響。

「你不覺得這一切曾經發生過嗎？」斯湯達爾問道，拿起抹刀、灰泥和磚頭開始工作。

「你在做什麼？」

「把你砌在裡面。這是第一排，然後是第二排。」

「你瘋了！」

「這點我沒意見。」

「你會被法律制裁的！」

他拿起一塊磚頭放在濕灰泥上，嘴裡哼著歌。

現在，越來越暗的囚室裡傳來鐵鍊甩動、拍打和哭叫聲。磚牆逐漸升高。「請繼續敲打。」斯湯達爾說：「讓我們好好完成演出。」

「放我出去，放我出去！」

這時只剩下最後一塊磚頭等待就位，裡頭的叫聲仍然沒斷。「葛瑞特？」斯湯達爾輕聲叫他。葛瑞特安靜下來。「葛瑞特，」斯湯達爾說：「你知道我為什麼要對你下手嗎？因為你沒讀就燒了愛倫．坡的書。你聽從他人的建議，認為那些書應該要燒掉。要是你讀過，剛才我帶你下來時，你就會知道我要做什麼。無知是致命的，葛瑞特先生。」

葛瑞特沒說話。

「我要讓這件事有個完美的句點。」斯湯達爾說，拿高提燈，讓光線穿過小洞照在委靡的人影身上。「輕輕搖你的鈴鐺。」鈴鐺發出聲音。「現在，如果你說『看在上帝的份上，蒙特里梭！』，我可能會放了你。」

男人抬起臉面對光線。他稍有猶豫。接著，他啞聲說：「看在上帝的份上，蒙特里梭！」

「啊！」斯湯達爾閉上眼睛。他把最後一塊磚頭塞進缺口，用灰泥緊緊固定。「願你安息，親愛的朋友。」

他匆忙地走出地下墓穴。

午夜鐘聲讓七個廳室的所有活動都停下來。

紅色死神出現了。

斯湯達爾來到門口，回頭看了一會兒。接著他跑出大宅，穿過護城河，來到直昇機等待的地方。

「準備好了嗎，派克斯？」

「好了。」

「那就走了。」

他們面帶微笑看著大宅。大宅的中央開始塌陷，隨著地震，就在斯湯達爾目睹這壯觀場景時，他聽到派克斯在他後面以低沉哀悼的聲音唸誦：

「……目睹高牆轟然崩裂時，我開始暈眩——持續的騷動聲宛如千水之聲——我腳邊陰冷的深湖沉鬱地淹起，靜靜漫過厄舍大宅的瓦礫。」

直昇機騰空升起，越過煙霧瀰漫的湖面，往西飛去。

老人家

二〇三六年八月

還有什麼比這更自然的呢？終於，老人家也來火星了。跟隨著吵吵鬧鬧的拓荒者、世故高雅品味精緻的人士、旅遊專業人士和尋找契機、浪漫風流的講師留下的足跡，老人家也循線跟來了。

於是，那些乾扁枯瘦的；花時間幫自己測心跳量脈搏的；拿湯匙把糖漿藥水送進乾癟嘴裡的全來了。這些人會選在十一月搭火車包廂玩加州、趁四月天坐郵輪三等艙跑義大利，這些乾枯萎縮像果乾一般的人，這些有如木乃伊的人，都來火星了……

二〇三六年九月

火星人

藍色山巒氤氳成雨，雨水流進長長的運河，老拉法吉和妻子從他們的房子裡走出來看。

「這季的第一波雨水。」拉法吉說。

「很好。」他的妻子說。

「非常期待。」

他們關上門，兩人打著冷顫，在屋裡的火爐邊烘暖雙手。透過窗戶，他們看到遠方的雨水打火箭上閃閃發光，就是那艘火箭把他們從地球帶來。

「我只有一個遺憾。」拉法吉看著雙手說。

「是什麼？」他的妻子說。

「我希望我們把湯姆也帶來了。」

「啊，好了，拉法吉！」

「我不會又說個沒完，對不起。」

「我們來這裡是爲了享受老年的平靜，不是爲了思念湯姆。他死了那麼久，我們應該忘了他，忘了地球上的一切。」

「妳說得對。」他說，再度把雙手轉向火，凝視著火光。「我不會再提了。我只是想念從前每個星期日都會去綠坪園區，在他墓碑前放束花的時光。那曾經是我們唯一的小旅行。」

藍雨輕柔地落在房子上。

他們九點上床，五十五歲的他和六十的她手牽著手，靜靜躺在下雨的黑暗中。

「安娜？」他輕聲喚她。

「什麼事？」她回答。

「妳有沒有聽到什麼聲音？」

兩人一起聆聽雨聲和風聲。

「沒有。」她說。

「有人在低聲說話。」他說。

「沒有，我沒聽到。」

「我還是起來看看好了。」

他穿上睡袍，穿過屋子走到前門，猶豫了一下才拉開門，冰冷的雨水馬上打在他臉上。外頭只有風聲。

門前的庭院裡有個小小人影。

閃電劃過，一抹白光照亮了外面那張臉，對方正看向站在門口的老拉法吉。

「外頭是誰？」拉法吉發著抖問。

沒人回答。

「你是誰？想要什麼！」

對方還是沒說話。

老拉法吉覺得非常虛弱，而且又累又麻木。「你是誰？」他大喊。

他的妻子來到他身後，握住他的手臂。「你為什麼在吼叫？」

「有個男孩站在前院，不回答我的問題。」老人邊發抖邊說：「他看起來好像湯姆！」

「上床了，你在做夢。」

「可是他就在那裡，妳自己看。」

他把門拉得更開讓妻子看。冷風吹動，細雨落在前院，人影仍遠遠地看著他們。老婦人扶著門框。

「走開！」她揮動一隻手，說：「快走！」

「看起來像不像湯姆？」老人問道。

人影還是沒動。

「我好怕。」老婦人說：「鎖上門回床上去。我不想和這東西扯上任何關係。」

她走了，喃喃自語地走進臥室。

老人站著，冷風挾雨打在他雙手上。

「湯姆，」他輕柔地叫喚：「湯姆，假如是你，如果眞的是你，湯姆，我不會拴上門。如果你冷了，想進來取暖，就直接進來躺在火爐旁，那裡有幾條皮毛毯子。」

他關上門，但是沒拉上門拴。

他的妻子感覺到他抖著身子上床。「今天晚上好可怕，我覺得自己好老。」她啜泣著。

「噓，噓。」他安撫她，而她握著他的手臂。「睡吧。」

她過了許久才睡著。

在她睡著後，他經到有人輕輕打開前門，風雨吹了進來，門跟著關上。他聽到火爐前有細碎的腳步聲和低緩的呼吸。「湯姆。」他自言自語。閃電劈下，黑暗的天空裂成兩半。

第二天早上的太陽火熱。

拉法吉先生拉開通往起居室的門，快速地四處張望。火爐邊的毯子上沒有人。

拉法吉嘆口氣，說：「我老了。」

他準備去運河邊提桶清水來梳洗。走到門口，他差點撞到提了滿滿一桶水的年輕湯姆。「早安，爸爸！」

「早，湯姆。」老人退到一旁。光著腳的年輕男孩快步穿過起居室放下桶子，然後轉身微笑著說：「今天天氣眞好！」

「沒錯，眞的是。」老人不敢相信。男孩的舉止沒有一點古怪之處。他開始掬水洗臉。

老人往前靠。「湯姆，你是怎麼來的？你還活著？」

「我不該活著嗎？」男孩抬頭看。

「可是，湯姆，綠坪園區，每個星期日，那些花，還有……」拉法吉不得不坐下。男孩站到他面前，握著他的手。老人感覺得到男孩溫暖、穩定的手指頭。「你是眞的在這裡，這不是夢？」

「你不也是**眞心**想要我在這裡，對不對？」男孩似乎有些擔心。

「是的，沒錯，湯姆！」

「那你爲什麼要問這些問題？就接受吧！」

「可是你母親；這刺激……」

「別擔心她。到了晚上，我會唱歌給你們兩人聽，聽到我唱歌，你們會逐漸接受我，尤其是她。我知道會有怎樣的刺激。等她來了，你就會看到了。」他笑著搖動一頭紅色的鬈髮，雙眼又藍又清澈。

「早安，拉法吉，湯姆。」母親從臥室裡走出來，頭髮已經梳成了髮髻。「今天天氣是不是很好？」

湯姆轉頭對著父親露出笑容。「你看吧？」

三人在屋後的陰影下一起用了可口的午餐。拉法吉太太找出一瓶她特別收藏的陳年向日葵酒，讓大家一起喝。拉法吉先生從沒看過妻子的臉色如此明亮。假如她內心對湯姆還有所懷疑，她也沒說出來。這一切對她似乎再尋常不過，而對拉法吉本人來說，這也成了很自然的生活日常。

拉法吉太太收走碗盤時，拉法吉靠向兒子，偷偷問：「兒子，你今年幾歲？」

「你不知道嗎，爸爸？當然是十四歲。」

「老實說，你**到底是**誰？你不可能是湯姆，但你一定是**某個人**。是誰？」

「別。」男孩驚嚇地用雙手遮住臉孔。

「你可以告訴我。」老人說：「我可以了解的。你是火星人，對不對？關於火星人我只聽過故事，沒有什麼確定的。我聽說火星人的數量非常少，當他們出現在我們面前，會以地球人的面貌現身。你這個樣子多少有點像——你是湯姆但又不是。」

「你爲什麼不能接受我就好，不要再說那麼多？」男孩哭著說。這時，他的雙手完全遮住臉。「別懷疑，請別懷疑我！」他轉身從桌邊跑開。

「湯姆，回來！」

但男孩沿著運河，跑向遙遠的小鎮。

「湯姆要去哪裡？」安娜帶著更多菜過來。她看著丈夫的臉。「你是不是說了什麼讓他不開心的話？」

「安娜，」他握起她的手，說：「安娜，妳記得任何有關綠坪園區、市場和湯姆得了肺炎的事嗎？」

「你在說什麼呀？」她笑了出來。

「算了。」他輕聲說。

遠處，湯姆沿著運河跑揚起的灰塵漸漸落定。

＋

下午五點，隨著太陽落下，湯姆也回來了。他充滿疑惑地看著他父親，「你還要問我什麼嗎？」他想知道。

「我不問了。」拉法吉說。

男孩笑了，露出一口白牙。「太棒了。」

「你下午到哪裡去了？」

「小鎮附近。我差點回不來，我差點——」男孩思索恰當的字眼。「——被困住。」

「『被困住』是什麼意思？」

「我路過運河邊一座鐵皮屋，差點再也沒辦法回來看你們。我不知道怎麼跟你解釋，沒辦法，我說不出來，連**我自己**都搞不懂；反正很奇怪，我不想談這件事。」

「那我們就不談。最好去梳洗一下，孩子。要吃晚飯了。」

男孩跑開了。

約莫十分鐘後，一艘船順著平靜的運河往下而來，一個滿頭黑髮的高瘦男人悠哉地用雙手撐篙推船。「晚安，拉法吉兄弟。」他停下動作。

「晚安，索爾。今天怎麼樣啊？」

「今晚發生好多事。你知道住在運河邊那座鐵皮屋的諾姆藍嗎？」

拉法吉渾身僵硬。「知道，怎麼了？」

「你知道他是個混蛋吧？」

「聽說他離開地球是因爲他殺了人。」

索爾靠在濕濕的船篙上，看著拉法吉說：「你記得他殺的人叫什麼名字嗎？」

「吉林斯吧，是不是？」

「沒錯。吉林斯。嗯，大概兩小時前，諾姆藍先生跑到鎮上，哭著說他在火星上看到了吉林斯，活生生的，而且就在今天下午！他想要獄卒把他鎖進監獄，但獄方不肯。所以諾姆藍只好回家。然後二十分鐘前，我聽說他一槍轟爛自己的腦袋。我剛才從那裡過來。」

「哇！」拉法吉說。

「眞是太讓人驚訝了，」索爾說：「晚安了，拉法吉。」

「晚安。」

船順著平靜的運河漂走。

「晚餐好了。」老婦人喊道。

拉法吉先生坐在晚餐前，手拿著刀，看向湯姆。「湯姆，」他說：「你今天下午做了什麼？」

「沒有。」湯姆滿嘴食物。「爲什麼問？」

「我只是想知道。」老人把餐巾塞進領口。

晚上七點時，老婦人想進城。「好幾個月沒去了。」她說。但湯姆不想去。「我怕進城，」他說：「那裡太多人。我不想去。」

「都長大了還說這種話。」安娜說：「這理由我不接受。你得一起來，**我**說了算。」

「安娜，如果孩子不想去……」老人開口說。

但這沒得爭。她催他們去搭運河小船，三人在星空下漂蕩在運河上，湯姆閉起雙眼躺著，看不出是不是睡著了。老人凝視著湯姆，心裡著實納悶。這是誰，他想，他和我們一樣需要愛嗎？他是誰？或者該問他是什麼？怎會因著寂寞跑來外星人營地，還以我們記憶中的音容與我們一同生活，最終還想被接納，想得到快樂？他來自哪片山？哪座洞穴？是地球人搭火箭來時，這世上僅存的哪個少數人種？老人搖搖頭。他不可能知道。事實上，不管怎麼看，這就是湯姆。

老人看著前方的小鎮，他不喜歡那地方。接著，他的心思又回到湯姆和安娜身上，他自顧自想著：也許他們不該讓湯姆留下，因爲除了麻煩和哀痛，他們沒有別的收穫。但我們要怎麼放棄心裡最想要的事物？不管他是不是只停留一天，甚至會在離開後讓空虛更空虛，黑夜更黑暗，雨夜更濕冷？但是現在把他從我們身邊帶走，無異是要從我們嘴裡搶走食物。

他看著男孩平靜地躺在船底沉睡。男孩在低聲抱怨。「那些人，」他喃喃說著夢話：「變來變去的。困境。」

「好了，沒事了，孩子。」拉法吉撫摸孩子柔軟的頭髮，夢話停了下來。

+

拉法吉幫忙妻子和兒子從船裡登到岸上。

「我們到了！」安娜微笑看著燈光、聽著酒吧傳出來的音樂，有鋼琴演奏、有留聲機播放的樂曲，看著手挽手的人大步通過擁擠街道。

「我眞希望自己能在家裡。」湯姆說。

「你以前從來不會講這種話，」母親說：「你以前最喜歡在星期六晚上進城。」

「別離我太遠，」湯姆低聲說：「我不想被困住。」

安娜聽到了。「不要說這種話，快來吧！」

拉法吉注意到男孩拉起他的手。拉法吉握了握孩子的手。「我就在你身邊，湯姆。」他看著往來人群，自己也有點擔心起來。「我們不會停留太久。」

「胡說，我們要在這裡度過傍晚時間。」安娜說。

過馬路時，三個醉醺醺的男人撞到他們。這一陣混亂，讓他們分散、打轉，接著拉法吉震驚地站在原地。

湯姆不見了。

「他在哪裡？」安娜煩躁地說：「他老是一有機會就自己亂跑。湯姆！」她大喊。

拉法吉先生著急地穿過人群，但看不見湯姆。

「他會回來的；我們要走的時候，他會在船邊等我們。」安娜確定地說。她拉著丈夫走向電影院。這時，人潮突然一陣騷動，一對男女從拉法吉身邊衝過去。他認出這兩個人。是喬．斯伯丁和他的妻子。但在說上話之前，他們就走開了。

拉法吉一邊焦急地回頭張望，一邊買好了電影院票，讓妻子把自己拉進毫不吸引人的黑暗當中。

晚上十一點，湯姆仍然沒到登船口。拉法吉太太臉色蒼白。

「沒事的，孩子的媽。」拉法吉說：「別擔心，我會找到他。妳在這裡等。」

「趕快回來。」她的聲音被河水的漣漪蓋過。

他雙手插在口袋裡，穿越陰暗的街道。在他四周，燈一盞盞熄滅。少數人還靠在窗邊，因為這夜算是暖和，即便星空中零星可見暴風雨的雲朵。他邊走邊想到男孩不停提到「被困住」，提到他害怕人群和城市。這沒道理，老人疲憊地想。也許男孩就這麼永遠離開了，也許他從來不曾出現。拉法吉轉個彎走進一條特定的巷弄，看著門牌號碼。

「你好啊，拉法吉。」

有個男人站在自家門口抽著雪茄。

「嗨，麥克。」

「和老婆吵架了嗎？決定離家出走？」

「沒有，只是走走而已。」

「你看起來好像掉了什麼東西。說到遺失物，」麥克說：「有人今晚找到人了。你認識喬・斯伯丁吧？還記得他女兒拉薇妮雅嗎？」

「記得。」拉法吉感覺到一陣涼意。這像個重複的夢境。他知道自己接下來會聽到什麼。

「拉薇妮雅今晚回家了。」麥克抽著雪茄說：「你記得她大概一個月前在枯海海底走失嗎？他們找到疑似她的屍體，而且屍體嚴重毀損，此後斯伯丁家就一直處在低潮。喬到處說他女兒沒死，那不是她的屍體。我猜他沒錯，因爲拉薇妮雅今天出現了。」

「在哪裡出現的？」拉法吉感覺到自己的呼吸和心跳都開始加速。

「在大街上。斯伯丁夫婦正要買一場演出的票。拉薇妮雅突然出現在人群中。那場面一定不得了。拉薇妮雅一開始沒認出他們。他們跟著她穿過半條街才開口和她說話。那時她才終於想起來。」

「你有沒有看到她？」

「沒有，但是我聽到她唱歌。記得她從前常唱〈羅夢湖的美麗河畔〉嗎？稍早，我去他們家時聽到她唱給她爸爸聽。她歌唱得眞好，眞是個漂亮的女孩。我本來覺得她死了好可惜，現在她回來就好。嘿，怎麼了，你看起來不太舒服。你最好進來喝點威士忌……」

「謝謝，不必了，麥克。」老人邁步走開。他聽到麥克向他道晚安，但他沒有回應，就只是看著一幢兩層樓建築的高高水晶屋頂上，一叢叢深紅色的火星花朵隨風搖擺。這房子的後花園上方有一座圍著鑄鐵欄杆的陽台，上頭的窗口還亮著。時間很晚了，但他仍然在想，如果我沒帶湯姆回去，安娜會怎麼樣？這第二次的打擊，第二次死亡會對她帶來什麼影響？她會想起第一次死亡和這個夢，以及湯姆的突然消失嗎？喔，天哪，我非得找到湯姆不可，否則安娜要怎辦？可憐的安娜還在登船口等著。他停下腳步抬起頭。上方的某處，有聲音溫柔地向另一個聲音道晚安，門開了又關，燈光暗去，輕柔的歌聲繼續。一會兒過後，一個不超過十八歲的美麗女孩出來陽台上。

拉法吉在吹拂的風中喊著。

女孩轉頭往下看。「是誰？」她喊著。

「是我。」老人說，接著意識到這個回答又傻又怪，於是安靜下來，只剩嘴唇在動。他該喊「湯姆，兒子啊，我是你爸爸」嗎？他該怎麼和她說話？她一定會覺得他瘋了，還會跑去找她父母過來。

女孩在跳動的光線下彎腰。「我認識你。」她柔聲回答。「請離開吧，你沒辦法做什麼了。」

月光下的人影退回陰影中，所以他看不見人，只聽得到聲音。「我不再是你的兒子了。」聲音說：「我們不該進城的。」

「安娜在登船口等我們！」

「對不起。」那聲音靜靜地說：「可是我能怎麼辦？我在這裡很快樂，有人愛我，甚至和你們一樣愛我。我就是我，我接受可以拿取的一切。現在太晚了，他們困住我了。」

「可是這對安娜會是多大的打擊。你想想看。」

「這個房子裡的思念太強烈，我好像被困住、被囚禁了。我沒法把自己變回去。」

「你是湯姆，你本來是，對嗎？你不是在和我這個老頭開玩笑，你並不是真的拉薇妮雅．斯伯丁？」

「我誰都不是，我只是我自己。無論我在哪裡我都是某個人，而現在我是你幫不了的人。」

「你在城裡不安全。你最好住在沒有人能傷害你的運河邊。」老人懇求道。

「你說得沒錯。」那聲音猶豫了。「但是我現在必須考慮到這些人。如果我又離開，而且是永遠離開，明天早上他們會怎麼想？況且那個母親知道我是誰；她猜出來了，和你一樣。我覺得他們都猜到了，但是沒有質疑。沒人會質疑天意的。倘若你無法眞的擁有，那能在夢裡擁有也一樣好。也許我不是他們死而復生的女兒，但對他們而言，我是幾乎更好的替代品，一個依他們心意打造的理想女兒。我的選擇，是傷害他們，或傷害你的妻子。」

「他們一家有五口人。他們比較能承受失去妳的痛苦。」

「拜託你，」那聲音說：「我累了。」

老人的聲音強硬起來。「你必須跟我走。我不能讓安娜再次受到傷害。你是我們的兒子，你是我兒子，你屬於我們。」

「不，拜託你！」那身影發起抖。

「你不屬於這房子或這些人！」

「不，別這樣對我！」

「湯姆，湯姆，兒子，聽我說。回來吧，順著藤蔓爬下來，孩子。來吧，安娜在等著。我們會給你一個溫暖的家，給你你想要的一切。」他堅定地往上看，希望心想事成。

影子滑動，藤蔓窸窣作響。

最後，有個聲音輕輕說：「好吧，爸爸。」

「湯姆！」

月光下，有個男孩的影子順著藤蔓爬下來。拉法吉用雙手抱住他。

樓上的房間突然亮起來。有個聲音隔著鑄鐵窗問道：「下面是誰？」

「快，孩子！」

更多燈光亮起。「不准動，我有槍！拉薇妮雅，妳還好嗎？」樓上傳來奔跑的腳步聲。

老人和男孩一起跑著穿越花園。

一聲槍響。當這對父子拉開鐵門時，子彈打到牆上。

「湯姆，你往那邊跑；我往這頭好誤導他們！跑到運河邊，我十分鐘後和你在那裡碰面，孩子！」

兩人分兩頭跑開。

月亮躲在雲朵後方，老人在黑暗中奔跑。

「安娜，我在這裡！」

老婦人幫著顫抖的老人登上船。「湯姆呢？」

「他馬上到。」拉法吉邊喘邊說。

他們轉身看著巷弄和沉睡的小鎮。晚歸的人仍然在外面，當中有警察，有守夜人，有火箭駕駛，幾個結束夜晚約會回家的孤單男人，還有四個從酒吧裡走出來的男女。某處傳來隱約的樂聲。

「他爲什麼不來？」老婦人問。

「他會，他會來的。」但拉法吉不能確定。說不定在午夜的街上，在黑暗的房子之間，男孩在來到登船口的路上不知如何、不知在何處又被抓到了。即使對一個年輕男孩來說，這段路也很長。但他應該比拉法吉早到才對。

與此同時，遠處，有個人影沿著月光照亮的大街往前跑。

拉法吉大喊出聲，但隨即住口，因爲遠處也傳來人聲和奔跑的腳步聲。窗子一扇接著一扇亮起。人影跑著穿過通往登船口的露天廣場，那不是湯姆；只是一個奔跑的人形，而他的臉孔在廣場的街燈下看來像是閃閃發光的銀塊。人影越跑越近，隨著距離縮短，那張臉變得更熟悉了，當他來到登船口，終於成了湯姆！安娜舉起雙臂，拉法吉連忙衝過來。但爲時已晚。

這時，從大街上、從安靜的廣場後面來了一個男人，又一個男人，然後是一個女的，另外是兩個男人和斯伯丁先生，他們沿路奔跑。這些人停下腳步，一臉困惑。他們四處張望，想往回走，因爲這一切很可能是個夢魘，太荒唐了。但他們又繼續走，帶著遲疑，走走停停，四處查看。

時間太晚了。這夜晚，這整件事，都將結束。拉法吉的指頭扭擰著纜索。他又冷又孤單。月光下，這些人舉起腳又放下，張大了眼快速追趕，直到一行人共十個都來到登船口。他們瘋狂地審視小船，接著喊道：

「別動，拉法吉！」斯伯丁手上有槍。

到如今，發生什麼事大家都很清楚。湯姆獨自快跑穿過月光下的街道和人群。一個警察看到跑得飛快的人影，轉過身瞪著來者的臉，喊出一個名字便追了上去。「你，不准跑！」他看到的是罪犯的臉。然後沿路不斷發生類似的狀況，這裡的男人，那裡的女人，守夜人，火箭駕駛。不斷變幻的面容對每個人而言，都有其特定身分，都是某個人，都有名字。這些人在過去五分鐘內究竟說出了多少個名字？到底有多少張臉在湯姆身上變換，卻又沒一個是正確的？

一路上盡是被追趕的對象和緊追在後的人，是夢和做夢的人，是獵物和獵犬。一路上，有突如其來的身分揭露了，有熟悉的眼神閃動著，呼喚出古老、逝去的名字，有對過往時光的回憶，這群人數量越來越多。每個人都往前撲，彷彿面前有一萬面鏡子照映出一萬雙眼睛；奔跑的夢來了又去，對前面後面的人、還沒遇見的人和沒看到的人來說，全是不同的面孔。

而現在，所有的人都來到這裡，來到船邊，想索討自己的夢，就像我們希望他是湯姆，而不是拉薇妮雅、威廉、羅傑或其他任何人，拉法吉心想。可是如今一切都完了。事情已經過頭了。

「上來，全都給我上來！」斯伯丁命令他們。

湯姆從船上走下來，斯伯丁抓住他的手腕。「你和我回家。我**已經知道**了。」

「等等，」警察說：「他是我的犯人，叫做迪克斯特，是我們正在追捕的謀殺犯。」

「不！」有個女人啜泣：「他是我丈夫！我再怎麼樣也認得自己的丈夫！」

其他人出聲抗議，人群一股腦往前擠。

拉法吉太太擋在湯姆前面。「這是我兒子。你們無權指控他任何事。我們現在就要回家！」

至於湯姆，他正劇烈地顫抖，看起來非常不舒服。越來越多人擠向他，伸出他們瘋狂的手，又是抓，又是索討。

湯姆忍不住放聲尖叫。

他在大家的眼前不停變幻。他是湯姆，是詹姆斯，是個叫做史區曼的人，又是巴特菲爾德；他是市長，是少女茱笛，是丈夫威廉，也是妻子克拉芮絲。在人們的意識作用下，他像蠟一樣轉換各種形狀。他們叫喊著，推擠著，懇求著。他尖叫著放開雙手，臉孔隨著每個要求不停變換。「湯姆！」拉法吉喊道。「愛麗絲！」另一個人喊道。「威廉！」他們抓住他的手腕，拉著他轉身，直到他發出最後一聲恐懼的嘶喊後倒下。

他躺在石塊上，宛如正在冷卻的蠟。他的臉是所有的臉；一眼藍一眼金；頭髮夾雜著棕、紅、黃、黑；一邊眉毛粗另一邊細；一手大一手小。

他們高高在上站著俯看，伸手掩住嘴，然後彎下腰。

「他死了。」最後，終於有人開口。

下雨了。

雨水打在大夥兒身上，他們仰頭看向天空。

起先慢慢的，接著越來越快，大家轉身走著走著便跑了起來，從現場四散而去。才過了一分鐘，這裡只剩下荒涼，登船口就剩下拉法吉夫婦。他們手牽手低頭看，徹底嚇壞了。

雨水落在那張面朝上，無法辨識的面孔上。

安娜什麼也沒說，但她開始哭。

「回家了，安娜，我們也沒什麼能做的。」老人說。

他們下船，在黑暗中沿著運河走回家。他們進入家中，起了爐火暖暖手。這對夫婦又冷又單薄，他們來到床上躺在一起，聽雨聲再次落到他們上方的屋頂。

「聽！」午夜時分，拉法吉說：「妳有沒有聽到什麼聲音？」

「沒有，什麼都沒有。」

「我還是去看看好了。」

他摸索著穿過陰暗的房間，在大門前等了好久才打開門。

他把門拉得大開，然後往外看。

雨水從暗黑的天空落向空蕩蕩的前院，流進運河，流在藍色山丘間。

他等了五分鐘，然後輕輕地，他用被雨水打濕的雙手關上門，拉上門栓。

二〇三六年十一月

皮箱店

那是非常遙遠的事，當皮箱店老闆在夜間廣播聽到這新聞——是一路從地球透過音感光束傳來的消息。他覺得這事眞是離自己太遙遠了。

地球馬上要發生戰爭。

他走到外頭看向天空。

沒錯，就在那裡。地球，在傍晚的天際，隨著太陽落到山丘間。廣播裡講的就是那顆綠色星球。

「我不相信。」老闆說。

「那是因爲你人不在那裡。」佩雷葛林牧師說道。他過來共度傍晚時光。

「這話什麼意思，牧師？」

「那就像我小時候，」牧師說：「聽到亞洲那裡發生戰爭，可是我們都不相信。

那裡太遠了。而且死了太多人，怎麼有可能嘛。儘管我們看到影片，但是仍然沒辦法相信。嗯，現在也是這樣。地球就是亞洲，遠到我們沒辦法相信。那不是這裡。你看不到，甚至聽不到。你能看到的只有綠色的光點。那個小光點上頭活著二十幾億人？簡直難以置信！至於戰爭？我們又沒有聽到爆炸聲。」

「馬上就會了。」老闆說。「我一直在想這星期要到火星來的那些人。怎麼著，下個月大概會有一萬人左右來吧。萬一戰爭打起來，**他們**要怎麼辦？」

「我猜他們會回頭。地球需要他們。」

「嗯。」老闆說：「那我最好把我那些皮箱的灰塵撣一撣。我有種預感，隨時會出現大搶購。」

「如果講了這麼多年的戰爭真的爆發，你覺得目前在火星的人會回地球去嗎？」

「這事說來有趣，牧師，可是沒錯，我覺得我們**全都會**回去。我知道，我們來這裡是爲了躲避某些事，例如政治、原子彈、戰爭、壓力團體、偏見、法律等等，我知道是這樣。但地球仍是我們的家。你看著吧。等第一顆原子彈落在美國時，這裡的人會開始思考。他們來這裡的時間還不夠久。才幾年而已。如果他們來這裡有四十年，心態會不一樣，但是他們在地球上有親戚，他們的家鄉在那。而我，我是再也不相信地球了，我對地球也沒太多想像了。但是我太老了，不算數。我可能會留在這裡。」

「我很懷疑。」

「也對，我猜你說得沒錯。」

他們站在門廊上看星星。最後佩雷葛林牧師從口袋裡掏出一些錢遞給老闆。「說到這裡，你最好給我一個新皮箱。我那個舊的快爛了……」

二〇三六年十一月

淡季

山姆．帕克希爾用掃把掃掉火星的藍沙。

「我們辦到了，」他說：「沒錯，長官，看看那裡！」他指著。「看看那塊招牌。『山姆的熱狗攤』！漂亮吧，愛瑪？」

「當然，山姆。」他的妻子說。

「天哪，我改變好大。要是第四支探險隊的同事能看到我現在這樣子就好了。在其他人繼續他們的軍旅生涯時，我好高興能有自己的生意。我們會賺到好幾萬塊，愛瑪，好幾萬。」

他的妻子凝視他，沒有說話。「魏爾德艦長最後怎麼了？」她終於問：「就是那個艦長啊，他做掉那個打算殺害所有其他地球人的男人。對了，那男人叫什麼名字？」

「史班德，那個瘋子，眞是他媽的有夠怪。喔，魏爾德艦長啊？我聽說他搭火箭去木星了。他們把他踢到那上頭去。我猜他對火星也有點瘋狂。妳知道的，就是很敏感。如果幸運，他再過二十年就能從木星和冥王星回來。那就是他亂講話的後果。當他在那邊冷個半死的時候，妳看看我，看看這地方！」

這裡是個十字路口，兩條死寂的高速公路來此交會，然後通往黑暗。山姆．帕克希爾在這裡搭起鋁製結構的小攤子，以白燈照明，裡頭點唱機播放的音樂震耳欲聾。

他彎腰調整插在小徑上的一塊破玻璃。是他打破山上某個火星人建築物弄來的玻璃。「兩個世界都說棒的熱狗攤！在火星開熱狗攤的第一人！上選洋蔥、辣醬和芥末！妳不能說我不夠機警。這裡可是兩條主幹道，在過去就是荒城和礦物堆積場。地球一〇一屯墾站的卡車一天二十四小時都會經過這裡！我很懂得找位置，是不？」

他的妻子看著自己的指甲。

「你覺得那一萬艘新型態工作火箭眞的會到火星來？」她最後開口了。

「一個月內就會抵達。」他大聲說：「妳的表情爲什麼那麼奇怪？」

「我不信任那些地球人。」她說：「我要親眼看到一萬艘火箭載著十萬個墨西哥人和中國人才相信。」

「都是顧客。」這兩個字講完後，他停了一下。「十萬個飢餓的人。」

「如果，」他的妻子慢慢地看著天上說：「這裡沒發生核戰的話。我不信任那些原子彈。地球上現在太多顆了，多到你根本不知道會出什麼事。」

「啊。」山姆回了一聲，繼續打掃。

山姆的眼角餘光瞥見一個藍色光點。他身後有個東西飄在半空中。他聽到妻子說：「山姆。你有朋友來找你。」

山姆轉過身，看到像是飄浮在風中的面具。

「你回來了！」山姆舉起掃把，像是將掃把當武器。

面具點點頭。這個從藍色玻璃切割下來的面具戴在細瘦的脖子上，底下接著經風一吹就飄飄動的輕薄黃色絲袍，兩隻銀網包覆的手從絲袍下伸出。面具的嘴部有道窄縫會發出音樂般的聲響，好似袍子、面具和雙手會隨著樂音高低升降。

「帕克希爾先生，我回來找你談談。」面具後面的聲音說。

「我以為我告訴過你了，我不要你靠近這地方！」山姆吼道：「走開，我會把**病**帶給你。」

「我已經**染病**了。」聲音說。「我是少數倖存者，之前已經病了很久。」

「快走，去躲在山裡，你屬於那裡，也一直都待在山裡。你為什麼要下山煩我？為什麼突然現在才來，而且還一天來兩次。」

「我們沒有惡意。」

「但是我有！」山姆往後退。「我不喜歡陌生人，不喜歡火星人。我以前從沒看過火星人。這不正常。你們這些人躲了這麼多年，幹麼突然找上我。別來煩我了。」

「我們是為了重大原因而來。」藍面具說。

「如果與這片土地有關，呃，這片地是我的。熱狗攤是我親手打造的。」

「就某個層面來說，**確實是**和土地有關。」

「聽好了。」山姆說：「我來自紐約市。我來的地方有上千萬個和我一樣的人。你們火星人只剩下幾十人，沒城鎮可住，只能在山裡晃蕩，沒領袖，沒法律，然後你現在跑來告訴我，說要談談和這塊土地有關的問題。嗯，前人要讓位給後人。這是協商折衷的法則。我身上有槍。你今早離開後，我就拿出來裝上子彈。」

「我們火星人懂得傳心術。」冰冷的藍色面具說：「我們和你們在枯海另一側的城市有聯絡。你有沒有聽收音機？」

「我的收音機壞了。」

「那麼你不知道那個和地球有關的大消息——」

一隻銀色的手比劃著，上頭冒出一根銅管。

「看看這東西。」

「一把槍。」山姆．帕克威爾大喊。

一個眨眼，山姆掏出後臀槍套裡的手槍，朝一團霧、底下的袍子、上頭的藍色面具開槍。

面具撐了一下。接著，一如拔了樁的馬戲團小帳棚軟綿綿癱下，黃絲袍沙沙作響，面具跌落，銀色手爪吭噹一聲摔到石頭小徑上，面具最後躺在一小堆白骨和布料上。

山姆站著喘氣。

他的妻子搖搖晃晃走向堆成一團的布料。

「那不是武器。」她彎腰說。她拿起銅管。「他要給你看一個訊息。上面寫的都是扭曲的文字，藍色的文字。我看不懂，你呢？」

「不懂，火星圖形文字，沒意義。快放下那東西！」山姆倉促地環顧四周。「可能還有其他人！我們不能讓他留在這裡，去拿鏟子！」

「你要做什麼？」

「當然是埋了他！」

「你剛才不該殺他。」

「那是個錯誤。動作快！」

她靜靜地幫他把鏟子拿過來。

八點鐘，他故作姿態地跑去清掃熱狗攤的門口。他的妻子環抱雙臂站在明亮的門口。

「出了這種事我很抱歉。」他說。他看著她，接著挪開視線。「妳知道這純粹是命運的安排。」

「對。」他的妻子說。

「看他拿出武器那樣，實在有夠討厭。」

「什麼武器？」

「呃，我以爲那是武器！對不起！我很抱歉！要說多少次才行啊！」

「噓。」愛瑪伸出一根指頭放在嘴唇上。「噓。」

「我不在乎。」他說：「我有整個地球屯墾站當靠山！」他哼了一聲，說：「這些火星人才不敢——」

「看！」愛瑪說。

他朝枯海海底看過去，手上的掃把掉了下來。他撿起掃把，闔不攏的嘴裡有一絲口水像自由落體似的垂在空中，他突然開始發起抖。

「愛瑪，愛瑪，愛瑪！」他說。

「他們來了。」愛瑪說。

十來艘揚著藍色風帆的火星沙船像藍色幽魂般穿過乾枯的海床飄過來。

「沙船！沙船早就沒了啊，愛瑪，沒有沙船了啊。」

「但那些看起來就是沙船。」她說。

「可是主管單位已經沒收了所有的沙船！不是拆解，就是送到拍賣場賣掉！我是這一帶唯一一個擁有而且知道怎麼使用沙船的人。」

「不再是了。」她朝枯海點個頭。

「走，我們趕快離開這裡！」

「為什麼？」她慢悠悠地問，著迷地看著火星沙船。

「他們會殺了我！上小貨車去，快！」

愛瑪沒動。

他不得不拉著她往熱狗攤後面走。後頭停著兩輛交通工具，有他的小貨車——到一個月前他仍然持續使用著，另一輛是他帶著滿臉微笑從拍賣會上競標回來的火星沙船，過去三星期之間，他都是用沙船在平滑的枯海海底來回載運補給品。這時，他看到小貨車才想起來。引擎已被他拆起來放在地上，過去兩天，他一直在慢慢整修引擎。

「小貨車看來是不能動了。」愛瑪說。

「沙船，上去！」

「然後讓你開沙船載我？喔，我才不要。」

「上去！我可以的！」

他先把妻子推上去，自己隨後也跳了上去。他放開舵柄，讓鈷藍色帆面迎向晚風。

天上星光燦爛，藍色的火星沙船掠過嘶嘶作響的沙地。一開始，山姆的船不肯動，接著他才想到要拉起錨。

「成了！」

夜風將沙船帶向枯海海底，越過下方埋藏多年的水晶，通過豎立的柱子，路過大理石和黃銅打造的廢棄碼頭，經過白棋般的荒城和紫色山麓，快速滑向遠方。火星沙船隊逐漸後退，山姆的沙船拉開了距離。

「天哪，總算給他們點顏色看看！」山姆喊道。「我要回報給火箭公司。他們會提供保護！我的速度夠快。」

「如果他們想，他們大可攔下你。」愛瑪疲憊地說：「他們只是懶得追。」

他笑了出來。「少胡說八道了，他們何必讓我走？他們只是不夠快而已。」

「是嗎？」愛瑪朝他後方點個頭。

山姆沒轉頭。他能感覺到風在吹動。他不敢轉頭，但察覺到身後的座位上有個東西，飄渺得像是冷天早晨的呼吸，幽幽藍藍好似暮色中燒胡桃木的煙霧，老得有如古舊白蕾絲，又像是雪花，或是冬日乾燥莎草邊緣的結霜。

後頭有個玻璃破碎的聲音，是笑聲。笑聲結束後是一片沉寂。他終於轉頭。

年輕女人靜靜坐在舵柄旁的長凳上。她的雙腕如冰柱般纖細，雙眼和月亮一樣又大又清澈，穩定且皎潔。風吹著她，她竟像水面清冷倒影一樣起了漣漪，細碎藍雨中，她瘦弱的身形襯托得絲袍更突出。

「回去。」她說。

「不要。」山姆發著抖，身體震動微顫，就像懸停半空的黃蜂，還未定是要恐懼或忿恨。「離開我的船！」

「這不是你的船。」他眼前的影像說：「這船和我們的世界一樣古老，在海水無聲消失、碼頭荒廢的一萬年前就在沙地上滑行，是你們來強行取走、偷走它。現在，把船掉過頭，回去十字路口。我們必須和你談談。有要事發生。」

「離開我的船！」山姆說。他從皮革槍套抽出手槍，發出沙沙摩擦聲。他小心地瞄準，說：「數到三就給我跳下去，否則——」

「不要！」女孩喊著：「我不會傷害你，其他人也不會。我們沒有惡意！」

「一。」山姆說。

「山姆！」愛瑪說。

「聽我說。」女孩說。

「二。」山姆堅定地說，壓下扳機。

「山姆！」愛瑪尖叫。

「三。」山姆說。

「我們只是——」女孩說。

扳機扣下。

在陽光下，雪花消融，水晶揮發成蒸汽，全都消失在眼前。槍火下，蒸汽一陣舞動後消失。火山核心中，脆弱的事物爆裂後消失。在熱氣和衝擊下，槍口下的女孩宛如柔軟的絲巾疊起，又似晶瑩小雕像消融，最後只剩下被風吹散的冰、雪花和煙霧。舵柄旁的長凳上空無一人。

山姆把槍收回皮套，沒有看向妻子。

「山姆。」沙船繼續前進了一分鐘後，愛瑪輕柔的聲音飄過月色覆蓋的沙海。「停船。」

他臉色蒼白地看著妻子。「不，妳不可以這樣。經過這些日子，妳不能甩了我。」

她看著他擱在槍上的手。「但我相信你會，」她說：「你眞的會。」

他猛搖頭，一手緊緊握住舵柄。「愛瑪，這太荒唐了。再過一分鐘，我們就到小鎮了，我們不會有事的！」

「對。」他的妻子說，坐回沙船冷冷的陰影下。

「愛瑪，聽我說。」

「沒什麼好聽的，山姆。」

「愛瑪！」

他們路過一個棋盤般的白色小城市。山姆在挫折與滿腔怒意下，打了六發子彈擊碎水晶高塔。城市立刻崩散，落了一地的老舊玻璃與石英碎片。像是刨削肥皀灑下來，粉粉碎碎，不復存在。他放聲大笑，又開火，而最後一座塔，也就是最後一顆白棋中彈，著火燃燒，成了朝上飛向星空的藍色碎片。

「我會讓他們好看！我會讓每個人都給我記住！」

「儘管做，讓我們看看你的本事，山姆。」她躺在陰影中。

「又到了另外一座城！」山姆重填子彈。「看我怎麼對付它！」

他們後方的藍色幽靈船以穩定的速度前進，越跟越近。他一開始沒看到他們，只注意到窸窣聲和風嘯聲，彷彿沙子磨著鋼鐵，那是沙船剃刀般的船頭劃過海床的聲響，那些沙船的藍色、紅色三角旗都撐了開來。在藍色光線下，船上的人成了深藍色影子，他們戴著面具，有銀色臉孔，眼如藍色星星，他們有雕刻出來的金耳朵，錫箔臉頰和鑲嵌紅寶石的嘴唇。他們環抱雙臂，追在山姆後面。他們是火星人。

一艘、兩艘、三艘。山姆數著。火星沙船靠上來了。

「愛瑪，愛瑪，我沒法擋住所有人！」

愛瑪沒說話，也沒從剛才躺下的位置坐起身子。

山姆開了八槍。一艘沙船隨之解體，風帆、綠寶石船身、黃銅船殼、月白色舵柄全都散了開來。船上戴面具的人全都重重跌到沙底，分散成橘色的小點，接著成了煙霧。

但其他船隻追了上來。

「我寡不敵眾，愛瑪！」他喊道：「他們會殺了我！」

他拋下船錨但徒勞無功，拍動的船帆往下掉，嘆氣一般折疊在一起。船停了，風停了，這段旅程也停了。火星靜止了，雄偉的火星沙船駛過來在他身邊打轉。

「地球人。」高高的某處有個聲音喊道。一個金面具隨著移動，這幾個字從鑲著紅寶石的雙唇間吐出來。

「我什麼也沒做！」山姆看著圍住他的臉孔——總共有一百張。火星上沒剩下多少火星人，全部加起來也就只有一百到一百五十人。而其中大部分現在都在這裡，在枯海上，在他們再次航行的沙船上，旁邊是他們的荒城，而其中一座才剛崩碎破裂，像是被石頭擊中的花瓶一般。這些合金面具閃閃發光。

「一切都是誤會。」他站到船外懇求這些火星人，他的妻子倒在他身後的船艙深處，像個死去的女人。「我到火星是為了老老實實做生意。我只有從墜毀的火箭上取了一些多餘的材料，親自動手改造，到那個十字路口搭了個前所未見的熱狗攤，那地方你們知道的。你們必須承認我蓋得很好。」山姆笑著四處看。「然後，那個火星人來了——我知道他是你們的朋友。他的死是個意外，我發誓。我只是想在火星上經營熱狗攤，當唯一、也是第一個，更是最重要的熱狗攤。你們懂嗎？我要在這裡端上最棒的熱狗，加上辣醬、洋蔥，還搭配柳橙汁。」

銀色的合金面具沒有動。他們在月光下灼灼逼人，黃色眼睛盯著山姆看。他覺得自己的胃開始收縮，直到縮成了一塊石頭。他把手槍丟到沙地上。

「我投降。」

「拿起你的槍。」這些火星人異口同聲地說。

「什麼？」

「你的槍。」一隻鑲嵌珠寶的手在藍船的船首揮了揮。「拿好。收起來。」

他無法置信地拿起手槍。

「現在，」同一個聲音說：「把你的船掉頭，回你的熱狗攤去。」

「現在？」

「現在。」聲音說：「我們不會傷害你。你還沒聽我們解釋就先跑了。來吧。」

這時候，火星人的大船像薊草般敏捷地掉頭，風帆在空中發出輕擊聲，轉動的面具閃爍著光影。

「愛瑪！」山姆跌跌撞撞地爬上船。「醒醒，愛瑪，我們要回去了。」他很興奮，因爲鬆了一口氣而差點說不出話來。「他們不會傷害我，不會殺我，愛瑪。起來，甜心，起來。」

「什麼——什麼？」愛瑪眨著眼睛，慢慢地四處張望，這時風再次吹動船帆，她彷彿在夢中似的回到座位上，像一袋石頭癱下，什麼話都不再說。

船隻在沙地上滑動。不到半小時，他們就回到了十字路口，停船後，他們全都走下船。

火星人的指揮官站在山姆和愛瑪面前，他的拋光面具是黃銅鍾製，雙眼的孔洞下是深邃無底的藍黑色，嘴部開口吐出的字句飄進風裡。

「準備好你的熱狗攤。」這聲音說。他戴著鑽石手套的手揮了揮。「準備肉、食物和你們奇怪的酒，因爲今晚是個重要夜晚！」

「你是說，」山姆說：「你會讓我留在這裡？」

「沒錯。」

「你不生我的氣？」

面具看起來既嚴厲、刻板、冷漠又毫無神采。

「準備好你的小攤子。」這聲音柔和地說：「這個拿去。」

「這是什麼？」

山姆對著火星人遞給他的銀箔卷軸眨眼，卷軸上的象形文字像是舞動的蛇。

「這是從銀山到藍山，從枯海到遠處月光石和綠寶石山谷的土地贈與書。」指揮官說。

「我——我的？」山姆無法置信地問。

「你的。」

「十萬英里土地？」

「你的。」

「妳聽到了嗎，愛瑪？」

愛瑪閉著眼睛坐在地上，後背抵著鋁製熱狗攤。

「可是爲什麼，爲——爲什麼要給我這一切？」山姆問道，努力想看清金屬面具內的雙眼。

「不只如此。來。」對方拿出另外六個卷軸。上面的名字和土地寫得很清楚。

「什麼，這是半個火星！我擁有半個火星！」山姆拿著卷軸搖晃，瘋了似的大笑。「愛瑪，妳聽見了嗎？」

「我聽見了。」愛瑪看著天空說。

她彷彿在尋找什麼東西。她現在稍微清醒一點了。

「謝謝，噢，謝謝你。」山姆對黃銅面具說。

「就在今晚了。」面具說：「你得準備好。」

「我會的。那是什麼——是個驚喜？火箭是不是比我們想的還要早到，提早了一個月從地球過來？所有一萬艘火箭載著墾荒者、礦工、工人和他們的妻子，總共十萬人？這是不是棒透了，愛瑪？看吧，我就說吧。我告訴過妳的，那裡的小鎮不會永遠只有一千個居民。先是會過來五萬人，下一個月再來十萬人，到了年底這裡就會有五百萬地球人了。而我是唯一位在採礦必經公路上的熱狗攤！」

面具飄到半空中。「我們要走了。準備好。這塊地是你的了。」

月光搖曳中，古老沙船轉朝變幻的沙地而去，宛如某種古老花朵的花瓣，像藍色羽毛，像是巨大且安靜的鈷藍色蝴蝶；船上的面具反射著晶瑩光輝，直到最後一抹光線，最後一抹藍色消失在山巒間。

「愛瑪，他們爲什麼要這樣做？他們爲什麼沒殺我？難道他們什麼都不知道？他們是哪裡有問題？愛瑪，妳懂嗎？」他搖晃她的肩膀。「我擁有半個火星！」

她看向夜空等待著。

「來囉，」他說：「我們必須把這個地方整理好。把熱狗煮熟、麵包烤熱，煮好辣醬、洋蔥剝皮切碎、調味料擺好、餐巾紙放上架子，讓整個地方乾乾淨淨的！嘿吼！」他瘋狂地舞動，踢踩腳跟。「喔天哪，我好高興；沒錯，我很快樂。」他荒腔走板地唱著：「今天是我的幸運日！」

他燒水煮熱狗，剖開麵包，近乎瘋狂地切洋蔥。

「想想看，火星人說是個驚喜。那就只可能是一件事，愛瑪。那十萬人比預期的提早到，而且就在今晚！我們的店裡會有滿滿的人潮！有那麼多觀光客到處逛，我們會有好幾天要超時工作，愛瑪。想想我們會賺多少錢！」

他走出去看向天空，但什麼也沒看到。

「也許再過一分鐘。」他說，滿懷感激地吸著冰涼的空氣，舉起雙手搥打胸膛。

「啊！」

愛瑪沒說話。她靜靜地削馬鈴薯皮準備炸薯條，雙眼仍然盯著天空。

「山姆，」半小時後，她說：「在那裡，看！」

他望過去，也看到了。

地球。

圓滾滾的綠色地球像切割精緻的寶石在山巒間升起。

「美好的老地球，」他深情地低語：「美好又奇妙的地球。把你又渴又餓的人民送過來找我吧。呃——那首詩是怎麼講的？把你的飢民送過來，古老的地球。我是山姆·帕克威爾，我家的熱狗和辣醬都煮好囉，店面整齊又乾淨。來吧，地球，把火箭送上來找我！」

他走到店外回頭看。他的熱狗攤好比枯海海底的一顆新鮮雞蛋，是這方圓幾百里的孤涼荒地中，唯一的光線和溫度來源。他的店，像是在一個巨大、黑暗軀體內跳動的心臟。他眼眶微濕地看著，驕傲到幾乎想哭。

「這確實會讓人謙卑，」他站在熱狗、熱麵包和香濃的奶油味之中，說：「來啊，」他邀請天空中的繁星。「誰要當第一個顧客？」

「山姆。」愛瑪說。

黑色天空的地球改變了。

地球著火了。

地球的一部分裂成百萬片，像是炸開的巨大拼圖。邪惡的火光燒了一分鐘，地球隨著火焰變大三倍，之後再次縮小。

「那是什麼？」山姆望向天空中的綠色火焰。

「地球。」愛瑪說。她的雙手緊握在一起。

「那不可能是地球，不是地球！不，不是地球！不可能。」

「你是說那不該是地球，」愛瑪看著他說：「那就不能是地球。不，不可以是地球。你是這個意思嗎？」

「不是地球——喔，不，**不可能是**。」他哭嚎著。

他站在原地不動，雙手下垂張著嘴，雙眼睜大但目光呆滯。

「山姆。」她喊他的名字。這麼多天來，她的眼睛終於亮了起來。「山姆？」

他仰望天際。

「嗯。」她說。她靜靜四處張望了約莫一分鐘，接著俐落地把濕毛巾披在手臂上。「點亮更多燈光，開音樂，打開門。再過大約一百萬年後會有另一批顧客上門。要準備好，長官。」

山姆一動也不動。

「這個熱狗攤選的地點還眞棒啊。」她說。她伸手拿起瓶子裡的牙籤，放在門牙之間。「和你分享一個小祕密，」她靠向丈夫身邊，低聲說：「看來淡季開始了。」

二〇〇五年十一月

觀看者

那晚，大家都到戶外看天空。他們撇下晚餐或待洗的碗盤，不顧是否該盛裝打扮，全都走到自家已然不怎麼新的門廊上看天空中的綠色地球。那是個下意識的舉動，他們這麼做是為了讓自己消化稍早在收音機裡聽到的新聞。那裡是地球，那裡的戰爭即將開打，那裡有成千上萬個母親、祖母、父親、手足或叔婆表親。他們站在門廊上，試圖相信地球的存在，就好像過去他們也是這麼看火星；只不過現在正好是反過來了。基本上，地球已經毀了，他們離開地球有三、四年的時間。太空是一種麻醉劑；七千萬英里的距離能讓人麻木，讓記憶沉睡，減少地球人口，抹滅掉過去，讓這裡的人可以繼續工作。但這個晚上，在這當下，死者又復活了，地球又有人居住了，記憶甦醒，有數百萬個名字被提起：那個誰誰誰今晚在地球上做什麼？另外那些誰誰誰呢？門廊上的人偷眼瞥看身邊人的臉。

九點鐘，地球像是炸了，起火，熊熊燃燒。

門廊上的人們舉起手，像是想拍熄火焰。

他們等待著。

到了午夜，大火終於熄滅。地球仍在原處。有聲嘆息傳來，好似一陣秋風，從門廊上吹來。

「我們好久沒有哈瑞的消息了。」

「他沒事的。」

「我們該給媽媽發個訊息。」

「她沒事的。」

「是嗎？」

「好了，別擔心。」

「你覺得她不會有事嗎？」

「當然，當然，好了，上床睡覺。」

然而沒有人動。遲了的晚餐帶到夜幕下的草地，擺在折疊桌上，興致索然地慢慢吃，直到半夜兩點，地球傳來光束訊息。他們讀著像遠處螢火蟲閃爍似的偉大摩爾斯密碼：

澳洲大陸核災，核子備品過早爆炸，

洛杉磯、倫敦遭轟炸。戰爭。回家。回家。回家。

桌邊的人們站起身來。

回家。回家。回家。

「你今年有沒有你弟弟泰德的消息？」

「你知道的，寫信回地球要五塊錢，所以我不常寫。」

回家。

「我一直在想，不知道珍現在怎麼樣？你記得珍吧，我的小妹？」

回家。

在清冷的凌晨三點，皮箱店老闆抬頭看。許多人來到街上。

「我們特意延長營業時間。想要什麼呢，先生？」

黎明時分，架上的皮箱全清空了。

二〇三六年十二月

寂靜的城鎮

火星枯海邊有個沉寂的白色小鎮。小鎮空蕩蕩的，沒有人住。店裡，孤獨的燈光一亮就是一整天，而且店門大大敞開，像是居民忘記用鑰匙鎖門便離開。一個月前由銀色火箭運過來的地球雜誌原封不動，擱在安靜的藥妝架子上，由於日照而泛黃的書頁在風中飄動。

這是個荒城。

住家冷冷的床鋪上沒有人。唯一出聲的是電線，和仍然嗡嗡運轉的發電機。遭人遺忘的浴缸裡，水滴得滿出來流到起居室、門廊，接著流到小花園去澆灌被忽略的花朵。陰暗的電影院裡，黏在座位底部的口香糖已變硬，上面還留著齒印。

小鎮的另一頭是火箭起落站。你還聞得到最後一艘火箭升空飛回地球時發出的焦味。如果你投下一角錢到望遠鏡裡，鏡頭對準地球，說不定能看到正在進行的戰爭。

也許，你可以親眼看到紐約爆炸，或許還看得到籠罩在另一種霧中的倫敦。那時，你大概能了解這個火星小鎮爲什麼會成了荒城。撤退的速度有多快呢？走進任何商店，敲下按鍵，收銀機抽屜會彈出來，裡頭只有銅板。地球那場大戰一定很慘烈……

有個又高又瘦的男人沿著小鎮無人的街道上往前走，專心踢著面前的空罐頭。他的雙眼閃爍，目光透著孤寂帶來的陰暗和平靜。他枯瘦的雙手放在口袋裡，把玩嶄新的銅板。他偶爾會笑一笑，扔個銅板到地上。他就這麼邊丟邊走，灑了滿地亮晶晶的銅板。

他名叫華特．葛利普，擁有一座沖積礦場和一幢遠在火星藍色山上的荒僻小屋。華特每兩週會進城一次，看是否能娶到一個安靜聰明的女人。多年來，他總是獨自一人失望地返回自己的小屋。但一星期前，他來到小鎮，沒想到就這麼找到了！

那天來得如此讓人驚訝。他衝進熟食店，拉開箱子，點了一份三層牛肉三明治。

「來了！」他在前臂搭個毛巾喊道。

他擺好牛肉和前一天烤出來的麵包，撢掉桌上的灰塵，讓自己坐下，吃到不得不站起來找冷飲櫃，然後他起身點了一杯蘇打飲料。藥妝店老闆——仍舊是華特．葛利普——客氣得令人驚訝，趕忙準備一杯氣泡蘇打送來給他！

他把所有能找到的錢都放到牛仔褲口袋裡，還用孩子玩的拖車裝滿十塊錢鈔票，然後全速衝刺穿過小鎮。來到市郊後，他突然發現自己的行爲傻得可恥。他不需要錢。於是他把裝著十塊錢鈔票的拖車推回他找到的地方，又從自己的皮夾裡拿出一塊錢美金付三明治的費用，連同兩毛五小費，一起放進熟食店的收銀機。

那天晚上，他享受了舒服的土耳其浴，吃了一份鋪滿蘑菇的軟嫩菲力牛排，搭配進口雪利酒和浸在酒裡的草莓。他穿上自己成套的全新法藍絨西服，配上一頂和他憔悴的腦袋完全不搭的深灰色軟氈帽。他把錢投入點唱機，播放〈我那些老友〉。他在整個小鎮的二十個點唱機裡都丟了銅板。孤單的街道和夜晚到處充斥著〈我那些老友〉哀傷的樂曲。瘦高的他獨自走著，穿著新鞋拖著軟軟的步伐，冰冷的雙手插在口袋裡。

他這樣過了一星期，還在火星大道上找了一間好房子住，早上九點就起床、沐浴，閒逛到鎮上找火腿和蛋吃。他每天早上都會冷凍大量肉品、蔬菜和檸檬派，這些食物夠他吃上十年，直等到火箭從地球返回火星——前提是，還得眞的要有火箭回來。

現在，到了夜晚，他在鎮上到處溜達，欣賞多采多姿櫥窗裡粉嫩又漂亮的女人塑像。這是他首度發現這個小鎮有多麼荒涼。他爲自己倒了杯啤酒，慢慢啜飲。

「噢，」他說：「我還眞是**孤孤單單**。」

他走進菁英戲院爲自己放一部影片，以分散注意力，不要去想自己的與世隔絕。戲院裡好比墓穴，連個人影也沒有，只有灰暗的鬼魂爬上大型銀幕。他開始發抖，於是匆匆離開那個活像是鬧鬼的地方。

他決定回家，大步走在小巷中間，幾乎跑了起來，這時，他聽到電話聲。

他仔細聆聽。

「某人家裡有電話在響。」

他快步繼續走。

「應該要有人接電話。」他心裡想。

他坐在路邊，閒閒地剔著卡在鞋底的石子。

「該有個人……」他叫著跳起來。「那個人就是我！老天爺，我有什麼毛病！」

他跳起來四處轉。哪幢房子？在那裡！

他跑著穿過草坪爬上門階，衝進屋裡陰暗的走廊。

他一把拿起話筒。

「哈囉！」他大喊。

嘟——

「哈囉，哈囉啊！」

對方掛斷了。

「哈囉！」他喊著掛斷電話。「你這個笨蛋！」他罵自己：「坐在路邊的蠢才！喔，你這個該死又可憐的傻瓜！」他緊抓著電話。「拜託，再響一次！拜託！」

他從來沒想到可能還有其他人留在火星上。他整整一星期沒看到任何人，所以猜想其他城鎮也和這裡一樣沒半個人。

現在，他瞪著這個可怕的黑色小電話，一邊瑟瑟發抖。火星的所有城鎮都以連鎖撥接系統連接。在這三十個城鎮中，這通電話是從哪打來的呢？

他不知道。

他繼續等待，漫步走到奇特的廚房，找了些冷凍黑漿果哀怨地吃著。

「電話那端沒有人，」他喃喃自語：「說不定是哪裡的電線桿倒了，電話就自己亂響起來。」

但難道他沒聽到有一聲「嗒」？這豈不表示遠方有人掛掉電話？

他整夜都站在走廊上。「不是因爲電話，」他告訴自己：「我只是閒著沒事做。」

他聽著腕錶走動的聲響。

「她不會回電。」他說：「她**永遠**不會再撥一個沒有人回應的號碼。就**在這時候**，她可能正在撥打鎮上另一幢房子的電話！結果我坐在——等等！」他失笑。「我爲什麼一直說『她』？」

他眨眨眼。「很可能是『他』，不是嗎？」

他的心跳緩和下來，覺得又冷又空虛。

他非常希望來電的是個「她」。

他離開房子，站在微亮的清晨街道中間。

他側耳傾聽。沒有聲音，沒有鳥叫，沒有車聲。他只聽到自己的心跳和呼吸，接著還是他的心跳和呼吸。他的臉孔繃到發痛。風輕輕吹，啊，輕柔地拍打著他的外套。

「噓，」他低語：「聽。」

他慢慢轉圈，從一幢安靜的房子看到另外一幢。

她會撥打其他號碼，他想。對方一定是個女人。爲什麼？因爲只有女人才會打了又打。男人不會。男人很獨立。我有打電話給任何人嗎？沒有！我連想都沒想過。一定是個女人。**非得是**不可，天哪！

聽。

遠處，在星空下，有個電話響了。

他拔腿狂奔；停下來聽，鈴聲很微弱。他繼續跑了幾步。清楚一點了。他飛快地跑過巷子。更響了！他路過六幢房子，然後再過六幢。非常響！他選了一幢房子，但是門鎖上了。

裡面的電話在響。

「去你的！」他拉扯門把。

電話在尖叫。

他抬起門廊上的椅子，砸破門廊窗戶然後跳進去。

他還來不及摸到電話，鈴聲就停了。

他大步穿過房子，砸破玻璃，撕碎床單，還踢了廚房的爐子一腳。

最後他筋疲力盡，決定拿起列出火星上每個電話號碼的薄薄電話簿。裡頭總共有五萬個名字。

他從第一個號碼開始打。

阿梅莉雅·阿姆斯。他撥打枯海一百英里外，位在新芝加哥的號碼。

沒人接。

第二個號碼在新紐約，藍山另一頭五千英里外的新紐約。

沒人接。

他打了第三、第四、第五、第六、第七、第八個號碼，抽筋的手指幾乎握不住話筒。

電話那頭有個女聲回答：「哈囉？」

華特喊著回應：「妳好，喔天哪，妳好！」

「這是答錄機。」女人的聲音說道：「海倫·阿拉蘇米安小姐不在家。你願意留言等她回家後回電嗎？哈囉，這是電話錄音。海倫·阿拉蘇米安小姐不在家。你願意留言——」

他掛掉電話。

他嘴角扭曲，坐了下來。

但他想了想，還是重撥一次這個號碼。

「當海倫．阿拉蘇米安小姐回家後，」他說：「叫她下地獄去。」

⊹

他打電話到火星匯口、新波士頓、阿卡迪亞、羅斯福市的交換站，理論上，發話者從這些地方撥電話過來很合理；接著，他聯絡地區市政廳和每個市鎮的公家機關。他還打電話到頂級旅館，假想對方是個放任自己享受奢華生活的女人。

他突然停下來，用力拍手放聲大笑。當然了！他查閱電話簿，撥打長途電話到新德州市最大的美容沙龍。如果哪個女人找地方想殺時間，想在臉上敷泥土面膜、坐在吹風機下，她一定會找個如絲絨般柔美、鑲金包銀的美容沙龍！

電話鈴響。電話另一端有人拿起話筒。

有個女人的聲音說：「哈囉？」

「如果這是電話錄音，」華特．葛利普宣告：「我會過去轟掉那個地方。」

「這不是電話錄音。」女人的聲音說。「你好呀！喔，眞的還有人活著！你在哪裡？」她歡喜地驚呼。

華特差點崩潰。「妳！」他忽然起身，張大了雙眼，說：「老天爺，我運氣眞好，妳叫什麼名字？」

「珍妮薇．塞爾索！」她對著話筒低泣。「噢，聽到你的聲音眞好，不管你是誰都好！」

「我叫華特．葛利普！」

「華特，嗨，華特！」

「嗨，珍妮薇！」

「華特。這名字眞好。華特，華特！」

「謝謝。」

「華特，你在哪裡？」

她的聲音是如此熱忱、甜美又細緻。他將電話緊緊貼在耳邊，好讓她像是對著他說悅耳細語。他覺得自己的腳飄離了地面，雙頰也脹紅了。

「我在馬林村。」他說：「我——」

嘟。

「喂？」他說。

嘟。

他按按聽筒架。沒有反應。

某處，風吹倒了電線桿。和來時一樣快，珍妮薇．塞爾索離開了。

他再撥一次，但電話線斷了。

「反正我知道她在哪裡。」他跑出房子，將某個陌生人停在車庫裡的金龜車倒車出庫，把屋裡的食物放進後座，以時速八十英里開上高速公路，飆向新德州市。不就是一千英里，他想。珍妮薇．塞爾索，妳等著好了，妳馬上會有我的消息！

離開小鎮時，他在每個轉彎處都按一按喇叭。

日落時，經過一整天長途跋涉之後，他把車停到路邊，脫下過緊的鞋子躺在座位上，拉下軟氈帽蓋住眼睛。他的呼吸慢下，恢復規律。輕風拂過，星星在剛降下的夜幕中溫柔俯看他。有幾百萬年歷史的火星山丘圍在四周，璀璨星光閃耀在藍色山丘間，映照在不過棋盤大的火星小鎮裡的尖塔上。

他處於半夢半醒之間，喃喃喊著珍妮薇。「喔，珍妮薇，甜美的珍妮薇，」他輕輕哼唱，「歲月來了會走。但珍妮薇，甜美的珍妮薇……」他感覺到一股暖意。他聽到她甜美的聲音唱著，「你好，喔，你好，華特！這不是答錄機。你在哪裡，華特，你在哪裡？」

他嘆口氣，伸手碰觸月光裡的她。她深色的長髮在風中飄動，好美。她的嘴唇像紅色糖果，雙頰宛如剛剪下的濕潤玫瑰，身體如雲霧，清涼柔軟的聲音再次對他輕唱著古老又哀傷的曲調，「喔，珍妮薇，甜美的珍妮薇，歲月來了會走……」

他沉沉睡去。

華特在午夜時分抵達新德州市。

他把車子停在奢華美容沙龍前面，拉開嗓子大喊。

他期待她香噴噴地、燦笑著衝出來。

什麼都沒有。

「她睡了。」他走到門口。「我在這裡！」他喊道：「嗨，珍妮薇！」

新德州市躺在兩個月亮的光線下。某處，風正吹拍著帆布篷頂。

他拉開玻璃門，走了進去。

「嗨！」他不自在地笑。「別躲了！我知道妳在這裡！」

他搜遍所有包廂。

他在地上找到一條手帕。手帕的香味差點讓他暈了。「珍妮薇。」他說。

他開車穿過無人的街道，但什麼都沒看見。「如果這是惡作劇……」

他減速。「等等，我們通話時線路斷了。說不定她也開車衝到馬林村，而我卻開到這裡！她可能走枯海邊的舊路。我們在白天錯過了。她要怎麼知道我會來找她？我沒**說**我會來。而她可能在電話突然斷訊時太過害怕，所以急忙趕往馬林村找我！可是現在我卻人在這裡，天哪，**我**眞笨！」

他按下喇叭，飛快離開城市。

他整晚開車，心想，萬一我到時，她不在馬林村等我該怎麼辦？

他不願那麼想。她**非得**在那裡不可。而他會跑上前去抱住她，甚至親吻她，一下，就親在嘴上。

「珍妮薇，甜美的珍妮薇，」他吹著口哨踩下油門，以時速一百英里前進。

凌晨的馬林村很安靜。幾家店面仍然亮著黃色燈光，連響了上百個小時的點唱機終於因爲跳電停止，讓安靜更顯完整。陽光溫暖了街道，也溫暖了寒冷空曠的天際。

華特轉進主要幹道，車頭燈仍然亮著。他短促地按了兩聲喇叭，一處轉彎又按了六下，另一處也按六下。他的雙眼掃過商店的名字，臉色蒼白疲憊，雙手滑落已被汗濕的方向盤。

「珍妮薇！」他對著無人的街道喊著。

美容院的門拉了開來。

「珍妮薇！」他停下車。

他跑著過馬路時，珍妮薇．塞爾索站在美容沙龍敞開的門口。她抱著一盒奶油巧克力。十個緊抱盒子的圓嘟嘟指頭十分蒼白；走到光線下時，一張圓臉上的眼睛就像安在白麵糰裡的兩顆大雞蛋。她的雙腿和樹幹一樣粗壯，走起路來顯得笨拙。她的頭髮呈現出重複染整、深淺不一的棕色，嗯，有點像是鳥巢。她的唇薄到看不見，爲了彌補這點，就用口紅塗抹得紅紅油油的，而本來因著開心而張大的嘴，此刻卻因突然警覺似的閉上了。至於她的眉毛，則修成細細的天線狀。

華特停下腳步。他的笑容消失了，定定站著看她。

她手上的盒子掉到人行道上。

「妳是——珍妮薇．塞爾索？」他聽到耳鳴。
「你是華特．葛利夫？」她問道。
「葛利普。」
「葛利普。」她訂正自己的錯誤。
「妳好。」他拘謹地說。
「你好。」她和他握手。
她的指頭沾了巧克力，黏答答的。

⊹

「嗯。」華特．葛利普說。
「什麼？」珍妮薇．塞爾索問道。
「我只是說『嗯』。」華特說。
「喔。」
時間來到晚上九點。他們花了一整天時間野餐，至於晚餐，他準備了菲力牛排但她不喜歡，因爲牛排太生，於是他又烤又煎但最後卻熟過頭了。他笑著說：「我們去看場電影！」她說好，然後用沾了巧克力的指頭搭上他的手肘。不過她只想看八十年前克拉克．蓋博演的老片。「他是不是迷死人了？」她咯咯笑。「怎麼樣，他有沒有把你給迷死了？」電影結束了。「再放一次。」她指使他。「再一次？」他問道。「再一次。」她說。他回座位後，她舒服地依偎在他身邊，雙手摸遍他全身。「你和我想像的不太一樣，但你眞好。」她承認。「謝謝。」他呑了呑口水。「喔，那個克拉克．蓋博。」她說，掐他大腿一下。「唉呦。」他說。

看完電影後，他們到安靜的街上逛逛。她打破櫥窗，穿上放眼所見顏色最亮的洋裝，還把整瓶香水往頭髮上倒，這讓她看起來像隻牧羊犬。「妳幾歲？」他問道。「你猜。」她濕答答地帶他繼續逛。「呃，三十。」他說。「唉，」她僵硬地宣布：「我才二十七而已！」

「又一間糖果店！」她說：「老實說，自從一切爆炸後，我就靠巧克力糖過日子。我從來沒喜歡過我的家人，他們全是笨蛋。兩個月前他們回地球了。我應該要搭上最後一艘火箭的，但我留下來，你知道爲什麼嗎？」

「爲什麼？」

「因爲大家都愛挑剔我。所以我留在一個我能把香水往身上倒，能喝一萬杯麥芽酒，吃一堆糖，都不會有人指著我說『哇，熱量太高了吧』的地方。所以我才會在這裡。」

「所以妳才會在這裡。」華特閉上雙眼。

「時間晚了。」她看著他說。

「沒錯。」

「我累了。」她說。

「眞有趣，我倒清醒得很。」

「喔。」她說。

「我今晚想熬夜，」他說：「這樣好嗎，麥克家有很好的唱片。走，我放給妳聽。」

「我累了。」她對著他抬起淘氣、明亮的眼睛。

「我很清醒。」他說：「好奇怪。」

「我們回美容沙龍去，」她說：「我想讓你看一個東西。」

她帶他穿過玻璃門，走到一個白色大盒子旁邊。「我從新德州市開車過來時，」她說：「隨身帶了這東西。」她解開粉紅色蝴蝶結。「我當時想，我來了，我是火星上唯一的女士，他是唯一的男士，所以，呃嗯……」她掀開盒蓋，翻開一層層沙沙作響的粉紅色內襯紙，拍了一下，說：「來。」

華特．葛利普盯著看。

「那是什麼？」他邊發抖邊問。

「傻瓜，你不知道嗎？上頭全是蕾絲，顏色是純白，而且非常精緻。」

「不，我不知道這是什麼。」

「這是新娘婚紗呀，傻瓜！」

「是嗎？」他破音了。

他閉上眼。她的聲音依舊柔美甜蜜，和電話中一樣。但當他睜開眼睛看著她……

他往後退。「眞好。」他說。

「可不是嗎？」

「珍妮薇。」他瞥向門口。

「什麼事？」

「珍妮薇，我有話告訴妳。」

「什麼？」她朝他靠過去，蒼白的圓臉傳來濃郁的香氣。

「我要告訴妳的是……」他說。

「是什麼？」

「再見！」

她還來不及尖叫，他已經出門躲進車裡。

他把車子掉頭時，她跑出來站在停車格前。

「華特．葛利夫，你給我回來！」她揮動雙臂嘶吼。

「是葛利普。」他糾正她。

「葛利普！」她喊道。

車子疾駛過安靜的街道，留下跺腳尖叫的珍妮薇。車子排出的廢氣吹動了她那雙胖手揉皺的白色禮服。星光剔透，車子消失在沙漠後方，直駛進黑暗中。

他不眠不休開了三天三夜，每當他以爲有車跟上來時，就會不由自主地打顫，然後取道另一條高速公路穿過孤寂的火星世界，經過荒城。他連續開了一星期又一天，直到自己和馬林村相距一萬英里才停下。他把車停到一處名叫霍特維爾泉的小鎮，這地方有幾間讓他可以在夜裡點上燈的小店，還有可供他坐下來點餐的餐廳。從此以後，他在此定居，有著兩大袋足以吃上一百年的冷凍食物、可撐過一萬天的雪茄庫存，以及鋪著柔軟床墊的好床。

漫長的歲月裡，電話鈴偶爾會響起——但他不曾接聽。

二〇五七年四月
漫長的歲月

每當風拂過天空，他和他的小家庭便會坐在石砌小屋裡生火暖手。風會吹動運河裡的河水，甚至像是要吹掉高掛天際的星星，但海瑟威先生仍然愉快地坐著和妻子談話，他的妻子會回應，接著他會和兩個女兒和獨子談起過去在地球上的日子，孩子們則會給予恰當的回應。

時間是大戰後的第二十年。火星變成一個墓穴般的星球。至於地球是否仍維持原貌，對海瑟威一家而言，則是長夜裡另一個靜靜討論的話題。

這晚，火星常見的沙塵暴來襲，掃過火星上的墓園和古老小鎮，摧毀較新城鎮的塑膠牆，美國人打造的荒野城市逐漸埋入沙塵中。

風勢漸歇後，海瑟威走到戶外，四下晴朗無雲，地球在刮著風的空中閃爍綠光。他高舉手，像個抬起手調整暗室天花板上黯淡燈泡的人。他看向乾枯已久的枯海海底。這星球上沒其他生物了，他想。只有我，和**他們**。他回頭看向石砌小屋。

地球現在怎麼樣？透過三十吋望遠鏡，他沒看到地球外貌有明顯變化的跡象。嗯，他想，如果我小心點，可以再活另一個二十年。說不定有人會來，穿過枯海，或是從太空搭火箭，拖著一道紅色火焰而來。

他回頭朝小屋喊：「我去走走。」

「好。」他的妻子說。

他靜靜穿過一些廢墟。「紐約製，」經過一片金屬牌時，他讀出上頭的字。「這些從地球來的東西，都會比古老的火星城鎮更快消失。」他望著座落在藍色山丘間那些超過五千年的小鎮。

他來到一處獨立的火星墓園，孤獨的風吹過這個山丘，輕撫一排六角形石碑。

他低頭看地上的四座墳墓。墳上插著簡單的木製十字架，上頭刻有名字。他的眼眶乾乾的，因淚水在許久之前早已流乾。

「你們會原諒我做的事嗎？」他問這些十字架。「我非常孤單。你們懂的，對吧？」

他回到石砌小屋，進屋前再次拿手遮著眼睛，察看黑暗的天空。

「你這麼一直等一直看，」他說：「說不定，哪一天晚上——」

空中有團小小的紅色火焰。

他遠離小屋，避開屋內光線。

「——你又再看一次。」他低語。

小小的紅色火焰仍停在原處。

「昨天晚上還沒有這東西。」他喃喃自語。

他腳步蹣跚，還跌了一跤，隨後站起來跑到小屋後面轉動望遠鏡，直指天際。

他凝視許久，一分鐘後，他來到小屋低矮的門口。他的妻子、兩個女兒和獨子齊齊轉頭看他。最後，他才終於有辦法把話說出口。

「我有好消息要宣布。」他說：「我觀察了天空。有艘火箭要來帶我們回家，明天一大早就會到。」

他垂下雙手，把頭埋進手中，開始輕輕哭泣。

那天凌晨三點，他燒掉新紐約市殘餘的一切。

他拿著火炬走進塑膠城市，用火焰輕觸周遭牆壁，整座城市轟一聲成了又熱又亮的火把，照明範圍足足有一平方英里，在太空中也看得見。這可以指引火箭來到海瑟威先生和他家人的身邊。

他的心跳快到發痛，便回到小屋裡。「看到了嗎？」他舉起滿是灰塵的酒瓶，對著光。「這酒是我特別爲今晚留下來的。我就知道，某天，會有某個人來找我們！我們來舉杯慶祝！」

他倒出五杯滿滿的酒。

「好久好久了。」他嚴肅地看著自己的酒。「還記得戰爭爆發的那天嗎？二十年又七個月了。地球徵召所有在火星的火箭回去。妳、我帶著孩子們上山去考古，研究火星人古老的外科手法。我們策馬狂奔，幾乎要害死牠們，記得嗎？但我們還是晚了一個星期才回到城裡。所有人都走了。美國也被摧毀了；所有火箭都走了，沒留一艘下來等那些跟不上的人，還記得嗎，記得嗎？結果我們成了唯一被留下來的家庭？天哪，天哪，多少年過去了。沒有妳，沒有你們所有人，我不可能撐過來。要是沒有你們，我絕對會自殺。但有你們在，一切等待都值得。敬我們。」他舉起杯子。「敬我們的漫長等待。」他喝下杯裡的酒。

他的妻子、兩個女兒和獨子舉起杯子輕觸嘴唇。

酒沿著他們四人的嘴角淌到下巴。

到了早上，整座城市化成大片大片柔軟黑色灰燼飛掠過枯海海底。火停了，但這場火已經達成目的，天空上的紅點逐漸變大。

石砌小屋裡飄出烤薑汁麵包的濃郁焦香味。海瑟威進屋時，他的妻子站在桌邊，把熱鍋裡的新鮮麵包放到桌上，兩個女兒用硬毛掃帚輕掃石頭地板，兒子在旁擦拭銀具。

「我們要爲他們準備一頓豐盛的早餐。」海瑟威笑著說：「穿上你們最好的衣服！」

他快步穿過自己的土地，走到大大的金屬儲藏棚。棚裡放著這幾年來，他用細瘦緊張的手指高效修復的冷凍櫃和發電機組，同一雙手也曾在空閒時修理好時鐘、電話和盤帶錄音機。棚子裡堆滿他組裝的東西，有些機械裝置實在古怪，功能是個謎，就連他自己現在去看，也講不出個道理。

他從冷凍箱裡拿出冰凍二十年，連紙盒都已經結霜的豆子和草莓。就跟死裡復活的拉撒路一樣，都活過來吧，他邊想著，邊拿出冷凍雞肉。

火箭降落時，空氣裡瀰漫著熟食的味道。

海瑟威像個孩子似的跑下山丘。途中因爲胸痛稍停一下，坐在石頭上等緩過氣來才繼續跑。

他站在火箭引發的熱氣中。艙門打開，一個男人走出來。

海瑟威用手遮光，看了半天終於喊道：「魏爾德艦長！」

「你是誰？」魏爾德艦長跳下火箭，站著看眼前的老人。他伸出手。「老天，是海瑟威！」

「沒錯。」他們凝視彼此的臉孔。

「我第四支探險隊的老隊員海瑟威。」

「好久以前的事了，艦長。」

「太久了。看到你眞好。」

「我老了。」海瑟威簡短地說。

「我自己也不年輕了。這二十年來，我去過木星、土星和海王星。」

「我聽說他們把你往上踢，免得你插手火星的殖民政策。」老人四處看了看。

「你離開好久，都不知道這裡發生過什麼事——」

魏爾德說：「我猜得到。我們兩次繞回火星，只發現另一個叫做華特．葛利普的男人，他當時的位置離這裡大約一萬英里。我們提議帶他一起走，但他拒絕了。上次我看到他時，他在高速公路中間擺了張搖椅，坐在上面抽菸斗，還向我們揮手。火星上幾乎完全沒有生命，連火星人都沒活下來。地球怎麼樣？」

「你知道的跟我差不多。我偶爾會收到地球的廣播，但訊號非常微弱。而且說的是其他語言。很遺憾，我只懂拉丁文，但勉強聽得懂幾個字，我猜，地球大部分都變成廢墟了，但戰爭還在繼續。你要回去嗎，長官？」

「對。我們當然很好奇，因爲遠在外太空收不到訊號。無論如何，我們都想回去看看。」

「可以帶我們一起走嗎？」

艦長嚇了一跳。「當然，你太太，我記得她。二十五年了，對吧？當時他們開墾了第一個城鎮後，你辭職把她帶來這裡。還有你的孩子們——」

「一個兒子和兩個女兒。」

「沒錯，我記得。他們在這裡？」

「在上面的小屋裡。我們在山上準備了豐盛的早餐。你要一起來嗎？」

「那是我們的榮幸，海瑟威先生。」魏爾德艦長走到火箭邊，「快下船！」

＋

海瑟威、魏爾德艦長領著二十個隊員，在大清早稀薄冰冷的空氣中喘著氣走上山丘。太陽升起，這天會是好天氣。

「你記得史班德嗎，艦長？」

「我從來沒忘記他。」

「大概一年前，我經過他的墳墓。看來他終於如願以償了。他不希望我們來這裡，我猜，他會很高興看到所有人都離開火星了。」

「另外那個——叫什麼名字來著？——帕克希爾，山姆．帕克希爾呢？」

「他開了一家熱狗攤。」

「聽起來**像是**他會做的事。」

「然後，過了一星期他就回地球參戰了。」海瑟威抬起手撫摸胸口，突然坐在大石頭上。「對不起，過了這麼多年再看到你們，我太激動，必須休息一下。」他感覺到自己的心臟用力跳動。他數著心跳速率，情況非常不好。

「我們有隨行醫師，」魏爾德說：「抱歉，海瑟威，我知道你是醫師，但我們最好請醫師再檢查一下——」他們叫來隨行醫師。

「沒事的。」海瑟威堅持。「這等待和興奮……」他幾乎喘不過氣，嘴唇發紫。

「你知道，」他說話時，隨行醫師拿著聽診器貼上他胸口。「就好像我活著這些年就是為了這一天，你們終於要來帶我回地球，我太開心滿足了，簡直可以立刻躺下，撒手什麼都不管了。」

「來。」醫師遞給他一顆黃色藥丸。「我們最好先讓你休息一下。」

「胡說。我坐一下就好。看到你們真好，再聽到新的聲音真好。」

「藥丸有用嗎？」

「很好。我們走吧！」

他們爬上山丘。

「愛麗絲，看看誰來了！」

海瑟威皺著眉頭，彎腰走進小屋裡。「愛麗絲，妳沒聽到嗎？」

他的妻子出現了。沒多久，兩個高䠷優雅的女兒走出來，後面跟著個頭更高的兒子。

「愛麗絲，妳記得魏爾德艦長嗎？」

她猶豫地看著海瑟威，似乎在等待指示，接著她面帶微笑說：「當然，魏爾德艦長。」

「我記得，我們在我飛往木星的前一晚還共進晚餐，海瑟威太太。」

她熱情地握住他的手。「這是我女兒瑪格莉特和蘇珊，我兒子約翰。你們當然記得艦長吧？」

他們和艦長握手聊天。

魏爾德艦長聞聞味道。「是薑汁麵包？」

「來一點嗎？」

大家動起來。他們搬出折疊桌，熱食往外送，桌面鋪著上好的錦緞桌巾，擺上盤子和銀器。魏爾德艦長站著，先看向海瑟威太太，接著看著她的兒子和兩個悄聲移動的高䠷女兒。艦長趁他們經過時，仔細端詳他們的臉；趁他們動作時、盯著他們年輕有力的手，以及在各種表情下，依然平滑、毫無皺紋的臉。他坐在海瑟威兒子拉過來的椅子上。「你幾歲，約翰？」

海瑟威的兒子回答：「二十三。」

魏爾德笨拙地撞了一下銀器，臉也刷一下驟然變白。他身邊的部屬低聲說：「魏爾德船長，這不對勁。」

海瑟威的兒子拿了更多椅子過來。

「怎麼了，威廉森？」

「我今年四十三，艦長。二十年前，我和年輕的約翰．海瑟威是同學。他說自己現在才二十三歲；**看起來**也確實像只有二十三歲。但這是錯的。他至少也四十二了。這代表什麼，長官？」

「我不知道。」

「你好像不太舒服，長官。」

「我是覺得不舒服。還有那兩個女孩也是。二十年前左右我看過她們，她們一點都沒變，連皺紋都沒有。你可以幫我個忙嗎？我想請你跑一趟，威廉森。我會告訴你去哪裡查什麼。等一下開始吃早餐後，你偷偷溜走。這大概會花你十分鐘吧。那地方離這裡不遠。我們降落時，我在火箭上看到的。」

「喂！你們在聊什麼這麼嚴肅？」海瑟威太太用杓子將湯舀進他們的碗裡。「笑一下，我們全在一起，旅程結束了，這裡就像你們的家。」

「對呀。」魏爾德艦長笑著說：「妳看來眞是又健康又年輕，海瑟威太太！」

「這樣才像個男士說的話！」

他看著她輕巧地移開，臉色紅潤如蘋果，皮膚光滑又沒有皺紋，煥發著光采。她聽到笑話便發出銀鈴般的笑聲，攪拌沙拉的動作俐落敏捷，完全不用停下來喘氣。那個瘦高的兒子和曲線窈窕的女兒就跟他們父親一樣聰明機智，描述起這些年來的經歷和祕密生活，作父親的是邊聽邊驕傲地點頭贊許。

威廉森溜下山去。

「**他**去哪裡？」海瑟威說。

「去檢查火箭，」魏爾德說：「但正如我剛才說的，海瑟威，木星上什麼都沒有，至少對人類而言是如此。土星和冥王星也一樣。」魏爾德下意識地隨口亂聊，沒注意自己到底說了什麼，只想著威廉森跑下山之後，再上山來會帶回什麼消息。

「謝謝。」瑪格莉特．海瑟威幫他添水。一個衝動他忍不住碰觸她的手臂。她沒在意。她的皮膚溫暖又柔軟。

坐在桌子對面的海瑟威好幾次停下來，用指頭碰了碰胸口，顯得很痛苦的樣子，隨後又繼續聽大家低語，或者時而高談闊論。他時不時瞥眼看，很在意魏爾德的反應，但這位艦長似乎不怎麼喜歡咀嚼薑汁麵包。

威廉森回來了。他坐下來，食之無味地挑撿盤裡的早餐，直到艦長在他耳邊低聲問：「怎麼樣？」

「我找到了，長官。」

「然後呢？」

威廉森臉色蒼白，雙眼仍然注視著談笑的同伴。海瑟威的兩個女兒莊重地微笑，兒子正在講笑話。威廉森說：「我走到墓園裡。」

「四個十字架在裡面？」

「四個十字架在裡面，長官，上面的名字還在。爲了確定起見，我全抄了下來。」他讀著白紙上的名字。「愛麗絲、瑪格莉特、蘇珊和約翰·海瑟威。於二〇三八年七月死於不知名病毒。」

「謝謝你，威廉森。」魏爾德閉上雙眼。

「十九年前，長官。」威廉森雙手顫抖。

「沒錯。」

「那眼前這些人是誰?!」

「我不知道。」

「你打算怎麼辦?」

「我也不知道。」

「要告訴弟兄們嗎?」

「晚點再說。先吃你的早餐,就當什麼事也沒有。」

「我現在不太餓了,長官。」

早餐以從火箭上帶來的兩瓶酒收尾。海瑟威站起來。「我要敬大家,能再次和朋友們相聚眞是太好了。我還要敬我的妻子和孩子,沒有他們我不可能獨活。多虧他們的貼心照顧我才能活了下來,才能等得到你們來。」他朝家人敬酒,他們害羞地撇開頭,甚至在大家喝酒時還一直低垂著眼。

海瑟威乾了自己的酒,他一聲沒吭跌向桌子,隨後滑倒在地。幾個男人扶他躺下,醫師彎腰量他脈搏。魏爾德碰碰醫師肩膀。醫師往上看,搖了搖頭。魏爾德跪下來握住老人的手。「魏爾德?」海瑟威的聲音細不可聞。「我毀了這頓早餐。」

「胡說。」

「幫我向愛麗絲和孩子們道再會。」

「等一下，我請他們過來。」

「不，不，不要！」海瑟威喘著說：「他們不會懂的。我不想讓他們懂！不要！」

魏爾德沒動。

海瑟威嚥下最後一口氣。

魏爾德等了許久。接著他站起來，從一眾圍在海瑟威身邊、震驚不已的隊員身邊走開。他走向愛麗絲．海瑟威，看著她的臉，說：「妳知道剛剛發生了什麼事嗎？」

「跟我丈夫有關？」

「他剛過世，心臟問題。」魏爾德看著她說。

「我很遺憾。」她說。

「妳有什麼感覺？」他問道。

「他不想讓我們難過。他說過，有朝一日一定會發生這種事，他不想要我們哭。你知道，他沒教我們怎麼哭。他不想要我們知道這些。他說過，對一個人來說，最悲慘的境遇是，知道何謂孤獨、何謂哀傷，以及哭泣。所以我們不該知道什麼是哭泣和哀傷。」

魏爾德看著她的雙手，看著柔細溫暖的雙手、修剪整齊的指甲和手腕。她看著她纖細柔滑的脖子和聰慧的雙眼。最後，他說：「海瑟威把妳和你們的孩子教得很好。」

「他會希望聽到你這麼說。他以我們為傲。一陣子後，他甚至忘了他創造了我們。到最後，他把我們當眞正的妻子和孩子看待。而就某個層面而言，我們也**眞的是**。」

「你們給他帶來莫大的安慰。」

「是的，這些年來，我們坐在一起聊天。他好喜歡聊天。他喜歡石砌小屋，也喜歡生火。我們大可去住城裡那些普通的房子，但是他喜歡待在上面，在這裡，他可以隨自己喜歡過簡單或現代的生活。他提過他的實驗室和他在裡面做的研究。他在整個美國荒城下面連接了擴音機，只要按一個鈕，城市就會發出聲音，像是有一萬人還住在裡面一樣，有飛機聲、有車聲，還有人們說話聲。他會坐下來點根雪茄和我們說話，城市的聲音遠遠傳來，偶爾還夾雜電話鈴響，甚至有預錄好的聲音來詢問海瑟威先生有關科學和外科手術的問題，他也會一一回答。有電話鈴聲，有我們在這裡，還有城市的聲音以及他的雪茄，海瑟威先生相當快樂。只有一件事他沒法讓我們做到。」她說：「就是變老。他一天天變老，但我們沒有改變。我猜他不介意。我猜，他就是想要我們這個樣子。」

「我們會把他埋在墓園裡，和其他四個十字架放在一起。他應該會希望我們這麼做。」

她輕輕把手放在他的手腕上。「我相信他是的。」

艦長傳下命令。海瑟威一家人跟著小小的隊伍下山。兩個人抬著躺在擔架上，用布蓋住的海瑟威。他們經過石砌小屋，以及許多年前海瑟威開始在那兒工作的儲藏棚。魏爾德在工作站的門口停下腳步。

那會是什麼樣的感覺，他揣摩著。和妻小住在一個星球，然後看著他們死去，獨留你一個，只有風和孤寂爲伴。你會怎麼做？把他們葬在墓園，放上十字架，然後回到工作室，用意志力、記憶、精準的指頭和天分，一點一點地拼湊回妻子、兒子和女兒。有下方一整個美國城市可以提供所需的材料，一個優秀的人什麼都做得出來。

他們踩在沙地上的腳步聲悶悶的。一行人到達墓園時，已有兩個先遣人員在挖土。

他們在黃昏前回到火箭。

威廉森朝石砌小屋點個頭。「你要拿**他們**怎麼辦？」

「不知道。」艦長說。

「你要關掉他們嗎？」

「關掉？」艦長看來有些驚訝。「我從來沒這麼想過。」

「你該不會要帶他們跟我們一起走吧？」

「不會。那沒有用。」

「你是說，你要把他們留在這裡，就這樣，像現在這樣！」

艦長遞了一把槍給威廉森。「如果你眞能做什麼，那你比我行。」

五分鐘後，威廉森從小屋回來。他滿身是汗。「喏，這是你的槍。我現在懂你的意思了。我帶著槍回到小屋。他的一個女兒對我微笑，其他人也是，那個妻子還請我喝茶。天哪，那會是謀殺！」

魏爾德點頭。「他們再精緻不過了。海瑟威打造他們，就是爲了讓他們永久維持下去，十年、五十年、兩百年，一直下去。是的，他們跟我們一樣有權利──跟你、我，或是和我們任何一個人都一樣有活下去的權利。」他敲一敲，清空菸斗。「嗯，上火箭去吧。我們要起飛了。這座城市完了，我們不會再來使用這個地方了。」

時間晚了，冷風逐漸增強。大夥兒全上了火箭，但艦長仍然猶豫。威廉森說：「別告訴我你打算去和他們──說再見？」

艦長冷冷看著威廉森。「不干你的事。」

魏爾德在漸暗的夜風中往上走向小屋，火箭上的隊員看到他的影子在石屋門口徘徊。他們看到一個女人的身影，還看到艦長和她握手。

沒多久，艦長跑著回到火箭。

後來的夜晚，當風吹過枯海海底，穿過六角石頭墓園，拂過四個舊的和一個新十字架時，低矮的石砌小屋裡會出現爐火的光線，而在屋裡，當外頭的大風呼嘯、狂沙捲起、眾星閃耀時，四個人影──一個女人，兩個女兒和一個兒子──會毫無理由地聚在火邊聊天說笑。

年復一年，夜復一夜，女人會不知所以然地走到戶外看天空，高舉雙手，久久地看著地球的綠色光芒。她不曉得自己爲什麼要看。接著，她會走回屋裡爲爐火添一根樹枝。風起了，枯海仍是枯海。

二〇五七年八月
微雨將至

客廳的語音報時唱著：**滴答，七點整，起床，起床啦，七點整！**好像怕沒人會起床似的。早晨的屋子裡空無一人。時鐘繼續響，在空洞的屋裡一再重複。**七點九分，早餐時間，七點九分！**

廚房的早餐爐嘶地嘆息一聲，從熱呼呼的爐裡彈出八片烤得剛剛好的土司，八顆太陽蛋、十六片培根、兩杯咖啡和兩杯冰涼的牛奶。

「今天是二〇五七年八月四日。」廚房天花板上上傳來第二個聲音。「地點是加州艾倫岱爾市。」為了讓人能記住，這個聲音把日期和地點重複了三次。「今天是費澤史東先生的生日。今天是堤立達的結婚紀念日。保險費可以去繳了，水電瓦斯費也是。」

牆上某處的繼電器喀答響了一聲，電眼下方的記憶帶開始滑動。

八點一分，滴答，八點一分，出發上課，上班，跑，快跑，八點一分！但是沒有關門聲，沒有橡膠鞋跟踩在地毯上的柔和腳步聲。外頭正在下雨。前門上的氣象盒靜靜唱著：「雨呀雨呀，快走開！雨衣雨鞋，今天穿！……」雨水打在空蕩蕩的房子上，發出回音。

房子外頭，車庫門叮鈴響，門拉了開來，露出等在裡頭的車子。等了許久之後，門又關了起來。

到了八點三十分，煎蛋乾掉，土司硬得像石頭。鋁製小鏟將這些東西掃進洗碗槽，讓熱水渦流把食物沖進金屬喉管，一番分解之後送往遠處的海洋。髒碗盤再放進熱水洗碗機裡，烘乾後才亮晶晶地送出來。

九點十五分，時鐘唱道，**打掃時間到囉**。

機器小老鼠從牆上的巢穴衝出來。房間裡到處都有負責清理的小動物——全是橡膠和金屬材質。它們拍拍椅子，轉動鬍鬚，捏擠地毯絨毛，輕輕吸走看不見的灰塵。接著，宛如行跡神祕的入侵者，它們迅速回到藏身處，粉紅色的眼睛熄滅。房子一乾二淨。

十點鐘。太陽在雨幕後探出頭來。這房子獨自矗立在一城的廢墟瓦礫之間。它是唯一還完好的房子。到了夜晚，毀壞的城市會釋放出好幾英里外都看得到的放射性光芒。

十點十五分。花園裡的噴水器旋轉起來有如金色噴泉，讓柔和的晨間空氣充滿四散的亮點。水花噴在窗玻璃上，沿著房子西曬的牆面往下流，這面牆的白漆因日曬而脫落。房子整面西牆都是黑的，只有五個地方除外。一個是男人在修剪草坪的剪影，一個是像照片般，女人做出彎腰摘花的動作。稍遠一點，好似震撼的瞬間烙印到木板牆上，是一個男孩雙手向上高舉，再上去一點是顆拋得高高的球，在男孩對面則是個女孩，伸長了手想接那顆永遠接不到的球。

除了這五個地方——男人、女人、兩個孩子和球，牆面其他部分蒙著薄薄一層炭灰。

輕柔的噴水器讓整個花園滿是光線灑落。

直到今天之前，這幢房子一直維持著它的寧靜。它謹慎詢問「是誰在那？通關密語是什麼？」它從落單的狐狸和哀叫的貓咪身上沒有得到答案，於是像個老處女一樣，小心翼翼地關上窗戶拉緊窗簾，以銅牆鐵壁來自我保護，

有任何動靜都會讓屋子顫抖。麻雀刷過窗口，窗簾便會啪一聲降下。鳥兒一嚇

著，撲著翅膀飛開！不，連鳥也不能碰到房子！

這房子像是有上萬信眾的祭壇，有大有小，有服事，有參與，吟唱讚美著。然而上帝已離開，宗教儀式卻繼續，既無意義，也沒半點用。

中午十二點鐘。

一隻狗在前廊上哀嚎發抖。

前門辨識出狗的聲音，於是把門打開。這隻曾經強壯巨碩的大狗，如今只剩一身皮包骨，還潰爛長瘡。牠進屋，穿過房子，留下一排泥巴印。跟在牠後面的是嗡嗡轉的憤怒機器鼠，它生氣，是因為必須清理泥巴，實在是太麻煩了。

並不是沒有碎葉子飛進門縫，但牆板一翻就會有黃銅老鼠奔出來清掃。它們用鋁製下巴清除掉灰塵、毛髮或紙屑，再飛快地回到巢穴中。那裡有管子通往地窖，能把髒東西投入咻咻叫的風管，送進好似邪神安在暗黑角落的焚化爐中。

小狗上樓，歇斯底里地在每扇門口短促吠叫，最後才理解——正如房子也已理解的——屋裡只有沉默。

小狗嗅聞空氣，去抓廚房門。門後，爐子正在準備鬆餅，屋裡因此滿溢烘焙的香氣和楓糖漿的味道。

狗兒口吐白沫，躺在門口抽動鼻子，雙眼變得火紅。牠瘋狂地打轉咬尾巴，倒地死亡。牠在起居室躺了一個小時。

兩點鐘。有個聲音唱道。

屋裡終於隱約飄現腐敗的氣味，老鼠軍團一湧而出，像是帶電氣流吹動的灰色落葉。

兩點十五分。

狗消失了。

地窖裡，焚化爐突然轟地一聲燃燒，一陣火花跳上煙囪。

兩點三十五分。

露台牆面翻出一張張撲克牌桌，一陣嘩啦作響後，牌卡落在墊子上。馬丁尼酒和蛋沙拉也擱在橡木凳上。音樂播放。

然而桌邊沒有人聲，也無人移動牌卡。

下午四點，桌子全像巨大的蝴蝶一樣翻回牆壁面板上。

四點三十分。

育嬰室的牆壁亮起。

牆面上出現動物的形狀，黃色長頸鹿、藍色獅子、粉紅色羚羊和淡紫色的美洲豹在晶亮牆面躍動。牆壁的材質是玻璃，呈現出色彩豐富、幻想靈動的畫面。隱藏的膠片靠上了油的齒輪牽動，牆壁整個鮮活了起來。育嬰室地板的織品像是長滿穀物的鮮嫩草坪。鋁蟑螂和鐵蟋蟀在上奔跑，精緻紅布做成的蝴蝶穿梭在瀰漫動物體味的滯悶燠熱空氣中！有個聲響像是一大群糾纏不休的黃蜂在黑暗風箱裡嗡嗡飛，也像發懶的獅子打呼嚕。除了歐卡皮鹿啪噠啪噠腳步聲，叢林剛剛落雨呢喃似的聲響，也像是蹄子答答踩，一下下打在夏日乾硬的草地上。不久後，牆壁上的影像變換成遠方的枯草，一哩接著一哩，連接溫暖的廣袤天空。動物則退到荊棘叢後和水池邊。

這是孩子們的時間。

五點鐘。浴缸裡注滿了乾淨的熱水。

六點，七點，八點鐘。晚餐的安排處置有如施展魔術一般，隨後書房裡傳來答的一聲。壁爐對面的金屬架上，一道小火光燃起，一根雪茄跳出來，前端有半吋長的柔軟灰燼，煙還冒著，等人來抽。

九點鐘。隱藏電路已經暖好了床，這裡的夜晚太冷。

九點十五分。書房的天花板上有個聲音說：

「麥克拉倫太太，妳今晚想聽哪首詩？」

房子裡一片靜默。

天花板上的聲音最後說：「既然妳沒有表達喜好，我會隨機挑一首詩。」安靜的背景音樂出現。「莎拉·蒂斯黛爾[ξ]。我記得她是妳最喜歡的詩人……」

——微雨將至，泥土芬芳，燕子啁啾盤旋；
池中蛙夜下高唱，
野生李樹白光中搖顫；

[ξ] Sara Teasdale（1884-1933），美國抒情女詩人。

知更鳥穿戴火之羽衣，
矮鐵籬笆上怪鳴啼哨；

沒人會知道那場戰爭，沒人
會在乎最終一切消亡。

沒有人會介意，鳥或樹亦然，
人類是否會突然滅絕；

而春天，當春天在黎明中甦醒，
幾乎不會察覺我們皆已離開——

石砌爐中的火繼續燒，雪茄落下，成了菸灰缸裡的安靜灰燼。無聲的牆面前，空無人坐的椅子面對著面，音樂仍然悅耳。

十點鐘，房子開始死去。

大風吹起，大樹落下枝幹撞破廚房窗戶，瓶裝清潔溶劑四散倒落爐台上，廚房瞬間起火！

「失火了！」有個聲音尖叫大喊。房裡燈光亮起，水幫浦開始從天花板灑水。但清潔溶劑早已噴散在亞麻地毯上，火舌竄向廚房門口，好幾個聲音一起唱和：「失火了！失火了！失火了！」

房子試圖自救。所有的門扉緊緊關上，但熱氣脹破窗戶，吸進來的風助長了火勢。

房子最終讓步棄守，在數十億個火花從一個廳室侵入另一個廳室，甚至還往上爬樓。噴水機械鼠大軍吱吱叫從壁板內跑出，噴水救火；牆上的灑水口也噴出人造雨水。

然而一切都太遲了。某處，一個唧筒嘆著氣，抖了兩下，停止噴水。滅火的水也止歇了。平日裡儲存用來洗澡和洗碗的水，已經告竭。

大火劈哩啪啦竄上了樓，一路吞噬樓上走廊掛的畢卡索和馬蒂斯，一頓精調細作、鮮油烹烤、焦香脆酥的油畫，最終成一團黑色灰燼。

現在，大火躺上床，站到窗邊，改變了窗簾的顏色！

接著，後援部隊出現了。

閣樓的活門拉開，一個盲眼機器人面朝下，水龍頭般的大嘴吐出綠色的化學藥劑。

大火往後退，活像隻被死蛇嚇退的大象。這時，有二十條蛇在地板上疾馳，想用冰冷毒液般的綠色氣泡擊退大火。

但火可聰明了。讓火焰送到屋外，直撲幫浦所在的閣樓。爆炸聲響起！閣樓上的指揮中心，幫浦的大腦，炸成了青銅碎片散落梁木上。

大火急著回到每個衣櫥前，碰碰掛在裡面的衣物。

房子在戰慄，裸露的橡木骨架在高溫下瑟瑟發抖；它的電線，像是神經暴露在外，有如外科醫師切開皮膚，任由血管、微血管在灼熱空氣中打顫。救命，救命！失火了！快逃，快逃！熱氣讓鏡子如冬日薄脆冰層碎裂。屋裡的尖聲高喊，失火，失火，快跑，快跑；卻像是一首悲慘的童謠，十來個聲音或高或低，一個個孩子在森林中孤孤單單死去。最後，聲音漸弱，因電線已如炒栗子炸開撐破包覆的外套。一個、兩個、三個、四個、五個聲音消逝。

育嬰室裡的森林起火燃燒。藍色獅子怒吼著，紫色長頸鹿紛紛跳走。美洲豹原地打轉，不停換色。千萬隻動物被大火追趕，消失在遠處冒煙的河流後方……

又有十多個聲音沒了。火勢猶如山崩席捲而來，在最後一刻，其餘的聲音渾然不覺似的高唱報時、播放音樂、指揮遙控除草機割草，或是在關了又開的前門口瘋狂命令遮陽傘張開。上千個動作同時發生，像在鐘錶店裡所有時鐘都開始瘋狂敲響、報時，場面令人崩潰卻又整齊畫一；唱呀、叫呀，最後幾隻負責打掃的老鼠勇敢地衝出來搬走灰燼！唯有一個沉穩聲音一絲不亂，在熱烘烘的書房中高聲讀詩，直到所有膠捲燒盡，直到所有電線燒毀，所有迴路斷線。

大火焚身的房子終於坍塌，吐出一串串火星和濃煙。

至於廚房，在火花與斷梁如雨落下的一刻，爐子仍發狂般飛速準備早餐，十打雞蛋，六條土司，二十打長條培根。大火把食物吞下肚，爐子隨即又開始嘶嘶作響加緊作業！

倒塌。閣樓跌到廚房和起居室身上。起居室往下跌進地窖，而地窖又壓進地下二樓。冷凍櫃、扶手椅、影片膠捲、電線迴路、床鋪，所有的一切都像骷髏被扔進地下深處的土坑。

煙和沉寂。大量的濃煙。

曙光悄悄從東方冒出。廢墟間，一道牆壁兀自矗立。牆壁裡，有個聲音，一再一再地說著，即便陽光已升起照耀殘瓦破磚，照耀餘煙灰燼，那聲音說：

「今天是二〇五七年八月五日，今天是二〇五七年八月五日，今天是……」

二〇五七年十月

百萬年的郊遊

不知何故，竟是母親提議全家一起去釣魚旅行，她覺得那或許會很好玩。不過提摩西知道這並非母親自己想的，而是父親的主意，只是母親幫他講出來而已。

父親在火星小圓石上搓搓腳後一口答應，立刻引起一陣騷動和歡呼，帳棚隨即收進膠囊和容器裡。母親換上旅行連身褲和罩衫，父親用顫抖的雙手塡滿菸斗，看著火星天空。三個男孩興奮喊叫跳進汽艇，除了提摩西之外，沒有人看一眼母親和父親。

父親按下按鈕，汽艇朝空中一陣隆隆聲響，船隻隨即在水花飛濺中前行，全家一陣歡呼：「萬歲」。

提摩西和父親一起坐在船艙後方，小小的指頭放在爸爸多毛的手上。他看著運河一路蜿蜒，帶他們遠離碎石地，也就是之前從地球搭小型家用火箭來的降落點。他還記得離開地球前一晚，他們急急忙忙準備的情景，父親不知從哪弄來的火箭，說要去火星度假。爲了度假要跑那麼遠。不過，提摩西顧慮到弟弟們，所以什麼話沒說。現在到了火星，他們第一件事竟然是要去釣魚。

船隻沿著運河上行，爸爸的眼神很奇怪，提摩西也說不上來是怎麼了。看起來像是堅定，卻又像鬆了一口氣。這讓他深深的皺紋看起來像是在笑，而不是擔憂或哭泣。

繞了個彎，已冷卻的火箭就看不見了。

「我們要去多遠的地方？」羅伯特伸手撥水，像隻在紫色絲絨水中的小螃蟹。

父親嘆口氣說：「一百萬年。」

「老天爺，」羅伯特說。

「孩子們，聽好。」媽媽伸長柔滑的手臂指著，「前面有個荒城。」

他們殷切地看過去，爲了他們，那個荒城死寂地躺在原地，曝曬在一個火星氣象人員爲火星發明的夏日豔陽下。

然而父親看來似乎因爲那是個荒城而深感滿意。

沙地上乎聊勝於無地散布了粉色石塊、幾根倒塌的柱子和一座孤寂的寺廟，接下去又是一片綿延的沙地，好幾英里都不見任何東西。圍繞運河的是一片白色沙漠，再往上是一片藍色沙漠。

倏地，一隻小鳥飛起，彷彿一顆石頭飛越藍色池塘，投進池水落入深處，消失不見。

父親看到後露出驚嚇的表情，說：「我還以爲那是艘火箭。」

提摩西看向大海般深沉的天空，試著尋找地球、戰爭、毀壞的城市、以及自從他出生以來就彼此互相殘殺的人類，但他什麼也沒看到。戰爭已經被遠遠拋開，遠得像是高聳莊嚴大教堂圓拱頂上在廝殺的兩隻蒼蠅。全然無意義。

威廉．湯瑪斯擦擦額頭，感覺到兒子的手緊抓著他的手臂，就像隻興奮的小狼蛛。他盯著兒子問，「提摩西，還好嗎？」

「我很好，爸。」

提摩西還無法完全理解身旁這個大人爲何內心翻攪。這男人的巨大鷹勾鼻曬到脫皮了，一雙炙熱的藍色眼眸就像在地球時夏天下課後把玩的瑪瑙珠子，寬鬆的褲子裡頭是一雙粗壯長腿。

「爸，你在看什麼，看得那麼專心？」

「我在找適合地球人居住的地方；有邏輯，有常識，有好的政府，還有和平與責任。」

「都在那上面嗎？」

「沒有，我找不到，已經沒了，也許永遠不會再有，或許從前我們根本就是自己騙自己。」

「什麼？」

「看，那裡有魚。」父親指著。

三個男孩搖動船身，興奮地伸長脖子搶著看，驚呼聲此起彼落，哇哇大叫著。一隻銀線魚載浮載沉地像朵收合的鳶尾花，當牠來到可當食物的浮游微粒旁，就迅速吞吃了。

父親看著這情景，聲調低沉了下來。

「就像戰爭。戰爭四處遊走，一看到食物，就吞了它。不用多久——地球就沒了。」

「威廉。」母親說。

「抱歉。」父親說。

他們靜靜坐著，感覺到運河清冷閃亮的水流快速過。這時只聽得到馬達轟轟，水流順滑，日頭炎炎曝曬著空氣。

「我們什麼時候才會看到火星人？」麥克大聲問。

「說不定很快就能看到。」父親說：「搞不好就是今天晚上。」

「啊，但是火星人現在已經滅絕了。」母親說。

「不對，沒有滅絕。我一定會找到火星人給你們看，懂嗎？」父親立刻回道。

提摩西聽到父親的話皺起眉頭，但他沒開口。現在一切都變得很怪，他們的度假、釣魚和大家的表情都很怪。

其他幾個男孩已經玩開，他們用小手搭出小架子，從底下往外望出去，想在七呎高的運河岸邊找到火星人。

「火星人是什麼樣子？」麥克問道。

「看到就知道了。」父親一笑，提摩西看到他臉頰上的血管跳動。

母親苗條溫柔，閃亮的金髮挽成髻，上頭戴著髮圈，眼眸就和清涼的運河水一樣，深邃的紫色中透著一抹琥珀色。你可以看到她眼中思緒流動，好似魚一樣，有的亮，有的暗，一下快，一下慢，有些慢悠悠的，還有些時候，像是她向上看往地球時，眼中空茫只有色彩，其他別無一物。她坐在船首，一手放唇邊，另一手放在穿著深藍色褲子的腿上，罩衫開口處宛如一朵綻放的白花，露出她經過日曬的柔軟頸項。

她一直朝前看，但因爲看不清楚，她又回頭看向丈夫，然後透過他雙眸反映的景象才看清前方有什麼。而且，由於他的眼神流露的堅定決心，她的神情也放鬆且接納了，然後她轉回來，突然明白該期待的是什麼。

提摩西也在看。但他只看到如筆直鉛筆的紫色運河穿過寬闊卻低淺的河谷，圍在兩旁的低矮山丘綿延伸向天邊。運河似乎永無止盡，途經的城鎮就像躲在骷髏頭裡一搖就被嚇到的甲蟲。一百或兩百個城鎮夢迴漫漫夏日的白日夢中，以及涼爽夏夜的夢鄉裡……

他們跨越幾百萬英里跑出來——就爲了釣魚。問題是有槍放在火箭上。而且只是度個假，爲何要帶那麼多食物？有必要多到吃好幾年也吃不完，還得藏在火箭那附近？度假。度假的面紗底下並不是溫柔的笑顏，而是某種難以下嚥、尖銳，甚或恐懼的事物。提摩西沒辦法揭開那層面紗，但另外兩個男孩則是分別忙著當十歲和八歲小孩。

「還沒看到火星人耶，都是鬼扯的吧。」羅伯特雙手托著尖尖的下巴，怒沖沖地瞪著運河。

父親把從地球帶來的原子收音機綁在手腕上，這機器是依據舊式原理運作：你得把它靠在耳邊，它發出震動，對你唱歌或說話。爸爸現在就在聽，他臉上的表情就像那些傾頹的火星城市，凹陷、乾枯，近乎死亡。

接著，他讓母親也聽，她一聽嘴都闔不攏。

「怎——」提摩西開口問，但是沒辦法把想說的話講完。

因爲就在這時候，他們旁邊有兩聲巨大無比、足以震碎骨髓的爆炸聲響傳來，隨後緊接著是六次較小的衝擊。

父親猛地抬頭，立刻把船加速。船隻在水上飛馳彈跳撞擊，把羅伯特嚇得慘叫，但麥克興奮喊叫，他緊抓著母親的雙腿，看著浪水噴濺濕了他的鼻子。

父親讓船身轉向，以便減速切進運河的一條小岔道，躲進一處老舊敗壞充滿螃蟹臭味的石砌碼頭邊。船身猛地撞上碼頭，強力衝擊讓大家都被往前拋摔，幸好沒人受傷，父親急忙轉身觀察運河水波是否會引人發現他們躲藏的路線。水波交會，輕拍石頭，波紋往復相交，在日光下漸趨平穩。一切都過去了。

父親仔細聆聽，每個人也是。

父親呼吸的回音就像出拳打在碼頭冰冷石牆上的聲響。陰影中，母親眼睛瞪著跟貓眼似的，想從父親身上看出點蛛絲馬跡，推測接下來會發生什麼事。

父親輕鬆呼了口氣，兀自笑了出來。

「是火箭，一定是。我太緊張了，就是那火箭害的。」

麥克說：「出了什麼事，爸爸，發生什麼事？」

「喔，我們剛剛把我們的火箭炸掉了，沒事啦。」提摩西說，試著表現出沒事的模樣。「我以前聽過火箭爆炸的聲音，我們的剛剛炸掉了。」

「爲什麼我們要炸掉我們自己的火箭？」麥克問：「爸爸，爲什麼？」

「這是遊戲的一部份啦，傻瓜！」提摩西說。

「遊戲！」麥克和羅伯特最喜歡這兩個字。

「那是爸爸安排的，炸掉了火箭，才不會有人知道我們在哪裡降落，或是我們去了哪裡。這是說，萬一眞有人來找我們的話，懂嗎？」

「好棒，原來是個祕密！」

「竟然被我自己的火箭嚇到。」父親向母親承認。「我眞的太緊張了，竟然蠢到以爲這裡還有其他火箭。也許，頂多還有一艘，如果愛德華和他太太順利搭上他們的太空船。」

他又把他的迷你收音機拿到耳邊兩分鐘之後，像是甩破布那樣甩他的手。

「終於結束了，」他對母親說，「原子光束傳送終於停了，其他世界的所有電台都沒了。過去幾年來還有幾個僅存的電台，但現在空中徹底恢復寧靜，而且可能會永遠安靜下去。」

「會多久？」羅伯特問。

「或許，你的曾孫子會再次聽到。」父親說。他就那麼坐著，連孩子們也一起陷入他的震撼、挫敗、氣餒與屈從的情緒。

最後，他終於再次把船駛回運河，朝原來的方向前進。

時間漸晚了。太陽已經落下，前方仍有好幾個荒城。

父親對兒子們低聲細語，以前他跟孩子說話大多是嚴厲且有距離。但他現在拍著他們的頭，哪怕才說一個字，孩子們也能懂他的意思。

「麥克，你挑一個城市。」

「爸爸，什麼？」

「挑一個城市，兒子。我們剛剛經過的任何一個都可以。」

「好啊，」麥克說：「該怎麼挑？」

「選你最喜歡的那個。羅伯特和提姆，你們也是，挑你們最喜歡的城市。」

「我想要有火星人住的城市。」麥克說。

「會有的，」父親說，「我可以保證。」他雖然是在跟孩子說話，但他的目光落在母親身上。

接下來的二十分鐘，他們經過六座荒城。父親再也沒提爆炸的事。他好像更在乎和兒子們玩鬧，除了讓他們開心，其他什麼都不重要。

麥克喜歡他們經過的第一座城，但是其他人質疑他太快下決定而予以否決。第二座城大家都不喜歡。這是地球人開墾的城市，木頭建築已經蛀蝕了。提摩西喜歡第三座城，因爲看起來夠大。第四座和第五座城都太小。第六座城則獲得大家一致讚嘆，包括母親，她跟著驚嘆：哇！老天！看看那個！

第六座城裡至少有五十到六十棟完好的巨大建築，街道雖然滿布灰塵但鋪了磚，廣場上甚至還能見到一、兩座噴著水的離心噴泉。那是唯一顯露出生命力的地方——水波在夕陽下跳動飛躍。

「就是這裡了。」大家異口同聲地說。

父親把船駛向碼頭，率先跳上岸。

「終於到了，這裡是我們的。從現在起，這裡就是我們住的地方！」

「從現在起？」麥克無法置信，他站起來四處張望，然後回頭眺望火箭原來所在的位置。「那火箭呢？明尼蘇達州呢？」

「就在這裡。」父親說。

他把小收音機靠在一頭金髮的麥克耳邊。「你仔細聽。」

麥克豎起耳朵聽。

「什麼都沒有。」他說。

「沒錯，沒聲音。什麼都沒了。沒有明尼蘇達，沒有火箭，再也沒有地球了。」

麥克認眞思考這個要命的眞相，然後開始哽咽啜泣。

「等一下，」父親馬上接著說：「麥克，我會給你更多東西，跟你交換！」

「什麼？」麥克止住眼淚，有點好奇父親接下來要說什麼，但如果是和原來講的一樣悲慘，他也準備好要繼續哭泣。

「我要把這座城市給你，麥克，這城市是你的了。」

「我的？」

「給你、羅伯特和提摩西，你們三個一起，都是你們的。」

提摩西跳下船，「你們看，這些全部都是我們的！全部！」他順著父親的遊戲玩，誇張賣力地玩。稍晚一點，等到一切都告一段落，安靜下來之後，他可以自己去躲起來好好哭個十分鐘。但現在這遊戲還在繼續，還是全家一起出去玩的遊戲，是必須讓弟弟們繼續玩下去的遊戲。

麥克跟著羅伯特一起跳下船，然後他倆扶著母親下船。

「小心你們的妹妹。」父親說，但是大家到後來才明白他的意思。

他們快步走進這座粉紅石砌城市，輕聲說話，因爲荒城總是讓人忍不住想放低音量，想看著太陽落下。

「大約再等五天，」父親靜靜地說：「我會回去火箭降落地點，把藏在廢墟的那些食物拿回來這裡。然後我會去找伯特．愛德華夫妻和他們幾個女兒。」

「幾個女兒？」提摩西問，「多少個？」

「四個。」

「我看這將來可能會有點麻煩吧。」母親慢慢點頭。

「女生。」麥克做鬼臉，就像古老的火星石雕一樣。「女生。」

「她們也是搭火箭來的嗎？」

「對啊，如果他們一路順利的話。家用火箭是設計來當地球和月球之間的交通工具，不能飛來火星。我們是運氣好，才可以順利抵達這裡。」

「你從哪裡弄到的火箭？」提摩西低聲問，因爲其他兩個男孩已經跑向前方。

「我留下來的，藏了二十年，提摩西。我把它藏起來，希望永遠不會用得上。我知道我本來應該交出去讓政府拿去打仗，不過我心裡一直想到火星……」

「還有野餐！」

「沒錯。這事只要你我兩個人知道就好，我一直等到最後一刻，當我看到地球快要毀滅時，才開始幫全家人準備打包。伯特・愛德華也藏了一艘，不過我們決定分頭出發比較安全，免得被擊落。」

「爸，你爲什麼要炸掉火箭？」

「這樣我們才不會回去，永遠不回去。而且，如果有壞人也來到火星，他們也不會知道我們在這裡。」

「這就是爲什麼你一直抬頭看天空嗎？」

「對啊，其實眞的很傻。他們才不會跟蹤我們呢，他們根本沒有任何交通工具。

我是有點太過小心了，老實說。」

麥克跑回來，「爸爸，這個城市眞的是**我們的**嗎？」

「小子，這整顆星球都是我們的，整顆該死的星球。」

他們站在那裡，一如山丘之王、高層之上、所見皆我有、完美君主，試著體會擁有一個世界是什麼意義，以及，所謂一個世界到底有多大。

黑夜飛快籠罩這片稀薄空氣，父親要他們留在噴泉廣場上，自己回去船上。再走來時，他的大手扛回了一整疊文件。

他把那些文件隨手堆在一個舊庭院裡，然後點火燒紙，大家爲了取暖都擠在火堆旁一起說笑。當火焰燒著並吞吃那些紙張，提摩西看著上頭的字，駭然跳起有如受到驚嚇的小動物。那些紙張起皺蜷縮像是老人的皮膚，火焰把紙張上無數的字句化成灰燼：

「政府債券、二〇三〇年商業圖表、宗教歧視：簡論、邏輯的科學、泛美聯盟的問題、二〇二九年七月三日股市報告、戰爭文摘……」

父親稍早堅持要把這些文件帶來就是爲了這個。他坐在那裡把紙張餵進火堆，一張接著一張，他滿足地向孩子們說明其中道理。

「該是和你們說幾件事情的時候了。我知道，這麼多事情瞞著你們，實在不公平。我不知道你們能不能了解，不過就算你們只聽得懂一部分，我還是得說。」

他又朝火堆裡丟了一張紙。

「我正在燒的是一種生活方式，就像如今這種方式已把地球燃燒殆盡一樣。對不起，我現在說話活像個政客。畢竟，我是個當過州長的人，但我向來誠實，所以很多人因此而討厭我。地球上的生活從來都沒能朝好的方向發展，科學進步的速度太快，我們根本追不上，以致人們迷失在混亂的機械世界，就像小孩子不斷更換有趣的新玩意，小裝置、直升機、火箭；總說是東西不對，老強調是機器問題而不是操作的問題。戰爭越來越激烈，終至摧毀地球。這就是收音機沒有聲音所代表的意義，這也是我們想逃離的狀況。

「我們很幸運，這世上已經沒剩下幾艘火箭了。你們現在應該明白這次根本不是釣魚度假。我之前只是一直拖延，沒立刻告訴你們。如今地球已經毀滅，至少要再等好幾個世紀才會再看到星際間的旅行，甚至很可能再也不會發生。不過，那種生活方式已經證實是個錯誤，勒死它的正是它的雙手。你們現在還小，以後，我每天會一再說起這些，直到能烙進你們的心裡。」

他停了一下，然後把更多文件丟進火堆裡。

「現在，只有我們在這裡，我們和少數在未來幾天內降落的人，恰好足夠重新開始，正好足夠摒棄地球上過去，重新展望未來——」

火花呼應他的話，在這時正好竄起。所有的文件都被燒光，只剩其中一張。地球上所有的法律和信仰都被燒成炙熱的灰燼，很快就被風吹散。

提摩西看著爸爸丟進火堆裡的最後文件，那是一份世界地圖。高溫下的地圖起皺扭曲，然後呼的一聲，像隻溫熱的黑蝴蝶消失了。提摩西轉頭不敢看。

「現在我帶你們去看火星人。」父親說，「來，你們全部都一起來。愛麗絲，走這邊。」他牽起她的手。

麥克大聲哭泣，父親抱起他，全家一起穿過廢墟，走向運河。

運河。明天或後天，他們未來的妻子就會搭船沿著這條運河而來。現在還笑咪咪的小女孩們以及她們的父母親。

低垂的夜幕籠罩他們，星斗滿天。不過提摩西找不到地球，地球已經是過去式，這值得再仔細想想。

走在廢墟中，他們聽到一隻夜行鳥兒的啼叫。父親說，「你們的媽媽和我會努力教導你們，或許我們會失敗，但我希望不會。我們從過去的所見所聞學習到很多事情，所以在很多年前，早在你們出生前，就已經開始計畫這趟旅行。就算沒有戰爭，我想我們遲早還是會來火星生活，來打造我們自己的生活標準。火星至少還有一個世紀的時間，才會被地球文明徹底污染。現在，當然——」

他們來到了運河邊。運河長且筆直，濕涼的河水反映出夜空。

「我一直想看火星人。」麥克說，「爸，他們在哪兒？你答應過我的。」

「就在這裡。」爸爸說。他讓坐在肩上的麥克調整一下坐姿，低頭往下看。

火星人就在那裡。提摩西不禁顫抖起來。

火星人就在那裡——在運河裡——水面顯現出倒映。提摩西、麥克、羅伯特和他們的爸媽。

水紋盪漾，火星人久久地、靜靜地回看著他們……

新版作者自序

火星某處的綠色城鎮；埃及某處的火星

「不用跟我說我在做什麼，我不想知道。」

這話不是我說的。

說這句話的人，是我的朋友，義大利電影導演費里尼。那時，他正在拍攝自己的劇本，但他拒絕檢視鏡頭拍下、每天工作完結後沖出來的帶子。他要這些鏡頭保持神祕感，對他保持誘惑力。

在我人生大部分的時間裡，我的故事、劇本和詩也是如此。開筆於我一九四七年結婚的幾年前，其後——令人駭然地——火速累積到一九四九年夏天終於成書的《火星紀事》，亦是如此。一開始，有關火星這個紅色星球的文字，只以不定期的故事或「旁白」手法呈現，沒想到在那年的七、八月，只要我每天早上跳到打字機前，就會發現我的繆斯賜予我罕有的新題材，於是形成了宛若石榴果般的文字大爆發。

我眞有這樣一位繆斯嗎？我是否一直相信這些神話中的女神？答案是否定的。早期，在我斷斷續續的高中生涯和站在街角賣報紙的時期，我做了所有作家最初都會做的事：效法前人，模仿同儕，因而不願去面對挖掘我體內或腦中眞相的可能性。

即使我二十四、五歲左右寫作並出版了一些詭異／奇幻的好故事，但從中，我什麼也沒學到。我拒絕面對自己正在干擾腦中許多靈思，把它們困在紙張上。我獨有的故事生動而且眞實。我書寫的未來小說中，存在著沒有生命而且不會動的機器人。

小說家舍伍德・安德森的《小鎭畸人》釋放了我。在我二十四歲那年的某個節骨眼上，在一個永遠是秋天的小鎭裡，那十來個住在昏暗門廊裡、在陽光照射不到的閣樓裡的人物，徹底震撼了我。「老天哪！」當時我這麼喊：「如果我能寫出有這本書一半好的作品，但故事背景在火星，那會有多麼美妙！」

我記下一張清單，列出那個遙遠世界的可能地點和人物，揣想故事的標題，寫下十來則故事但又停筆，歸檔後便束之高閣。或是說，我**以爲**自己早已忘了這回事。

然而，繆斯很堅持。儘管遭我忽視，這些故事仍然活著，等著你供給它們空氣或讓它們在發聲之前就死去。我的工作就是說服自己：神話不只是幽幽鬼影，而是能透過唇舌敘述、經由指尖輸出成文的靈感。

接下來的幾年間，我寫下一系列關於火星的**反思**、莎士比亞式的「旁白」、曲折的想法、長夜洞見，以及黎明邊緣的半醒夢境。法國人——例如詩人聖・瓊・佩斯——就將此門功夫練至化境。這是一種半詩、半散文的形式，短自百字，長至整頁，書寫由天氣、時間、建築外觀、佳釀美食，或是由海景、倏忽落日、悠緩日出召喚現身的各種主題。這些元素要不讓人吐出珍奇毛球，要不就成了哈姆雷特似的叨絮獨白。

總之，我書寫這些**反思**時沒有依照特定的先後順序或計畫，隨後就和其他二十多個故事埋葬在一起。

接著，發生了一件令人快樂的事。

廣播界最負盛名的作家兼導演諾曼．科文堅持要我前往紐約，以期「被人發現」。我順應他的堅持，搭公車前往曼哈頓，苦苦待在基督教青年會，見了雙日出版社的編輯——跟我毫無親戚關係的——華特．布萊伯利，他說，我可能織出了一條看不見的掛毯。他給我個建議：那些火星故事啊，你能不能縫綴一番，編結成一本《火星紀事》呢？

「唉呦我的天哪。」我低語。「小鎮畸人！」

「什麼？」華特．布萊伯利問道。

第二天，我把《火星紀事》的大綱交給華特．布萊伯利，外加我另一本書《圖案人》的概念大綱。我搭火車回家時，皮夾裡裝了張一千五百美金的支票，這張支票付清了我兩年房租（每個月三十美金），還讓我們順利生下長女。

《火星紀事》在一九五〇年春末出版，迴響不多。只有克里斯多福．伊舍伍在將我介紹給阿道斯・赫胥黎時大力讚譽，而後者——當時我們正在喝午茶——往前靠過來，說：「你知道**你是**什麼人嗎？」

當下我心想：**不用跟我說我在做什麼，我不想知道**。

「你呢，」赫胥黎說：「是個詩人。」

「死定了。」我說。

「不，那是個祝福。」赫胥黎說。

是眞正的、天賦異秉的祝福。

而祝福就體現在這本書裡。

你在書裡找得到舍伍德・安德森的痕跡嗎？不。他驚人的影響早已融入我的血肉。你或許可以在我另一本貌似小說的故事書《蒲公英酒》裡找到幾處《小鎮畸人》的身影。但沒有一模一樣之處。安德森的詭異風格是小鎮屋頂上的滴水嘴獸；而我的大多數是牧羊犬、迷失在蘇打噴泉的老女人、對報廢電車超級敏感的男孩、久未聯絡的好友、耽溺在時光中或沉醉在回憶裡的內戰軍官。火星上唯一的滴水嘴獸，是偽裝成我那些「綠色城鎮」親戚的火星人，他們嚴嚴躲著直到報應臨門。

舍伍德・安德森不會知道該如何正確處理獨立紀念日晚上的火焰氣球。我點燃它們放飛到火星上，飛往綠色城鎮，讓它們在兩本書中靜靜燃燒。這些火焰氣球仍然在，亮度正好合適閱讀。

大約十八年前吧，由我製作的《火星紀事》登上威爾頓劇院的舞台。劇院位在洛杉磯美術館西側的六條街外，當時那裡正在舉辦埃及法老王圖坦卡門巡迴展。來來回回在圖坦卡門展和劇院間跑，讓我簡直沒辦法收合下巴。

「天哪！」我盯著圖坦卡門的金色面具。「這是火星。」

「天哪！」看著我的火星人登上舞台。「這是有圖坦卡門鬼魂出沒的埃及。」

於是，在我眼前，在我腦中，古神話煥然一新，新神話則以莎草紙包覆纏裹，覆蓋上閃亮的面具。

在渾然不覺的情況下，我竟一直是圖坦卡門的孩子，書寫著紅色星球的象形文字，心想自己是拉拔振興未來世界，其實是身在沙塵滾滾的過去。

既然如此，《火星紀事》怎麼老被歸類到科幻小說裡？這本書套不進這個類型。本書中，只有〈微雨將至〉一個故事遵循了工程物理學的法則。故事中的房子，是近年來最早出現在我們世界中的虛擬實境房屋之一。在一九五〇年，那棟房子的要價會讓人破產。但隨著今日電腦、網際網路、傳真機、錄音帶、隨身聽耳機和寬螢幕電視陸續問世，只消上電路城商場花點錢，就可以把屋裡所有的房間串連起來。

好，那麼「紀事」又是什麼來的呢？

那是我三歲時出土的圖坦卡門，是我六歲時發現的《埃達散文》ξ，是我十歲時鎮日盤據心頭的希臘羅馬神祇：純神話。如果它是植基於實用性高科技的科幻小說，早就扔路邊生鏽了。但就因爲它是自主分解式的寓言，所以，就算是加州理工學院最執拗的物理學家，也能夠呼吸我釋放在火星上的假氧氣。科學和機器可以互相殲滅或彼此取代。神話，只能往鏡子裡看，無法觸摸，卻會留存。縱然未及於永恆，卻也相距不遠。

最後：

不用跟我說我在做什麼，我不想知道。

多令人嚮往的生活方式！這也是唯一的方式。藉由假裝無知，任直覺引領，去探究那些看似遭到疏忽的事物——讓它們仰起頭，以神話之姿從你掌紋蜿蜒盤旋而出。

ξ 寫於十三世紀的古冰島文學，以散文體講述北歐神話傳奇。

因著我書寫的神話，也許我的火星還能奇蹟式的多活個幾年。至少有件事給了我一點信心：加州理工學院還會再邀我過去。

名家推薦

令人愉快的恐懼

——波赫士——

公元二世紀，盧西安（Luciano de Samosata）所寫下的令人拍案叫妙作品，其中有一本《眞實的故事》，裡面有一番對月球人的描述，（引自眞實的歷史學者）他們會紡織和梳理金屬和玻璃的纖維，他們能摘下和裝上眼珠，他們飲用空氣汁液或鮮榨空氣；十六世紀初，義大利詩人阿里奧斯托（Ludovico Ariosto）想像出一位戰士，他在月球上發現所有在地球消失的東西、情侶的眼淚和嘆息、虛擲在遊戲的時間、無用的計畫，和未曾滿足的渴望；在十七世紀，克卜勒創作小說《月亮之夢》，假想這是一本謄寫自夢裡讀過的書，內容鉅細靡遺地描述月蛇的構造和習性，牠們在灼熱的白天躲在洞穴深處，等到天黑後才出來。第一次和第二次的想像力之旅，相差了一千三百年，第二次和第三次大約一百年；然而，前兩次是不受束縛和自由自在的想像，第三次則爲了提高可信度而縛手縛腳。原因顯而易見。對盧西安和阿里奧斯托來說，月球之旅象徵典型不可能發生的事，如同拉丁文中的黑天鵝；對克卜勒來說，這已經是一種可能性，對我們來說也一樣。發明某種通用語言的約翰·威爾金斯（John Wilkins）不就在他的時代發表《在月球上發現另一世界》，爲證明該星球或許是另一個可居住之地，並且還有一個命名爲《關於月球行可能性的言論？》的附錄。在古羅馬作家格利烏斯的《阿提卡之夜》，可以看到畢達哥拉斯學派哲學家阿爾庫塔斯製作一隻能在空中飛行的木鴿子；威爾金斯預言，總有一天我們會搭乘機械車之類的交通工具前去月球。

《月亮之夢》一書預見一個可能或很可能發生的未來，並預示了一種新類型的故事誕生，如果我沒記錯，美國人將之命名為「科幻」，《火星紀事》正是這一類型令人讚嘆的佳作。小說主題描寫的是遠征火星並在那裡殖民。這場未來人類費盡千辛萬苦的行動似乎是迫於時勢，但是雷．布萊伯利偏愛哀愁的口吻（或許這並非刻意，而是不自覺迸自他的創造力的靈感）。在小說一開始，火星人是可怕的，然而當大滅絕降臨，卻博得他的同情。人類大舉獲勝，可是作者不怎麼高興他們的勝利。他語帶傷心和失望，敘述未來人類的血脈在紅色星球上的繁衍——他的預言告訴我們那兒是一片朦朧的藍色沙漠，有化爲廢墟的棋盤式城市、黃色的日落，和航行在沙海上的古老船隻。

若是其他作者寫下未來將發生的日期，我們會知道那只是文學創作的傳統手法，所以我們並不相信；但是布萊伯利寫下的二〇〇四年[3]，我們卻能感受到沉重、疲累，以及大量停滯累積的過往——莎士比亞的詩句曾如此說：「在幽暗、過往的時間深淵。」而文藝復興運動時期，從義大利哲學家焦爾達諾．布魯諾和英國哲學家培根的口中，可以觀察到眞正過時的人是我們，而不是創世紀或荷馬時代的人。

這位來自伊利諾州的作家做了什麼？我在闔上他的書時，這麼問自己，這本講述遠征另一個星球的一連串故事，在我心中撒下的究竟是恐懼還是孤獨？

這些故事是如何觸動我？而且以這麼親密的方式？（我敢說）文學整體上是象徵性的：一個作家，如果要傳達幾種瑣碎但根本的感受，他要不採用「幻想」，要不採用「寫實」的手法；要不馬克白，要不就是拉斯科尼科夫[π]的做法；要不一九一四年八月入侵比利時，要不入侵火星。科幻小說有什麼重要性？在這本披著幻想外皮的書，布萊伯利放進了他漫長空虛的禮拜日，他美國人的無趣，他的孤獨，就像辛克萊·路易斯在《大街》也曾這麼做過。

或許〈第三支探險隊〉，是本書最令人警惕的故事。他的恐懼（我懷疑）是形而上的；約翰·布雷克艦長的客人身分成謎，是一種令人不自在的暗示，意味我們不知道自己誰，也不知道我們在上帝面前的樣貌。另外，我想強調〈火星人〉這一篇，根本是海神普洛提斯傳說可悲的變異版。

一九〇九年，我在如今已不復存在的一棟大屋裡，暮色蒼茫，我惴惴不安，讀著喬治·威爾斯的《月球上最早的人類》。一九五四年秋末，儘管《火星紀事》的敘述觀點和方式十分不同，我仍藉以重溫當年那種令人愉快的恐懼。
一時興起，我再次重讀讚嘆愛倫．坡的《怪誕蔓藤花紋的傳說》（一八四〇年），整本的每一篇都是上乘佳作。布萊伯利繼承大師無邊無際的想像力，但不是他那種突然發聲時而嚇破人膽的風格。只可惜，我們都無法抵達洛夫克拉夫特[ρ]那般的登峰造極。

（本文為《火星紀事》西班牙文版序言，收錄在波赫士的《序言集以及序言之序言》一書中。）

ξ 此為本書舊版年份。新版依照一九九七年Avon出版社作者修訂，時序為維持「未來歷史」狀態，皆延後三十一年。

π 《罪與罰》的主角。

ρ H.P. Lovecraft（1890-1937），二十世紀最偉大的古典恐怖故事作家。因創造發展出日後被稱為「克蘇魯神話」體系的各類作品而聞名。

Eurasian Publishing Group
圓神出版事業機構
用心與你對話・視野無限寬廣
寂寞出版社
Solo Press

www.booklife.com.tw reader@mail.eurasian.com.tw

Soul 056

火星紀事【殿堂級科幻經典・大師自序新譯版】

作　　者／雷・布萊伯利（Ray Bradbury）
譯　　者／蘇瑩文
發 行 人／簡志忠
出 版 者／寂寞出版股份有限公司
地　　址／臺北市南京東路四段50號6樓之1
電　　話／（02）2579-6600・2579-8800・2570-3939
傳　　真／（02）2579-0338・2577-3220・2570-3636
副 社 長／陳秋月
副總編輯／李宛蓁
責任編輯／朱玉立
校　　對／李宛蓁・朱玉立
美術編輯／林雅錚
行銷企畫／陳禹伶・朱智琳
印務統籌／劉鳳剛・高榮祥
監　　印／高榮祥
排　　版／杜易蓉
經 銷 商／叩應股份有限公司
郵撥帳號／ 18707239
法律顧問／圓神出版事業機構法律顧問　蕭雄淋律師
印　　刷／祥峯印刷廠
2024年10月　初版

定價 450 元　　ISBN 978-626-98768-5-3　

曾經，我還看得到星星。在很多年前。

但如今只剩落塵，多年來都沒人見過一顆星星，

至少在地球上是看不到。

——《銀翼殺手》

國家圖書館出版品預行編目資料

火星紀事【殿堂級科幻經典．大師自序新譯版】/
雷．布萊伯利（Ray Bradbury）著；蘇瑩文 譯.
-- 初版. -- 臺北市：寂寞出版股份有限公司，2024.10
432 面；14.8×20.8公分（Soul；56）
譯自：The martian chronicles.
ISBN 978-626-98768-5-3（平裝）

874.57　　113012791